U0606651

作家出版社＆悬疑世界（上海浩林文化传播股份有限公司）

命运有无限种可能

奇谭物语

死亡约定

宁航一

著

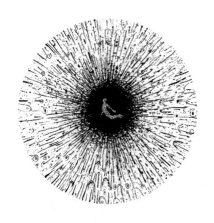

作家出版社

目 录
Contents

楔子

和以往的晚上一样，独自居住的兰教授设法将自己晚饭后的时光安排得充实而惬意。陪伴他的有沙发、热茶、芒果干和一本厚厚的探险小说书。对于一般人而言，这样寂寞的生活是会让人感到压抑和乏味的，但这个心理学家却总是能在那些书籍和自己非凡的思想中寻找到智慧和乐趣——当然，他从没想过要别人来尝试着理解他这种独特的生活方式。

　　探险之旅才刚刚启程一小会儿，一阵急促的敲门声便将兰教授拖回了现实世界里。他微微皱了皱眉，心里想着，如果又是那些来请教问题的学生的话，他得首先教会他们懂礼貌。

　　门打开。外面站着一个浑身湿漉漉的年轻男人——那不是雨水，而是他身上的汗水。年轻人喘着粗气问道："请问，您是兰成教授吗？"

　　"是的。"教授答道，"有什么事？"

　　年轻人脸上露出惊喜而焦急的神情："兰教授，我父亲快死了，请您跟我到医院去一趟好吗？"

　　兰教授扬起一边眉毛说："当然可以，但我能知道我是跟谁一起走的吗？"

　　年轻人这才意识到了自己的唐突："对不起，教授，我太着急了——我叫方元，我的父亲是方忠，您还记得他吗？"

　　"方忠……你是说，我在二十年前认识的……"

　　"对，就是他！"

　　"你刚才说，他快死了，是怎么回事？"

　　"是白血病，教授。病痛已经折磨他一年多了。两天前，医生下了病危通知书。我想，他可能撑不过今天晚上了。"

兰教授好奇地问："那么，你来找我做什么？"

"教授，说实话，我们也感到奇怪。"方元困惑地摇着头说，"我父亲现在已经只剩下最后一口气了，但他没有交代任何关于他死后的事，只是反复念叨着，要我们来请您过去，说是……想把二十年前那个没听完的故事听完。我们实在是没办法，就只好到这儿来请您了。"

兰教授思索片刻，说："知道了，我们走吧。"

"真是太感谢您了，教授！"方元鞠躬道，"车在楼下！"

黑色的小轿车快速地穿梭于城市的灯红酒绿之间，二十分钟后，在一家肃穆、壮观的大医院前停了下来。方元下车替兰教授打开车门，然后领着他匆匆地乘上电梯，来到六楼住院部的一间加护病房里。进门后，方元向房间里站着的十多个亲属介绍道："这就是兰成教授，我把他请来了！"

病房里的人全都向兰教授点头致敬。兰教授望着病床上虚弱的方忠，立即意识到他的生命之火已经燃烧到了尽头——他的鼻子上插着输氧管，眼眶深陷了下去，面貌惨不忍睹。

方元走到父亲身边，俯下身去小声说道："爸，我把兰教授请来了。"

方忠干瘪的胸口微弱地起伏着，说了一句只有方元能听清的话。方元直起身子，对亲属们宣布道："我爸请大家都先出去，他要和兰教授单独谈话。"

亲友们互视了一眼，只得和方元一起离开病房，关上房门，在走廊外等候。

病房里只剩下兰教授和垂死的病人。兰教授走到方忠的病床前，轻声问道："老伙计，这么多年了，你还在想着那个故事吗？"

病床上的方忠想点头，却动不了脑袋，只能眨了眨眼睛。

兰教授叹了口气："好吧，我今天就把那个故事的结局告诉你，了却你最后的心愿……"

五分钟后，兰教授从里面打开门，亲友们一起围了上去。兰教授平静地说："他走了。"

这不是意料之外的事。方忠的家人们并没有悲痛欲绝地嚎啕大哭，只是默默地掉下眼泪，走进病房，为逝者处理后事。

三天后，方忠的葬礼在公墓举行。兰教授应邀而来，穿着一身黑色的礼服，为死者哀悼。

葬礼结束后，方元在兰教授准备离开时找到了他，说："教授，非常感谢您能来参加家父的葬礼——我们还想请您去家里坐坐，可以吗？"

兰教授问："你们还有什么事吗？"

"是的，教授。"方元向兰教授鞠躬道，"请您务必答应我们。"

"那好吧。"兰教授点了点头。

半小时后，兰教授坐在了方家宽敞的大客厅里。方元支走佣人，亲自替兰教授泡上一杯热茶。坐在客厅里的还有两个人——方元的弟弟和妹妹，看上去都是二十多岁的模样。

方元再一次向兰教授道谢："教授，我那天晚上冒昧地去请您，您答应了我的请求，满足了家父最后的心愿——我们兄妹三人真是对您万分感激。"

方元的弟弟和妹妹也赶紧附和，连声道谢。

兰教授摆了摆手说："客气的话就别再说了，为老朋友实现最后的心愿是我该做的——我想知道，你们今天请我来到底是为了什么？"

兄妹三人对视一眼。方元说："兰教授，其实我们今天请您来，就是为了家父那个'最后的心愿'。"

"什么？"兰教授有些没听懂。

"让我来说吧。"方元的弟弟说，"教授，我们实在是太好奇了。您知道吗，家父在临终前，对于财产、房产的分布情况或是家中其他重要事宜的安排等只字未提，只是不断说着要找您来，听完那个二十年前没听完的故事——我们实在是不明白，您在二十年前到底讲了个什么样的故事给家父听，以至于让他一直牵肠挂肚，在生命的最后一刻什么都不管，而只念着那个故事？"

兰教授有些明白了："你们是不是想知道，我讲的到底是个什么故事？"

"是的，教授。"三个人一起回答道。

兰教授摇着头说："对不起，因为某种原因，我不能把这个故事讲给你们听，请原谅。"

方元问道："为什么？"

"这个原因我也不能说。如果你们没有别的事的话，我要告辞了。"兰教授从沙发上站起来。

三兄妹都着急起来，想挽留兰教授，却找不到什么更好的理由，只能眼睁睁地看着兰教授走到门口。

情急之下，方元的妹妹说："教授，您的这个故事折磨了我们父亲二十年，难道您也要折磨我们这么久吗？"

方元拉了她一下，瞪了她一眼，用眼神谴责道——这样说太失礼了。

兰教授停下脚步，回过头来望着他们，意味深长地说："你们真的想听吗？"

三个人一起点头，方元为难地说："教授，真的……我们太好奇了，如果您不讲的话，我们恐怕真的会寝食难安。"

兰教授从门口走回来，说："你们要我讲也可以，但必须用一些东西来交换。"

"是什么？"方元问。

兰教授说："我要你们把一生当中经历过的或是知道的最诡异莫测的故事讲给我听，如果我听得很有兴趣，那么作为等价交换，我就把二十年前我讲给你们父亲的那个故事讲给你们听。"

三兄妹同时一愣，他们没想到会是这样的交换。

过了一刻，方元说："可以，教授。但我们得先想想。"

兰教授点点头，坐回到刚才的位置说："我给你们十分钟的时间来思考吧。"

三兄妹沉默着，各自考虑着自己的故事，过了一会儿，方元的妹妹说："我先讲吧。"

兰教授做了一个"请"的手势。

她说的是在她读大学期间的一件事。那天晚上，她和几个室友在路过一座桥时，惊讶地发现河滩上有一个全身绿色、长得像青蛙般，却又直立行走的"人"。她们大声惊叫，指着那怪物，却惊动了那怪物。

那个"青蛙怪"趴到地上，迅速地跳进了河里。桥上的人注视着河面达半个小时之久，却再也没有见到它浮上来。

五分钟之后，她讲完了。

兰教授笑着说："你讲的这个根本不能算是一个故事，顶多算是一次奇妙的见闻。"

年轻女孩显得有些尴尬。兰教授轻轻摇着头说："如果你们要讲给我听的故事都是刚才那样的——那么不讲也罢。"

方元的弟弟想了一会儿，有些为难地说："我倒有一个十分离奇和恐怖的故事——是我一个搞摄影的朋友亲身经历的……只是，正因为这件事是真实的，所以我至今都感到非常害怕……要不是今天这种特殊情况，我是不愿意讲出来的。"

兰教授扬起一边的眉毛说："希望这一次我不会失望。"

"这我可以保证。"方元的弟弟肯定地说，"我开始讲了，故事的名字叫'灵异照片'。"

Story 1
灵异照片

楔子

在散发着猩红色惨淡光线的暗房内，老摄影师从水池里拿起一张刚洗出来的照片。他仔细地端详它足有五分钟之久，然后迅速地抓起旁边的另一张照片，将两张照片反复地研究、比较。不知不觉中，他惊恐地睁大眼睛，双手颤动，脸色变得惨白而灰败，好半天，他才哆嗦着挤出一句话：

"我的老天，原来是这样……这张照片的秘密，原来是这样……"

半分钟后，摄影工作室内的助手猛地听到暗房里传出一声凄厉的惨叫。他回过头，心中一怔，赶紧丢下手中的活儿，向暗房奔去——将门打开后，他大吃一惊：老摄影师倒在地上，双目圆睁，惊恐地望向前方，他的脸部肌肉因痛苦而扭曲变形。他一只手紧紧地揪着心脏部位，另一只手却直伸着，手中捏着两张彩色照片。

助手赶紧俯下身去扶起老摄影师，托起他的肩膀和头，大声喊道："老师！你怎么了？"

老摄影师的脸上布满了恐惧，他颤抖的嘴唇一张一合，却发不出任何声音，只是死死地盯着手中那两张照片，仿佛想暗示什么。

助手惊慌失措地望着老师，又望向他手中的照片，疑惑地问道："老师，你……是不是想告诉我什么？"

但是，他再一次望向老师时，却发现老师眼中的最后一抹光消失了。老摄影师痛苦地抽搐了一下，脑袋和手臂一齐耷拉下来。

"老师……老师！"助手惊恐地摇晃着老摄影师的身体，试图尽最后的努力将他唤醒，但一切都已经无济于事了。

第一章

海鸣知道，他今天特意将摄影工作室停业一天，就必须要把这件事情处理好。

上午，已经把几百张照片按照风景、人物、另类风格和超现实主义分成几大类了。那么今天上午要做的事，就是分别在这几大类摄影作品中挑出最好的几张来——他清楚，如果在这个月内还无法选出最好的几张作品，自己就别想在全国摄影大赛中获奖了。

半个小时后，海鸣确定了几张人物摄影和超现实摄影作品——但风景类的，他却始终拿不定主意，或者说他认为根本就挑不出特别好的来。海鸣不禁皱起眉头——怎么办呢？要是拿不出最一流的作品，那么参赛也是白搭。

海鸣将头靠在椅背上，叹了口气，他看了一眼旁边那面大镜子中略显颓废的自己，竟有些怀疑起来——当初把个人生活和感情问题抛在脑后，把工作和事业当作第一，这个决定真的对吗？自己已经快三十岁了，却还是没能功成名就，每天就守着这个小小的摄影工作室——如果这次仍然不能在全国摄影大赛中获奖，那自己这种平凡而又略显尴尬的创业状况到底要持续到什么时候？

不行。现在不能泄气，要有自信。离大赛还有二十多天呢。海鸣在心里告诉自己——其实，你真的很棒，有着杰出的才能和天赋，你需要的只是一些机遇而已，一定要坚持下去。

就在他鼓足干劲，信心百倍地计划下一次摄影的时候，外面的敲门声扰乱了他创作的思绪。海鸣有些不耐烦地回过头望着玻璃门外，心里想——没见到门外挂着"暂停营业"的牌子吗？

尽管心里有些不情愿，海鸣还是离开里屋，到门口打开锁着的玻璃门——门外那个三十多岁的男人向海鸣谦逊地点头致礼，问道："请问你是摄影师海鸣先生吗？"

海鸣点头道："是我。"

来者说："海鸣先生，你好，我叫丁力，我有一点事情想麻烦你一下。"

海鸣指着门口挂着的那块牌子说："先生，对不起，我今天有一些事情要处理，所以停业一天，你能不能改天……"

丁力说："海鸣先生，我只有一点小事，耽误不了你几分钟。这件事对我来说很急切，也很重要，请你帮帮我好吗？"

海鸣犹豫了一下，有些无奈地说："好吧，请进。"

两人在摄影工作室的沙发上坐下来。海鸣打量了一下面前这个瘦小的男人，问："你有什么事情需要我帮忙？"

丁力从随身携带的皮包里拿出两张照片，递给海鸣："请你帮我看看这两张照片。"

海鸣接过来观看，发现这是两张相当接近的照片：照的仿佛是同一个地方——在一间古朴的房间里，窗子打开着，窗外有一片山坡，山坡上有一棵大树——两张照片唯一的区别是：一张是纯粹的场景照，而另一张的窗子面前站着一个身穿白衣的少女，那少女看上去十五六岁，像一个山村姑娘。

海鸣将两张照片翻过来覆过去地看了好一会儿，说："这两张照片看起来都很普通呀，有什么问题吗？"

丁力说："海鸣先生，你是专业的摄影师，我想请你帮我鉴定一下，这两张照片有没有经过加工或电脑合成？"

海鸣愣了一下，随即说："这很容易。可是，我能知道你为什么要这么做吗？"

"请你先帮我鉴定出来好吗？"丁力有些急切地说。

海鸣想了想，说："好吧，你坐一会儿，等我一下。"

他将照片拿进里面的工作室，将它们挨个放到一个小仪器上，那小仪器上方射出一束白光，刚好照在照片上。海鸣翻转着照片，从不同的角度仔细观察，又用放大镜端视了好一阵。不一会儿，他在心中得出结论，关上仪器，将照片拿了出来。

海鸣将两张照片一起递给丁力，说："我鉴定过了，这两张照片都是原照，没有经过电脑合成。"

"真的？你能肯定吗？"丁力焦急地问。

海鸣耸了耸肩膀："反正从我目前掌握的鉴定技术和知识来看，这两张照片都是百分之百的原照。"

"是吗，只是原照……"丁力若有所思地低下头，眉头紧蹙。

海鸣望着他，感到有些好奇："怎么了？这两张照片是不是原照有什么关系吗？"

丁力抬起头凝视着海鸣，迟疑了片刻后，说："海鸣先生，你有没有看过前天的报纸——《著名摄影师于光中因心脏病突发猝死摄影室》。"

海鸣一怔，说："没有，我是在电视上看到的这个消息，怎么了？"

丁力叹息道："我是于老师的助手，一直在他的摄影室工作，于老师死的那天，我和他在一起，都在摄影室里。"

海鸣微微张开嘴，显得有些吃惊。他望了一眼丁力手里的照片，说："于先生的死跟这两张照片有什么关系吗？"

丁力沉默了好一阵，犹豫再三之后，缓缓地说："报刊记者和那些新闻媒体来访问我时，我只告诉他们，于老师是心脏病突发而死……有一些情况，我却没有告诉他们。"

海鸣皱起眉头问："什么情况？"

丁力说："那天下午，我在摄影室里清理于老师最近拍的一些摄影作品，于老师在暗房里洗他才拍的照片。突然，我听到暗房里传出一声惨叫，就赶紧跑过去，发现于老师倒在地上，手捂着心脏处。我吓得惊慌失措，还来不及打急救电话，于老师就已经……死了。"

海鸣点了点头，示意他继续说。

丁力摇着头，竭力回忆当天的场面："于老师在临死前的最后一刻，显得神情可怖、面目扭曲，像是受到了什么突如其来的惊吓一般。当时，他已经发不出声音来，只是用尽最后的力气举起这两张照片，眼睛死死地盯着它，就像是要告诉我或是暗示我什么！"

海鸣大吃一惊："你是说，于先生在死之前就捏着这两张照片？"

"是的，可是我还没来得及问他什么，他就已经死了。所以，我直到现在也不明白，他举着这两张照片，到底是想告诉我什么！"

海鸣问："你以前没见过这两张照片吗？"

"没有。"

海鸣思索了一会儿，说："就算他是想在临死前告诉你什么——可是你为什么会认为他的死跟这两张照片有关系呢？"

"因为——"丁力的语气激动起来，"因为于老师那天下午一直都是好好的，他到暗房去洗照片，那是再平常不过的事——他为什么会猝发心脏病？而且，他倒在地上，都快死了，还紧紧地捏着这两张照片不放，眼睛里充满恐惧，直愣愣地盯着它——难道，这些还不能让我认为他的死和这两张照片有关吗？"

海鸣紧皱着眉头，感到这件事确实有些匪夷所思，他问道："那你来找我鉴定这两张照片，是什么意思？"

丁力困惑地说："我觉得不可思议——这两张照片只是于老师拍的成千上万张照片中相当普通的两张而已——我实在是看不出来有什么不对劲的地方。所以我才拿来请你帮我鉴定一下，看看这两张照片是不是有什么古怪。但你刚才都说了，这只是两张普通照片而已——所以，我也就不懂了。"

海鸣想了一会儿，说："那你接下来准备做什么呢？"

丁力说："我不准备再做什么了。既然这两张照片并没有什么不对，我也就不想再深究下去了。"

"这两张照片你准备怎么处理？"

丁力耸了耸肩膀说："不知道，但我不想留着——也许一会儿出门之后，我就会把它丢到垃圾箱里。"

海鸣突然觉得心中有种难以名状的复杂感觉，他说："既然你准备丢掉……那不如把这两张照片给我吧。"

丁力有几分讶异地说："你要这两张照片做什么？"

海鸣撇了下嘴，说："我也不知道，我只是感到好奇，觉得你讲的这件事有些蹊跷——这两张照片，也许真的有些不同寻常之处。你就这样扔了，未免可惜。"

丁力如释重负地说："海鸣先生，我本来也不太情愿丢掉的。既然你要的话，我就给你吧。"

说着，他将手里的两张照片递给海鸣，并留下一张自己的名片，然后站起来说："谢谢你，海鸣先生，我告辞了。"

海鸣冲他点点头，目送着他离开。他将工作室的玻璃门锁上，拿着这两张照片返回里面的小屋。海鸣又仔细地看了一阵照片，仍没能看出个名堂。出了会儿神之后，他想起当务之急是什么，便将照片放进摄影工具盒里，又钻研起参赛作品的事来。

第二章

接下来的几天，海鸣索性一不做二不休，将摄影工作室关闭一周，每天到不同的地方拍摄照片。他下定决心，一定要在这个星期内拍出满意的参赛作品。

前两天，海鸣的足迹遍布水边和山林，但照片洗出来后，他认为这些题材太过俗套，难以在众多风景摄影中脱颖而出。所以，他把今天的行程定为周边县城的一个古寨，希望能在那里发现一些与众不同的惊喜。

乘坐了四个小时的汽车后，海鸣到达县城。紧接着，他跳上一辆小中巴车，在崎岖的山路上又颠簸了两个小时，终于到达那个古寨。

车程中激烈的颠簸让海鸣有些晕车，下车之后，他差点儿呕吐出来。但很快，眼前的景致就转移了他的注意力——

这是一个古老而神奇的地方。整个古寨由石墙和木结构庭院廊房结合而成。寨中的房屋、小院规划奇特，精致优美。再放眼四周，山清水秀、潺潺流水——各种迷人景色让人目不暇接。

海鸣第一次到这里来，他惊叹于这里的奇异和美丽，有种如获至宝般的欣喜。他甚至觉得这里比以前到过的一些著名景区还要别具一格。海鸣感叹道，如果不是这里地势偏远、交通不便，恐怕早就变成旅游胜地了。

海鸣忘记了旅途的不适和疲惫，他拿出相机，在古寨中青石板铺成的小路上漫步而行，将他看到的每一个美妙细节都拍摄进去。

穿梭在古老的街道上，海鸣越拍越兴奋。他在这里发现了无数的惊喜，都是风景摄影中的最佳题材——由木板组成的古旧店铺、城市中早就消失的老茶馆，甚至连那街边老头儿摆的剃头摊儿都让海鸣拍得不亦乐乎。

拍了几十张近景之后，海鸣想拍一些古寨的远景。他环顾四周，发现不远处有一片小山坡，从山头上望下来，恰好能看到大半个古寨——那是再好不过的拍摄角度了。

海鸣提上摄影工具盒，挎上相机，快步向小山坡跑去，不一会儿，就爬上了山头。他累得气喘吁吁，在一棵大树旁边坐了下来，背靠在树干上，稍做休息。

坐了五六分钟，海鸣拍拍屁股站起来，正想举起相机往山下选景，突然愣了一下，微微张开嘴。

他缓缓回过头，盯着刚才靠的那棵大树看了半晌，又迟疑地向四周环顾，神情迷惑不解。

他突然发现，这片山坡和这棵大树为什么让他感觉如此熟悉呢？就像是前不久才见到过一样——可是，自己是第一次到这里来，怎么可能呢？

海鸣皱起眉头使劲回想——到底在什么地方见过这片山坡？电视上？不对，最近忙得根本就没看过电视。在什么摄影杂志上？似乎也不像……

忽然间，他猛地一怔，望了一眼自己手里提着的摄影工具盒，将它快速地打开，从底部抽出两张照片。他拿着照片对照周围的景物，表情变得诡异无比——

真的是这里！几天前，丁力留给自己的那两张照片——那房间的窗户外有一片小山坡，山坡上有一棵大树——居然就是现在自己站的这个地方！

对，没有错——海鸣拿着照片仔细对照。在大树右边几步远的地方，有一块青石；这棵树的形状，它分出的四组大树枝——这些都跟照片上一模一样！

海鸣托着下巴思索着：看来，于光中先生也到这里来拍摄过，他临死前捏着的两张照片就是在这个山寨里拍的。海鸣再一次拿起照片仔细观察，忽然产生一个古怪的想法。

从照片中拍摄的房子里能够看到这片小山坡，而现在照片在自己手里——那么只要到山下的几户民居中去，对照着照片挨个寻找，就肯定能发现在某一家的房子里，恰好能出现和照片上一样的角度——这样的话，就能知道于光中先生是在哪一家拍的这两张照片了。

海鸣心里清楚，刚才的想法在理论上是完全成立的，而且实施起来也应该不困难。可是，这样做的理由是什么？就算知道于光中先生是在哪一户人家里拍的这两张照片，又有什么意义呢？

海鸣忽然想到，说不定，去向那户人家的主人打听一下，能问出些什么——看看这两张照片和于光中先生的猝死到底有没有联系。

想到这里，海鸣打定主意，他在山头上往下拍了几张古寨的全景后，就带着摄影器材和好奇心急匆匆地跑下山来。

因为照片中的窗户外没有别的遮挡，能直接看到山坡，所以海鸣判断照片中的人家肯定就是离山最近的几户民居中的一户。他走进山下的一个方形院落，里面住着八九户人家，而西边方向对着山坡的三户人家中显然就有一户是他要找的地方。

海鸣没想到这么快就能将寻找范围缩到如此之小，接下来，只需要找一个合适的理由去拜访就行了。

海鸣走到左边第一家面前，敲了敲那扇木门。不一会儿，门打开了，一个四十岁左右的中年男人问道："有什么事？"

海鸣说："您好，我是个自由摄影师，想拍摄一些带有传统风格的民居建筑——不知道能不能进您家去拍一下室内的构造？"

中年男人显得有些受宠若惊，他乐呵呵地说："当然可以，你进来吧！"

海鸣向他点头致谢，然后走进屋内。中年男人的妻子和女儿得知他的用意后，都热情地表示欢迎。

房屋里面确实古色古香，海鸣在大屋和厨房里都拍了几张照片，中年男人又主动将他带到小屋，也是他们睡觉的房间去。海鸣注意到，这间屋子里有一扇窗子，能看到外面的山坡。他悄悄取出照片比较——不对，从窗口望过去，只能看到山坡的左边，连那棵树都看不到，看来不是这家。

海鸣又随意地在这个房间里拍了几张照片，然后向房屋主人道谢，准备离开了。女主人招呼他坐下来喝水，男主人甚至要留他一起吃晚饭，海鸣谢绝他们的好意，走了出来。

这一次，海鸣来到中间那家房屋门口。其实，通过刚才的比较，他心里已经有谱了——这一家的窗外能看到的景色，应该就跟照片上的角度差不多。

在敲门之前，海鸣注意到这户人家的一些与众不同之处：这个方形院落的房屋门前都按相等间距排列着支撑房梁的木柱——但这户人家大门前的两根木柱下方，却有着其他木柱没有的石头柱墩。柱墩上面雕刻着一些像神灵鬼怪般的奇异形象。海鸣蹲下身去看得出神，却不明白这些浮雕的意义。他用相机拍了下来。

站起来后，海鸣敲了敲木头大门，他在门口等了半分钟左右，也没听到里面有动静。海鸣又加重力气敲了几下，还是没反应。他有些失望起来——难道家里没人？

又等了半分钟之后，海鸣叹了口气，沮丧地转过身准备离开，却在转身的瞬间听到木门发出"嘎吱"一记刺耳的声响，把他吓了一跳。他回过头，见门打开一小半，一个满脸皱纹的老妇人有些恼怒地望着他，用干瘪的声音问道："刚才是你在敲门吗？"

海鸣注意到这个老妇人拄着拐杖，料到她腿脚不便，便赶紧说："对不起，老太太，打扰您了。"

老妇人毫不客气地说："你要干什么？"

"是这样。"海鸣故技重施，"我是个搞摄影的，到这儿来拍摄一些古民居，想到您的房子里拍拍里面的构造。"

"我这儿没什么好拍的。"老妇人冷冷地回答一句，然后就要关门。

"哎，等等。"海鸣顶住门，恳求道，"老太太，您就让我进去拍一两张吧，不会耽搁您太久的。"

"我说了不行，你听不懂吗？"老妇人厉声道，又要关门。

海鸣有些着急起来，只能说："这样吧，老太太，要是您觉得我不方便进去，那您就把这门打开一点儿，我就在这门口照一张，那总行了吧。"

老妇人耐不住他磨，不耐烦地说："好吧，你快些照！"说着将门打开一大半。

"谢谢，谢谢！"海鸣一边道谢，一边朝屋里望去——这户房屋的构造和刚才那家不一样，没有在里面分成几个房间，整个就是一间大房子。屋里的布局、陈设一目了然。

当然，海鸣一眼就望见了房屋正中间的那扇窗户，不用对比照片他也立刻就知道，这回找对地方了——不但窗外的景色和照片上一致，连屋内的摆设也和照片上一模一样。

海鸣在门口架起相机，正要拍摄，忽然发现这个大房子里只有一张单人小木床，他好奇地问道："老太太，您一个人住这儿吗？"

"你看不出来吗，这屋里哪里还有别人？"老妇人没好气地说。

海鸣愣了一下，想起照片上那个白衣少女，不自觉地说："您真的一个人住？那您的孙女呢？"

老妇人抬起头望着他："你说什么？"

海鸣立刻反应过来失言了，他慌忙解释道："我……我猜的，我以为您跟您孙女一起住。"

老妇人脸上忽然青筋暴起，恼怒地说："我没结过婚，连儿女都没有，哪来的孙女！你到底是来干什么的，要是不拍，我就关门了！"

海鸣难以置信地张开嘴，见老妇人又要关门了，他赶紧按了一下照相机快门，还没来得及多照一张，老妇人已经"砰"的一声将门关拢了。

海鸣拿着相机呆呆地站在门口，本来他还有些问题想问那个老妇人，但是很显然，那老妇人已经不会再接待他了。

海鸣怅然若失地离开老妇人的家门，朝小院外缓缓走去，脑子里胡乱思忖着。

这时，从小院外走进来几个十五六岁的男孩子，他们背着几捆柴火，显然是住在这个院落里的。海鸣看见他们后，从工具盒里拿出照片，走到那几个男孩面前，展示出照片，问道："请问一下，你们见过这个穿白衣服的女孩儿吗？她是不是也住在这个院子里？"

几个男孩一起将脑袋伸过来看，然后异口同声地说："没见过。"

海鸣不死心，又问道："你们看仔细些，真的从来没见过她？"

一个皮肤黑黑的男孩说："我从小就住在这院子里，根本没见过这个人。"

另一个光着膀子，满身是汗的男孩说："别说是这个院子，就我们整个寨里也没见过这个人。"

海鸣指着老太太的房屋问道："那间房子里，一直就只住着那个老太太吗？"

几个男孩对视了一眼，皮肤黑黑的男孩说："反正从我记事起，那屋里就只住着一个老太太，没见过别的人住那里了。"

几个男孩绕过海鸣，各自背着柴火回家去了。

海鸣在原地站了好几分钟，眉头拧成一个死结。一些诡异莫名的感觉像看不见的蚂蚁般慢慢从脚底爬上他的身体，使他感觉后背和头皮开始发麻。

第三章

返程的汽车比来时开得还要慢，足足用了七个多小时，海鸣才回到自己熟悉的城市，这时已经是晚上九点多了。

海鸣在车站附近的小餐馆随便吃了点儿面食当作晚饭。接下来，他拖着疲惫的身体回到家——其实就是摄影工作室——这个集营业、工作、生活为一体的沿街店铺。在工作室里坐下还没休息五分钟，海鸣就强迫自己进入洗照片的暗房。他早就决定，不管多累，今天也必须看到拍摄的所有照片。

除了关心摄影效果之外，还为了证实一些让他心里发怵的东西。

胶片经过清水和显影液的冲洗，渐渐出现轮廓。海鸣发现——自己居然对那些有可能用于参赛的作品都毫不关心，只想快些看到最后在老太太门前拍的那张照片。

终于，他在众多照片中找到了那一张——海鸣定了定神，吸一口气，将照片缓缓地举起来，借助暗房里微弱的红光看过去——

窗子、山坡、树，还有老太太的半张脸——除此之外，并没有什么异常的东西。

海鸣放下照片，长长地吐出一口气，心中紧绷的那根弦也随之放松下来。

看来，是自己想多了。海鸣在暗房的一张凳子上坐下来——本来就不可能的——这个世界上不会出现这种恐怖离奇的怪事。

可是——他又想到——如果不是"那种东西"的话，于光中先生拍的那一张照片该怎么解释呢？自己已经鉴定过那两张照片，拍摄的时间不会太久远，应该是在几年之内。这样的话，那张照片中站在窗前的白衣少女是谁？为什么根本没人看过，甚至没人知道她的存在？

想到这里，海鸣不禁打了个冷噤，感觉后背阵阵生寒——其实，在他还在读大学的时候，就听说过，或者在一些杂志书报中了解过关于"灵异照片"的事。那都是来自世界各国一些令人骇然的、真假难辨的事件。但海鸣从来没想过，自己有一天居然也会和这种事情沾上边！

在暗房死寂、沉默的气氛里，暗红色的灯光让周围的一切都显得狰狞可怖。海鸣竟感觉身子在微微发抖，有些不寒而栗。他赶紧离开暗房，到工作室大厅里，将屋内的开关全部打开，整个房间照得如同白昼。海鸣再泡上一杯热茶，呷了几口之后，才稍稍安稳下来。

几分钟后，海鸣想出一种解释，用于安慰自己——也许，那个白衣少女是于光中先生特意带到那个地方去的一个模特儿。也许他觉得光拍摄一个室内场景太单调了，所以专门请一位模特儿站在那里，纯粹是为了艺术创作的需要。

而于光中先生的心脏病突发，其实和这两张照片并没有什么关系，纯粹只是巧合而已。是他的那个助手和自己胡乱猜测才会对这两张照片如此关注——这样想的话，海鸣感觉心安了许多。

放下心之后，困倦立刻向海鸣侵袭过来，他打了几个哈欠，准备去洗漱睡觉了。

在卫生间漱完口，又冲了个澡后，海鸣走到摄影室里面的房间——这里其实是他的卧室，仅有一张床和摆在床头的小柜子。海鸣打开床头柜上的台灯，再躺在床上，顺手捧起旁边的一本小说——这是他多年的习惯——不管多疲倦，睡前总要看会儿书才能入睡。

今天的这个步骤像是走形式般地只进行了二十分钟，海鸣的眼皮就再也撑不起来了——事实上，这本来就是他在睡前看书的真正目的——如今的很多小说，别的效果没有，在治疗失眠症方面却绝对是颇有建树。

海鸣一连打了好几个哈欠，他擦了擦挤出来的眼泪，将书放在枕边，再习惯性地抬起右手，去按床头柜上的台灯开关。

他在柜边摸索了几下，突然摸到一个软软的东西。

海鸣心头一惊，迅速地把手抽回来，再侧脸望过去——

床头柜上只放着几件东西：台灯、手机、闹钟和一个方盒子——没有哪一样东西的手感会是"软软的"。

而且，更令他感觉毛骨悚然的是，他刚才摸到的那样东西……似乎是一个人的手。

一阵寒意向海鸣袭来，使他连打了几个冷噤。他下意识地缩进被子里，惊恐地睁大眼睛。

不可能，不是我想的那样——他安慰自己道——那只是错觉而已。今天实在太疲倦了，神经紧张下出现的错觉而已。

但不知道为什么，他越是这样想，越觉得恐怖异常。这时，他又发现了一些新的东西——自己刚才进这间里屋来时，是将门关上了的，但现在门却打开着。

我刚才关门了吗？没有关吗？他反复问着自己，却无法在自己混乱失常的大脑中寻找到答案。他只感觉自己在瑟瑟发抖，全身的毛孔都竖立起来，他惊恐不安地望向房间的天花板、墙壁和桌子、椅子，感觉在死一般的寂静中，有某种东西正躲在它们后面，阴冷地觊觎着自己。他的心中突然产生一个无比骇然的感觉——

这个房间，已经在不知不觉中多出一个人来了。

海鸣倒吸了几口凉气，身子变得冰冷无比。他不敢再想下去了，命令自己闭上眼睛，却无法关闭脑海中的恐怖影像。在闭上双眼后，那些东西一齐从黑暗中跳出来，扑到他面前。

他不知道自己是怎样睡着的。

第四章

　　清晨，响亮而清脆的闹钟铃声把海鸣从睡梦中唤醒。睁开眼后，海鸣看到了窗外微白的太阳光。他盯着那光看了好久，仿佛希望那光线能照到自己的心里来，将自己昨晚那些恐惧的印象驱散殆尽。

　　在床上坐起来后，海鸣发了好几分钟的呆，忽然，他的脑中闪过一个念头，这念头使得他连衣服也来不及穿，急忙掀开被子就从卧室跑了出去。

　　海鸣从工具盒里拿出那两张照片，再从一个抽屉里找出他的另一架相机——这是一台数码相机。他将有白衣少女的那一张照片平摆在桌上，再举起数码相机，选择与照片垂直的正上方，调整好距离和角度后，将那张照片拍进了数码相机里。

　　紧接着，他打开桌上的电脑，将数码相机与电脑相连接。不一会儿，他就在电脑上看到了刚才翻拍的那张照片——效果很好，几乎和原照一模一样。

　　海鸣在电脑的搜索引擎上熟练地输入一个网站的名字，不一会儿，电脑屏幕上出现一个网页——这是海鸣所在的城市中最大的一个专业摄影师网站，本地的摄影爱好者们都通过这个网站进行交流和沟通。

　　海鸣在这个网站上发过几十次作品了，他登录上去后，来到网站中的"摄影师论坛"，建了一个帖子，命名为"请大家来看看，这可能是一张灵异照片"。然后将刚才翻拍进电脑的那张照片发在帖子中，并在下面附了一句话——"这张照片是在本市 ×× 县的一个古寨民居中拍摄的，古寨中的居民均称从未见过照片中的白衣少女。请问一下，有人见过这个白衣少女吗？"

海鸣反复看了几遍自己所发的这篇帖子，他想了想，为了吸引更多的人来点击和浏览这个帖子，他去掉了标题中"可能"两个字。

做完这一切，海鸣关闭电脑，长长地吐出一口气——这是他目前所能想到的最好的办法了——也许在摄影师论坛上发表之后，会通过一些见多识广之士了解到这张神秘照片的相关信息。

海鸣返回到卧室，穿好衣服和裤子，再到卫生间洗漱。接着，他在镜子前胡乱梳了几下头发，就背起摄影工具准备出门了。

按照之前定好的行程，今天应该到另一个周边县城去拍摄那里的古桥和庙宇。

这是平淡而充实的一天。

从那个县城回来，已经是晚上七点多了。这一次，海鸣连晚饭都顾不上吃，直奔自己的摄影工作室。

进门后还没来得及喘口气，海鸣就赶紧打开电脑，点开那个网站，他惊讶地发现，在短短的不到一天的时间里，自己早上发的那个帖子就已经有上千个人浏览过了，而回复数也多达八十多条。海鸣兴奋得满脸发光，赶快将帖子点开，仔细看起回复内容来——

> 骗人的吧？
>
> 随便照张相，就说是灵异照片。
>
> 我们市有这个地方吗？
>
> 这招我也使过，可没吓到人。
>
> 照片上那人是你妹妹吧，楼主？
>
> 进来看帖的人都被楼主耍了，现在楼主正得意地笑呢。
>
> 这也叫灵异照片的话，我家里有两百多张。
>
> 同意楼上的说法。
>
> 其实我就是照片上的女鬼，今晚会来找你，楼主。
>
> 现在这个网站也越来越滥了，任何人都能在上面胡乱

发照片，都没几个人是认真发艺术作品的了，悲哀！

　　盯着看久了还是有点毛毛的……

　　拜托楼主以后要造假也得有点常识，灵异照片不会这么清晰的。

　　照片上的MM是谁，能交个朋友吗？

　　还以为是多恐怖的呢，结果进来看发现就是一张普通生活照，烂！

　　……

　　看了十多条回复，海鸣感觉自己的心也和帖子一样在逐渐下沉，他完全没料到，自己上午那一厢情愿的想法如此天真和幼稚——这么多的人看了之后，竟然没有一个人相信是真的！几乎所有人对这张照片的态度都是怀疑、讥讽和调侃。海鸣沮丧地垂下头，不想再看下去了。

　　调整了一下情绪后，海鸣觉得还是应该坚持把回复看完——在这几十条回复里，哪怕能找到一两条有用的信息也好啊。他的眼睛继续回到电脑屏幕上。可是，他耐着性子又看了两页，发现还是和之前差不多的内容。就在他心灰意冷，准备关闭网页的时候，一条与众不同的回复跃入他的眼帘，引起了他的注意——

　　能告诉我你是在哪里转帖的这张照片吗——对不起，我几年前就在网上看过这张照片了，所以我知道这张照片不可能是你才拍的。

后面还留了一句：

　　如果你愿意告诉我这张照片的出处，我将万分感激。我的电话：139××××××××，敝姓倪。

海鸣将这条回复来回读了好几次，用手捏着下巴思索起来。很明显，这个人的态度是诚恳而认真的。而且他说的也完全能对上号——这张照片确实不是最近才拍的，可能就是几年前拍的。更关键的是，他透露了一个很有用的信息——原来，早在几年前就有人曾把这张照片发到过网上，并引起了一些人的关注，而且这个人极有可能就是死去的老摄影师于光中——看来这张照片果然不简单，其中必有蹊跷！

海鸣心中一阵激动，他赶紧抓起桌上的电话，拨通了那个人留下的手机号码。

电话响了几声后，对方接了起来："喂，你好。"

"你好，请问是倪先生吗？"

"是的，你是……"

海鸣一时竟不知道该怎样介绍自己，他想了一下，说："是这样的，倪先生，今天你是不是浏览了'摄影家网站'，看了一篇帖子，并留下了自己的联系电话？"

"哦，是的。"对方显得有些意外，"这么说，你是……"

"对，我就是发那篇帖子的人。我叫海鸣，是一个专业摄影师。"

电话那头的人停顿了一阵，似乎有些尴尬地说："对不起，海鸣先生，我在回复中指出那张照片不是你拍的……"

"不，倪先生，你用不着道歉。你说的完全没错，那张照片本来就不是我拍的。"

他像是没料到海鸣会如此坦诚，愣了半晌后，说："那么……你愿意告诉你是从哪个网站上转帖的这张照片吗？"

"恐怕我不能。"海鸣说，"因为这张照片我不是从哪个网站上转帖下来的。"

"可是，你刚才承认了，这张照片不是你拍的。"

"这张照片不是我拍的，可我也能拥有它呀。"海鸣忽然觉得有些好笑，"倪先生，你好像完全没想过这张照片现在会在我的手里。"

"什么！"电话那边的男人突然失声大叫起来，"你说，那张照片现在就在你手里？"

海鸣被他突然变化的态度吓了一跳，说："是的……怎么了？"

电话那头沉默了一刻，那男人低声说："不，这不可能，我……

有些明白了。你是看到我在网上留的言，打电话来消遣我的吧。"

海鸣觉得既好气又好笑，他正色道："请原谅，倪先生，我没有你想的那么无聊。况且就算我无聊到想打电话消遣某人，也一定会找一个妙龄女郎下手，你觉得呢？"

对方也不知道是在发呆还是在判断，过了好一会儿，才疑惑地说："难道，你说的是真的？那张照片真的在你那里？"

"这样吧，倪先生，如果你还是不相信，可以亲自到我这里来看。在东城幸福路有一家'海鸣摄影工作室'，我现在就在这里。"

电话里的男人激动起来："好的，海鸣先生，我马上就到，请你等着我。"说完挂了电话。

海鸣将电话放下后，回味着刚才和那位"倪先生"的对话——毫无疑问，从这个男人的语气和态度来看，他不但见过这张照片，还肯定知道一些关于这张照片的隐情。也许，他的到来会帮自己解开关于这张照片的秘密。

海鸣走到门口，将摄影工作室的玻璃门大敞开来，等待着那位男人的到来。

第五章

四十分钟后，倪先生便满头大汗、心急火燎地出现在摄影工作室门口，海鸣一眼便能看出来，这是一个急性子的人。

倪先生长得高大、健壮，面貌却是张娃娃脸，看上去只有三十岁左右，他在自己的白 T 恤衫上擦了擦手上的汗，伸出手来："你好，你就是海鸣吧，我叫倪轩，和你一样，也是搞摄影的。"

海鸣和他握了握手，说："你好，请里边坐吧。"

海鸣将倪轩带到工作室会客处坐下后，从小冰柜里取出两听冰可乐，递给倪轩一听。倪轩接过来后，道了声谢，但并不喝，迫不及待地说："海鸣先生，我能看看那张照片吗？"

"叫我海鸣就行了，咱们用不着这么客气。"海鸣笑了笑，"当然可以，请你等一下。"然后站起来向里屋走去。

十几秒钟之后，海鸣就拿着两张照片走出来，他将有白衣少女的那一张递给倪轩，说："你看看，就是这张。"

倪轩放下可乐，再次将两只手在 T 恤衫上擦干净，小心翼翼地接过照片，对着光线强烈的地方仔细端详起来。

看了一阵后，倪轩站起来，眼睛眯成一条缝，将照片旋转成不同的角度，转动身子，配合着不同的光源方向仔细观察。那张照片几乎都贴在了他的鼻子尖上。

看着倪轩举着照片在房间里打转，像是一个初学舞蹈的人在笨拙地扭动着身子。海鸣觉得有些好笑，但他心里却明白，这个倪轩也是一个行家，从他这些举动就能看出他是一个会鉴定照片的专业摄影师。

倪轩认真地研究了足有七八分钟之久，终于缓缓地坐下来，张开嘴巴，有些不可思议地说："是真的……这张照片是真的。"

海鸣望着他难以置信的表情，问道："这张照片是真的，这意味着什么吗？"

倪轩扭过头来，望着他说："你还记得我在网上给你留的言吧？我说几年前我就在一个网站上看过这张照片了，所以我知道，这张照片不会是你最近才拍的。"

"可是，你为什么不认为几年前在那个网站上发这张照片的也是我呢？"

"因为我认识那个人。"倪轩说。

海鸣轻轻地"哦"了一声。

"其实那个人并不是我的朋友，实际上，我和他就是通过这张照片才认识的。"倪轩顿了一下，说，"就像我和你也是这样认识的，差不多。"

海鸣意识到他是要继续往下说的，所以没有打断他，只是点了点头。

"我有一个习惯，喜欢在网上浏览各种各样的摄影论坛，所以我点开那篇帖子，看到了这张照片。"他指了指自己手中捏着的那张照片，"我敢保证，就是这张，一模一样。"

海鸣做了个手势，示意他接着说。

"当时我看到这张照片后，和其他所有人一样，都不相信这是张灵异照片，认为作者是在哗众取宠。但不管怎么说，我仍然抱着半信半疑的态度和发这篇帖子的人取得了联系。我们先是在网上交流，后来互通电话，他告诉我关于这张照片的一些事。"

"是什么？"海鸣问。

"他说，事实上他也不敢肯定这张照片是不是传说中的'灵异照片'。但他却非常肯定，甚至是有些神经质地认为，这张照片绝对有什么古怪，他说自从他得到这张照片后生活就开始变得不对劲起来，似乎出现了一些怪异的可怕事情。但他却不能肯定这到底是怎么回事，所以，他才把照片发到网上来，希望能听听大家的看法。"

我的天呐。海鸣在心里想——这不是和我现在的状况一模一样吗？骤然间，他的脑海里又浮现出昨天晚上的恐怖画面——那扇自己打开的门，还有关台灯时摸到的那只手……海鸣感到后背一凉，脊椎骨中有一股冷气直往上蹿。

倪轩感觉到海鸣走了神，他问道："海鸣，你在听吗？"

"哦，是的……"海鸣回过神来，"我在听着呢——那么，后来呢？"

倪轩摇着头说："后来发生的事情扑朔迷离。我怎么也没想到，这个帖子在网上发了几天之后，那个发帖子的摄影师就死了！"

海鸣猛地抬起头来，问："你说什么？那个摄影师死了，这是发生在几年前的事？"

倪轩说："是的，怎么了？"

海鸣皱起眉头，自言自语地说："原来你说的这个人……并不是于光中。"

"于光中？"倪轩张大嘴巴，难以置信地说，"你说那个著名的老摄影师于光中？你为什么会认为我说的这个人是他？如果是他的话，我一开始就说了。况且，于光中先生不是最近才因心脏病而去世的吗，他和这张照片有什么关系？"

海鸣这才想起，于光中的助手丁力来拜访自己时曾说过，记者和媒体来访问他时，他并没有告诉他们关于这两张照片的事。所以倪轩当然不知道这些内幕和隐情，他表现出这种吃惊的反应，是完全合乎情理的。

海鸣问道："你说的那个摄影师叫什么名字？"

倪轩说："叫徐镇屹，是个三十多岁的摄影师——你还没告诉我呢，于光中和这件事情有什么关系？"

海鸣说："你别慌，我一会儿自然会把我知道的都告诉你。现在，你先把你刚才讲的那件事情讲完——那个叫徐镇屹的摄影师是怎么死的？"

"他具体是怎么死的我也不知道。我只知道，有一天我打电话找他，接电话的却是他家里的人，他的家人悲伤地告诉我徐镇屹已经死了。然后电话里就只剩下哭声……你能想象吧，在那种情况下，我根本就不便多问。"

海鸣说："那么在他死后，那张照片的去向也就不得而知了，对吗？"

倪轩瞪着眼看着他："这正是我想问的问题——那张照片是怎么到你手里的？"

海鸣摇着头，说："我也想知道，这张照片是怎么到于光中手里的。"

倪轩耸了耸肩膀，摊开手，做了一个表示不解的姿势。

"是这样，大概一个多星期之前，也就是于光中死后没过两天，他的助手来找到我，要我帮他鉴定两张照片。同时，他告诉我一个隐情——于光中老先生在临死之前就紧紧地抓着这两张照片，所以他猜测老先生的心脏病突发和这两张照片有关系。我出于好奇，请他把这两张照片留给我——这两张照片就是这样到了我手里。"

"等等，两张照片？"倪轩觉得糊涂了，"我只看过一张啊。"

"还有一张在这里。"海鸣转过身去拿起桌子上的另一张照片，递给倪轩。

倪轩接过那张照片左看右看，又和那张有白衣少女的照片仔细对照了一下，说："这张照片就很普通了，好像没什么不对的地方。"

海鸣点点头，说："如果我没猜错的话，这只是一张普通的照片，它和那一张照片放在一起，是用作'对比'的。"

倪轩微微张了张嘴，有些明白了："你是说，在同一个地方照的两张照片，一张什么都没有，另一张则出现了……"

"对。"海鸣说，"我们开始接触到事件的本质了。"

第六章

　　此时，已是晚上十点多了，城市中的光影已逐渐暗淡。但是幸福路中间的这家摄影工作室里却仍然灯火通明。在里面，两个男人正情绪激昂地谈论着。

　　"……是这样，真是有意思的巧合。"倪轩像是听了什么奇趣故事般，满脸兴奋的表情，"你得到了这两张照片之后没过几天，就在一个古寨里发现了照片中的原景地。而且，你还证实了在照片中的那户民居里，真的没有这样一个白衣少女。嘿，这岂不是等于说，你已经证实这两张照片中的一张，真的就是'灵异照片'！"

　　"等等，别太激动了。"海鸣望着满脸发光的倪轩说，"我只是证实在那个古寨里没人见过这个少女，可没证实全世界的人都没见过她。想想看，如果这个白衣少女是当初拍照片的人专门请去的一位模特，那么古寨中的人不认识她，或是对她没印象就是完全正常的，对吗？"

　　倪轩想了想，点头道："是的……你说的有道理。"

　　"所以说，我在网上把那张照片称为'灵异照片'，实际上也是为了吸引更多人来看而已，我并不能确定它是不是真的'灵异照片'。"海鸣说。

　　倪轩垂下头去思索了一会儿，说："不，我知道，这张照片绝对不普通，它一定有古怪。"

　　海鸣皱起眉头问："你为什么这么肯定？"

倪轩将头抬起来："其实，我刚才还没讲完呢，只是话题被岔开了。"

"什么？你是说，那个叫徐镇屹的摄影师死后，又发生了什么事？"

"是的。"

"是什么？"海鸣急切地问。

倪轩的眼睛望向前方，回忆道："说实话，徐镇屹死后，我当时并没有把他的死和那张照片联系在一起，但我却仍然关注着他发在网上的那张照片，几乎每天都会上那个网站去查看评论。可是，你知道，那只是一家小网站，本来浏览的人就不多，再加上几乎所有的人都认为那张照片只是一个恶作剧，所以这个帖子很快地就沉了下去，没多少人关注了。直到有一天我发现有人匿名回复了一条很奇怪的留言。"

海鸣紧紧地盯着他瞪大的眼睛。

"那个人留的言是——'知道这张照片秘密的人都会死！'"

海鸣深吸了一口气，问道："就这一句话？"

"就这一句话。"

海鸣想了想，说："也许……是有人故意恶作剧，想吓人的吧？"

"不，不可能！"倪轩叫道，"你知道为什么吗？因为我跟徐镇屹通电话时他曾跟我讲过，在他的身边，也就是他认识的人当中，只有我一个人知道他在网上发了这张照片的事！你想想，网上那些人又不认识徐镇屹，怎么会知道他真的已经死了？"

海鸣眉头紧蹙："也许只是巧合呢？"

"对，在遇到你之前，我也认为大概只是巧合，留那条言的人是瞎猫碰到了死耗子。可是，你刚才告诉我，于光中老先生也是接触到这两张照片后就死了的！"

海鸣陡地一怔，那种骇然的感觉又围绕到他的身边来。

"还有更蹊跷的呢。那个人匿名发了这条留言后的第二天，我又去那家网站查看，竟然怎么也找不到徐镇屹发的那条帖子了，似乎已经被管理员删除了！我怎么也想不明白，那家网站上可是什么乱七八糟的帖子都有，为什么单单这篇帖子被删除了！"

海鸣困惑地摇了摇头，他也想不明白。

"从那以后，我就再没有在任何地方看见过这张照片。"倪轩说，"现在你明白了吧，为什么我在摄影家网上看到你发的帖子后，会如此激动，甚至是急切地想立刻和你取得联系。"

"你说的那家小网站呢？现在还能上吗？"海鸣问。

倪轩摇着头说："早就不行了，它已经停办很久了。"

海鸣从沙发上站起来，在屋中来回踱着步，然后带着烦躁不安的语气说："知道吗？我……有些后悔了。"

"什么？"倪轩没听明白。

海鸣长长地叹了一口气，说："一开始，我只是出于好奇和不忍，才把这两张照片留在了身边，但我没想到，竟然会卷入到这样一起离奇、诡异的事件中来，早知如此，我当初就不应该让那个助手把照片留下来。"

倪轩也从沙发上站起来，凝视着他说："海鸣，我们都是专门搞摄影的，难道你就不想解开这神秘的灵异照片之谜吗？"

"我想。"海鸣和倪轩对视着，"可是你刚才已经提醒了我——'知道这张照片秘密的人都会死！'"

"嘿，那只是……"

"不，你不明白。"海鸣打断他的话，"我感觉自己现在就和几年前的徐镇屹一样，接触到这张照片之后，我的身边也开始出现一些怪异的事情。我不希望自己最后的结果也和徐镇屹一样——你能理解吗？"

倪轩摇着头，一脸复杂的表情。"难道，你认为徐镇屹和于光中真的都是因为解开了这张照片的秘密，才导致死亡的吗？可是——"他神色凝重地望向上方，"这张照片到底隐藏着什么样的秘密呢？"

海鸣说："反正我可以肯定的是，这张照片不仅仅是一张'灵异照片'这么简单，也许，它包含着我们难以想象的隐秘和危险。"

两人沉默了一刻，倪轩忽然抬起头，像做出了什么决定般直视着海鸣，说："要不，你把这两张照片交给我，让我来研究吧！"

海鸣凝视着他："你最好清楚你在做什么。"

"海鸣，相信我，我不是一时的头脑发热。"倪轩说，"我也觉得你分析得有道理，也许这两张照片真的牵涉到一些我们难以解释的现象和潜藏的危险。可是，我太好奇了，我没有办法做到不去理睬这件事。我想好了，如果我放手不管的话，我会后悔一辈子的，而且该死的好奇心也会折磨我一辈子！"

海鸣望了他好一阵，点头道："你把照片拿去吧，记住，小心点。"

倪轩感激地说："我会的，谢谢你。"然后小心地拿起桌上那两张照片。海鸣找出一个装照片的纸口袋，替他将照片装了进去，再交给他。

倪轩临走的时候，海鸣对他说："你一旦发现了什么，就立刻打电话告诉我，我的电话就是刚才打到你手机上的那个，你记下来了吧？"

"我知道。"倪轩点了点头，道了声"再见"，转身消失在黑暗之中。

第七章

晚上，海鸣睡了个好觉，早晨起床后，他感觉神清气爽、精力充沛，浑身说不出的舒服。坐在床上想了一会儿，他不知道这是不是把照片送走了的原因，总之生活又开始变得平静正常起来。

想到照片，他立刻想到昨晚将照片拿走的倪轩。海鸣心中一颤——不知道他现在怎么样了。

海鸣拿起身旁的手机，拨通倪轩的号码，电话听筒里传出倪轩的彩铃，是一首熟悉的歌曲。

那首歌唱完一段，又重复起来。海鸣盘算着时间，开始觉得有点不对劲——电话已经拨通一分钟多了，为什么倪轩还没有接电话？

再过了一会儿，电话听筒里传来"嘟、嘟"的忙音。海鸣有些紧张起来，他从床上翻身下地，又拨打了一次电话，但对方仍然没有接听。

海鸣的心脏配合着电话忙音"咚、咚"直跳，他想着，不可能吧，不会的，不会发生那种事的。

一连拨打了三四次，倪轩都没有接听电话，海鸣站在房间里，头脑发蒙。

正在他不知所措的时候，自己的手机突然响了起来，把他吓了一跳，他赶紧接起来，在电话里听到倪轩的声音："海鸣吗？你刚才打电话给我？"

海鸣长长地吐出一口气："你刚才在干什么？我打了好几次电话

给你都不接。"

"对不起，我昨天晚上熬了夜。刚才睡得太死了，你打那几次电话都没能把我吵醒——是我老婆把我叫醒我才知道你打了电话的。"

海鸣擦了擦额头上的汗，说："你把我吓死了，我还以为你出什么事了呢！"

倪轩"呵呵"笑了两声。"哪有那么容易出事呀。"紧接着，他兴奋地说，"海鸣，你在摄影室吧，我马上来找你，昨天晚上，我发现了一些有价值的东西！"

"哦？是什么？"海鸣迫切地问。

"电话里说不清楚，我来了再说吧，你等着我！"倪轩挂了电话。

海鸣放下电话，轻轻地笑了两声，他觉得倪轩这个人不仅长着一张娃娃脸，就连性格也跟个小孩似的。

洗脸、漱口完毕，海鸣烧水泡了一碗方便面。面正吃到一半，就看到玻璃门外倪轩风风火火地赶来了，他的手里拿着一个文件夹。海鸣走过去将门打开，倪轩跨进门来，气都没喘顺就赶着说："我带了些东西……来给你看。"

海鸣招呼他坐下，说："别慌，先歇一会儿吧。"

倪轩却摆摆手，打开手里拿着的文件夹，从里面取出一沓彩色打印机打印出来的铜版纸，把它们递到海鸣的手里。

海鸣接过这一沓纸，估摸着有二十多张，再看内容，全是一些摄影照片。

海鸣翻前面的几张看了看，望向倪轩，说："你可别告诉我，这些全都是……"

"没错！"倪轩揉着发红的眼睛说，"这些就是我昨天晚上熬夜在网上收集的世界各国著名的灵异照片！而且我排除了那些虚假、不可信的照片，现在拿给你看的这二十八张，全都是在世界各国引起极大反响，而且真实可信的灵异照片！"

"比如说这张。"倪轩拿起上面的第一张黑白照片，解说道，"这是英国的一个女人拍的。这个中年女人有一次去自己已经死去十七年的女儿墓前祭奠。临走时，她给女儿墓地拍了张照片。拍的时候，照相机里只有女儿的墓地，别无他物。但照片冲洗出来后，这位女士惊奇地发现，在照片的墓碑前，居然出现了一个模糊的小女孩的影像。而且那小女孩正看着相机——似乎知道正有人在给墓地拍照！"

没等海鸣开口说话，倪轩又激动地翻出第二张照片。"这是一张英国空军战士们的合影。最后一排左边第四个人的后面——"倪轩用手指着那张脸给海鸣看，"看到了吗？这个人的后面还有一张脸！后来人们认出来，他叫弗雷德·杰克逊，是一个飞机机械师，可问题是，这张照片拍摄的两天前，一架飞机的螺旋桨意外地将他击倒，他死于非命。他的葬礼就是拍摄这张照片那天举行的。照片冲洗出来之后，照片中的人都认为那张脸就是弗雷德·杰克逊的。他的战友们认为，杰克逊并没有觉得自己已经死去。显然，他不想错过飞行队的最后一次合影。"

倪轩又从那一沓照片中抽出一张，对海鸣说："这张照片，你看看，有什么不对吗？"

海鸣仔细地看了看那张照片，这是一家医院，病房里站着十几个人，他们都望着病床上已经盖上白布的死者，神情忧伤。海鸣看了好一会儿，对倪轩说："这张照片我没觉得有什么不对呀。"

倪轩将照片举起来，指着照片上的一个人说："看见这个人了吗？在他的身后还有一个男人对不对？可是你仔细看看——"倪轩将手指移下来，"后面这个男人没有腿！"

"噢，天哪。"海鸣惊呼道。

"这张照片是在波兰的一家医院里拍的。照片中的死者刚去世不到半个小时——而这个后面站着的，没有腿的男人——后来经死者的家属证实，他正是死者本人！他竟然和其他所有家属一起，望着病床上的自己！"

海鸣咽了口唾沫，觉得背后有些发毛，全身也不自在起来。

"还有这张。"倪轩把最下面的一张照片抽出来，"这大概是全世界最出名的一张灵异照片了。1995 年 11 月，英国一个小镇的一栋建筑物被大火烧毁。一位摄影师应召对此废墟进行拍照。就是这张照片，看见了吗？在废墟的右侧，有一个女孩的身影。后来经证实，在 1977

年的时候，这栋建筑物就曾发生过一场大火。一个叫珍妮·切姆的女孩被认定是纵火者——就是这个小女孩！自那以后，她的身影就一直没有离开过那个地方。"

倪轩越讲越兴奋，他干脆将那一沓打印纸从海鸣手中拿过来，准备挨个讲解："再看看这一张吧……"

"等一下。"海鸣打断他，"你该不会是要把这二十几张灵异照片全都跟我详细地介绍一遍吧？我想知道的是，你到底发现了什么？"

倪轩睁大眼睛说："你刚才看了这么多张世界各国著名的灵异照片，难道没发现吗？这些照片中的灵异形象，要么是模糊不清的，或者是半透明状的；要么就是只有半截、不完整的，都没有十分清晰或完整的形象。"

见海鸣困惑地望着自己，倪轩加重语气说："你还没明白？如果我们能证实出现在手里的这一张照片是灵异照片的话——就等于是发现了全世界最清晰完整的一张灵异照片！这会轰动世界的！我们俩都会成为全世界闻名的摄影师！"

海鸣感觉有些头脑发蒙，他摇着头说："可是，你怎么才能证实这是一张灵异照片呢？"

倪轩说："我昨天在网上查了资料。发现一些科学家对'灵异照片'这种现象做出了推测和猜想——他们认为人的灵魂实际上是一种存在于现实中的能量体，在一般情况下我们是感觉不到的。一个人死后，他的灵魂不一定消失，它和一些照相机拍照时产生的波长刚好吻合，所以在机缘巧合的情况下，我们的相机有时就能拍到'灵异'的东西。"

"理论上完全正确。可是，你怎么证实我们现在这张就是灵异照片？"海鸣又重复了一遍问题。

"暂时我还没想到，但我会努力的。"倪轩望着自己的脚尖说，"有必要的话，我再到那个古寨去一趟。"

"我劝你最好还是算了。"海鸣说，"我敢保证，你去的话只是浪费时间，什么也得不到。"

"那我就再想想别的办法。"倪轩将照片收起来，装进文件夹里，"你呢，海鸣，你准备怎么办？"

海鸣撇了撇嘴："我可不敢在这件事情上耗下去了。我还得到处去拍照片，准备参加全国摄影大赛呢。"

"那好吧，这件事情就交给我来研究。"倪轩转过身说，"我回去了。"

海鸣送他到门口，再一次提醒道："倪轩，小心点。"

"我知道。"倪轩冲他摆了摆手，走出门去。

海鸣目送着倪轩离开。最后，他返回屋去，将那半碗泡面吃完，也背着摄影包出门了。

第八章

晚上十一点半，倪轩仍坐在电脑前。他的眼睛因为长时间盯着电脑屏幕而阵阵发涨，但他仍不知疲倦地敲打着键盘，尝试通过各种途径搜索到他想要的东西。

倪轩发现，海鸣在摄影家网上发的那篇帖子确实已经没必要再关注了，几乎除了他之外的所有人都把那篇帖子视为一出闹剧。这不禁让他有些纳闷——难道几年前看过徐镇屹发在网上的那张照片的人，就只有自己吗？

在今天一天里，倪轩浏览了一百多个摄影网站，他现在可以肯定，除了海鸣发的那篇帖子中有这张照片外，就再没有从别的地方见过这张照片了——他心中暗暗欣喜——这张照片在目前没有得到广泛关注，这正是他所希望的。

再次点开一家小网站后，倪轩漫不经心地浏览着上面的摄影作品专区。突然间，他恍惚看到电脑屏幕上映出一张女人的脸。

倪轩"啊"地大叫一声，浑身汗毛直立，他猛地回过头一看，却发现站在身后的是自己的妻子王萍。

倪轩松了口气，捂着怦怦乱跳的心脏说："你怎么不声不响地站在后面？吓了我一大跳！"

王萍也一脸的惊诧，她说："你还把我吓了一跳呢！我就是想来看看你在做什么，你怎么一惊一乍的？"

倪轩舒着气说："我没干什么。"

"不对吧。"王萍，"你这两天什么事都不做，在电脑面前一待就是几个小时，晚上还熬夜到很晚。你到底在做什么？是不是有什么事瞒着我？"

倪轩考虑了一下，觉得不能告诉妻子实情，否则她会吓得睡不着觉的，便随便编了个理由："真的没什么，我想参加一个摄影比赛，所以到各个网站上去看看，参考一下，寻找灵感。"

"那你别熬夜呀。"王萍打了个哈欠，"你看看这都几点了？该睡了。"

"你先去睡吧。"倪轩打发着王萍，"我一会儿就来。"

"别熬太久啊。"王萍转身离开，到卧室去了。

倪轩搓了搓困倦发酸的眼睛，觉得确实该休息一下了。他从电脑桌前站起来，到厨房冰箱里拿了一听冰啤酒，打开喝了两大口，又返回到书房。

他坐到书桌前，眼睛瞟到放在上面的那两张照片，便放下啤酒，将照片拿起来。

倪轩的眼睛刚接触到照片不到两秒，他的嘴突然张开了，面色变得煞白，后背直泛凉气。他低吟道："天哪，这……这是怎么回事？"

过了半分钟后，他缓缓地从椅子上站起来，神色惊恐地说道："我明白了……我知道这张照片的秘密了！"

第九章

清晨八点，海鸣被一阵敲门声吵醒。他揉了揉惺忪的双眼，厌恶地望向门口，心里猜测着是谁来打扰他的美梦。

敲门声还在继续，海鸣不得不穿好衣服，从里屋走出来。打开玻璃门，他愣住了。

外面站着两个警察。

还没等海鸣开口，一个胖警察问："请问，你是这家摄影工作室的老板吗？"

"是的，我叫海鸣。请问你们……"

另一个瘦高个儿的警察说："我们进去谈吧。"

海鸣请两位警察到屋里坐下，他自己坐在他们对面，有些忐忑地问："你们找我有什么事吗？"

胖警察问："你认不认识一个叫倪轩的摄影师？"

"……是的，我认识。"海鸣答道，心里突然升起一股不祥的预感，"他怎么了？"

"昨天晚上十二点二十左右，他死在了自己的家里。"胖警察说。

"什么！"海鸣的脑子里"嗡"的一声炸开，像有无数只苍蝇在脑袋里乱飞，"他……死了！"

"你不知道他已经死了吗？"胖警察问。

海鸣感觉脑袋混乱无比，他听见自己木讷地回答了一句："不知道。"

"你和他是什么关系？"瘦高个儿警察问。

"我们……是最近才认识的朋友。"海鸣说完突然想起了什么，"他是怎么死的？还有……你们来找我是什么意思？"

"别紧张。"胖警察说，"我们不是来调查犯罪嫌疑人的。只是因为他死得有些奇怪，所以我们来找你了解一些情况。"

"死得……奇怪？他是怎么死的？"

两个警察对视了一眼，高个子警察说："死亡的具体原因法医也不是很清楚，目前只能猜测是心肌梗死引起的猝死。死者的妻子半夜起来上厕所时发现他倒在了书房里，已经死去多时了。"

海鸣心中一颤——又是心脏病，和于光中一样！这时，他想起一个问题："他死于心肌梗死……和我有什么关系吗？你们为什么会来找我？"

"是这样的，死者的妻子报警后，我们赶到现场，发现死者的手里捏着两件东西。其中一样是他的手机，手机屏幕上显示着'海鸣摄影工作室'的电话号码。从现场的情形看，死者似乎在临死前想要打电话给你，但还没打出去，就已经死去了——所以我们到这里来，就是想问问你，你知不知道他为什么要打电话给你？"

海鸣没有理会胖警察的问题，他一字一句地问道："他……手里拿着的另一样东西是什么？"

胖警察望了他一眼，说："是一张照片，一张撕开一半的照片。"

"什么，撕开一半的照片？"海鸣惊诧地张开嘴，说，"我能看看这张照片吗？"

两个警察对视了一眼，胖警察点头说："可以。"然后从随身带着的公文包里小心地取出一张被撕开一半的照片递给海鸣。

接过照片的那一瞬间，海鸣就愣住了——他无论如何也没想到，警察递过来的会是这张照片！

他本以为，所有的问题都只会出在那张有白衣少女的照片上，但警察递过来的、倪轩在临死前捏着的照片竟然是那张没有人的照片！

海鸣脑子里一片空白，他麻木地思索着——这到底是怎么回事？

胖警察从海鸣的神情中看出了什么，他问道："你见过这张照片，对吗？"

海鸣微微点了点头，说："是的。"然后喃喃自语道："那另一张照片呢……"

高个子警察立刻问："你知道他死的时候身边还有一张照片？"

海鸣抬起头来望着他："那张照片你们是在哪里发现的？"

"就在死者的身边。"高个子警察说，"你还没回答我的问题呢，你怎么知道他死的时候身边还有另一张照片？"

海鸣实话实说："这两张照片是我交给倪轩的，我猜他会把它们放在一起。"

"那你知不知道他为什么要在临死前捏着一张撕开的照片？这有什么意义吗？"

"我不知道。"海鸣摇着头说。

"你觉得他的死和这两张相近的照片有没有什么关系？还有，你当初为什么要给他这两张照片？"

海鸣不知道该怎样回答这些问题，他估计要是把实话讲出来自己会更解释不清楚，而且警察也不会相信——此时，他只感到一阵阵焦躁和混乱，以及一种难以名状的恐惧。海鸣用疲惫的口吻对警察说："我真的什么都不知道。那两张照片是倪轩要我给他的，我也不知道他拿来做什么。警官，你像审犯人一样审我到底是什么意思？你可别忘了，他是死于心肌梗死，这是我能操控的事吗？"

"海鸣先生，你误会了。"胖警察解释道，"我们本来就没把这件事定性为凶杀案，所以不存在什么'犯人'。我们到这里来调查一下情况，只是例行公事而已。"

"好了。"胖警察站起来，高个子警察也跟着他一起站起来，"我们要问的也基本上就是这些了，谢谢你的合作。不打扰了，告辞。"

第十章

警察走了之后，海鸣精神恍惚地在工作室待了一个上午。一些匪夷所思的问题困在他心里，压得他喘不过气。

毫无疑问，倪轩一定是在临死前发现了什么，想要打电话通知自己，但没来得及就已经死了。他手里捏着那张照片是什么意思？是想暗示自己什么吗？可为什么要把它撕开呢？

另外，最不可思议的一点就是——为什么倪轩手里拿着的，会是那张没有人的照片？

海鸣焦躁不安地胡乱猜测着——难道我们一开始就搞错了？我们都认为那张没有人的照片是用作对比的，只是个配角。莫非，真正有问题的是这一张？可是，那张照片确实很普通呀，那扇窗子，窗外的山坡、大树……没有哪一样不对劲呀！

一连串根本就不可能想得出答案的问题像沉重的巨石一样向海鸣挤压过来，他感觉自己烦躁得手足无措、坐立难安。

下午的时候，海鸣做了一个决定——他不打算再管这件可怕的事情了。事实上，他是不敢再管这件事了。目前发生的所有事实都证实了一点，倪轩在网上看到的那个匿名留言是千真万确的——

知道这张照片秘密的人都会死！

现在，照片已经不在自己手里了，赶紧退出这件事情，不能因为好奇而继续纠缠这件有可能让自己送命的可怕事件。

打定主意后，海鸣感觉身边的空气都变得清新了许多。他看了看日历，发现今天刚好是周末。这段时间都是一个人独来独往，他早就想邀约朋友一起热闹热闹了。

海鸣打电话给朋友大李，要他再约几个人下午到自己的摄影工作室来玩。

大李在电话里问："怎么玩儿呀？"

"下棋，打牌，玩游戏，看电视都行。反正你告诉他们，今天的晚饭和宵夜我都包了。"

"哟，今天什么日子呀？你怎么这么大方？"

"什么话，好像我以前就没请你们吃过饭似的。"海鸣笑着说。

"对了，是不是你过生日呀？如果是的话就直说，哥们儿帮你庆祝！"

"真不是。今天是周末嘛，好久没和哥儿几个一起喝酒了，想热闹一下而已。"

听到喝酒，大李来了劲："得，包在我身上了！一会儿就到！"

海鸣将摄影工作室的玻璃门大打开来，呼吸了几口新鲜空气。他将"暂停营业"的牌子挂了上去，打算今天放下包袱好好玩一通，明天就开门做生意。

一个小时后，大李邀约三个海鸣的朋友，到了摄影工作室里。几个人嘻哈打闹了一番后，迅速地在工作室里摆开桌子，搓起麻将来。

玩到下午六点多，海鸣将大伙儿带到一家火锅店，荤五素六地点了一大桌子菜，啤酒瓶从桌上堆到了地下，几个人划拳打靶，喝得不亦乐乎。

出火锅店的时候，大家都有些晕乎乎的，但大李说还没尽兴。于是几个人又去副食店抱了一件罐装啤酒，顺带在旁边的熟食店切了几斤卤牛肉、香肠，再买些卤鹅掌，配着豆腐干、花生。大李说一会儿宵夜就不出来吃了，在海鸣的店里喝就行。

海鸣把哥儿几个连搀带扶地领进自己店里，休息了不到半个小时，又坐到了麻将桌上去。打到十一点多，大家肚子有些饿了，便把刚才买的熟食、啤酒拿出来，天南地北、海阔天空地边吹牛边喝酒。

但酒喝到第二轮，就怎么也赶不上第一轮的兴奋劲儿了。这次喝了不到一个小时，大家就都撑不住了，横七竖八地倒在沙发、椅子上，一个个昏昏欲睡。

海鸣在他们当中喝得相对少点，他没忘记自己明天还要开门营业呢。他到卫生间去洗了个冷水脸，又打了一盆热水出来，替几个朋友抹了把脸，并宣布说："今天晚上谁都别回去了，就在这儿打地铺睡吧。"

朋友人国趴在沙发上，闭着眼睛说："你现在……就是抬……也抬不出去我了。"

海鸣把醉得最厉害的大李扶到厕所里。大李抠了下喉咙，差不多把今天晚上吃的所有东西连同肚子里的酸水都吐了个干净，接下来整个人就没了意识。海鸣把他架到里屋自己的床上睡下，他自己到外面和另外三个朋友一起挤地铺去了。

迷迷糊糊地睡到半夜，突然，卫生间里传出"啊"的一声怪叫，海鸣和他的几个朋友都被惊醒了，还没反应过来，就见大李满头是水，一脸惊慌地从卫生间里冲了出来。

"怎么了？"海鸣问道。

"我……我刚才醒了，去上厕所，顺便用冷水洗了把脸。"大李结结巴巴地说，"我抬起头来的时候，从镜子里看到我身后有个什么白颜色的东西飘了过去……好像……是个人！"

大国"嗤"了一声，说："你酒劲还没过去吧？大半夜的，发什么神经。"

另一个朋友打了个大哈欠，冲大李摆了摆手说："这鬼故事留到下次再讲吧，也不看看时候。"说着翻了个身又睡过去了。

"不是，我真的……"

"你就别开玩笑了，这么老的招数，吓唬谁呢？快睡吧！"大国也闭上眼睛不理他了。

大李晃了晃脑袋，想着也许真是喝醉了出现的幻觉吧，便耸了耸肩，继续回床上睡觉去了。

四周安静下来。

谁都没有注意到，海鸣目瞪口呆地坐在地板上，脸色煞白得像一张纸。他紧张得几乎能听见自己心里发出的声音。

那张照片上的幽灵，并没有走？她就在自己身边？就在这间屋子里？这件事情，还没有结束吗？

窗外一阵冷风吹来，海鸣由内至外地感到遍体生寒，他的双手抱着肩膀，身子蜷缩着，浑身发抖。

后半夜，他就这样惊恐、警觉地一直睁着眼睛，无法入睡。

第十一章

第二天早晨，海鸣的几个朋友起来后，胡乱洗了把脸，便向他告辞，各自回家去了。

海鸣打消了今天正常营业的念头，朋友们走后，他立刻关上摄影工作室的门，直奔公安局而去。

昨天半夜里，他想到一个问题，一个被他忽略的问题！

到市公安局后，海鸣在刑侦科四处打听，终于见到了昨天上午来找他的那位胖警察。

胖警察看到海鸣后，感到有些好奇，问道："你找我做什么？"

海鸣急迫地说："警官，倪轩的那个案子，你们还在调查吗？"

"我昨天不是告诉你了吗？那根本就不能算是一个'案子'，我们找你只是了解一下情况而已。怎么，难道你有什么新发现？"

"不，我只是想问，那另一张照片在哪里？"海鸣神情焦急地问。

"什么另一张照片？"警察没听懂。

"倪轩死的时候，他手里捏着一张撕开一半的照片；然后，你们不是在他的身边发现了另一张照片吗？我说的就是那张！"

"哦，那张照片按道理应该作为死者的遗物留给死者家属的。但是因为这件事情有些特殊，所以我们公安机关把它收进档案室了。"

"什么？那张照片现在在你们手里？"海鸣急切地说，"我能看看吗？"

"那不行。"胖警察摇着头说，"公安局里有规定，档案室里的东西是不能随便让人看的。"

"……我只看一眼，可以吗？"海鸣央求道。

"不行，我不能破坏制度。如果你没有别的事，我就不奉陪了。"胖警察要走。

海鸣突然想起什么来，他说："警官，你忘了吗？那两张照片本来就是我的，我总有理由要求物归原主吧。"

胖警察盯着他看了一会儿，说："你有证据证明这两张照片是你的吗？"

"证据……"海鸣感到为难，忽然，他想起一个人，然后说："可以，警官。于光中老先生的助手可以证明，这两张照片就是他送给我的。"

说着，海鸣在手机储存的电话号码里找到了丁力的号码，打了过去，不一会儿，电话接通了。

海鸣说："丁力吗？你记不记得我，我是海鸣。"

丁力像是想了一会儿，说："是的，我记起来了，有什么事吗，海鸣？"

海鸣说："我现在在公安局里，我希望你能帮我做一下证，证明那两张照片是当初你送给我的。"

"什么？公安局？"丁力被吓了一跳，"你怎么到公安局去了，你遇到什么麻烦了吗？"

"我现在没时间跟你解释了。警察在我的旁边等着呢。你先帮我做证，以后我会向你解释清楚的！"

丁力想了想，说："好吧。"

海鸣将自己的手机交给胖警察。警察跟丁力说了几句之后，将手机交还给海鸣，说："你可以将那两张照片拿回去。"

"不，警官，我不要那两张照片，还是你们收着吧。我说了，我只想看看而已。"

"跟我来吧。"

胖警察把海鸣带到公安局的档案室，在一个档案袋里，他取出两张照片，把撕开的那一张放回去，完好的那一张递给海鸣，说："你要看的是这张吧？"

海鸣点点头，接过照片，脸上的表情在一瞬间僵住了。过了半晌，他对胖警察说："警官，我能看看那张撕了一半的照片吗？"

警察从档案袋里拿出那张撕开的照片递给海鸣。海鸣把两张照片一起举起来，忍不住惊呼道："天哪，这是怎么回事！"

"怎么了？"胖警察问。

"这两张照片，怎么会变成一样的呢？"海鸣瞠目结舌地说。

"我以为你本来就知道呢。"胖警察说，"我昨天不是跟你说了吗，这是两张相近的照片。"

"可是……这两张照片中有一张有人呀！你们在倪轩身边发现的时候就是这样的吗？"

胖警察说："是的，我们没看见哪张照片上有人。"

"等等，倪轩是不可能有底片的，那他就不可能去加洗……"海鸣用手按着头，试图理清自己混乱的思绪，"他撕了那张没有人的照片，剩下的那一张就应该是有人的呀！"

"你在说什么？"胖警察也被他弄糊涂了，皱起眉头。

突然间，海鸣猛地抬起头来——难道是……

他将两张照片一起递给胖警察，说了声："警官，谢谢了！"然后飞快地从公安局里冲出去。

第十二章

海鸣发疯般地跑回自己的摄影工作室，从柜子里拿出一个"拍立得"相机，他深呼一口气——如果自己没有推断错的话……

他举起相机，在空无一人的摄影工作室里转着圈，朝各个方向快速地拍着照。他从大厅到里屋，又到卫生间，拍遍了工作室的每一个角落。拍立得相机迅速地印出一张张照片，海鸣一张张地看……突然，他捏着一张照片不动，全身抖动了一下，变得面无血色。

果然，猜想是对的——终于知道这所有的一切到底是怎么回事了！

但很快，海鸣放下照片。他在心里紧张地告诫自己——别表露出来，千万别讲出来——也许，前面几个人全都是因为这个原因才死的。

现在，他知道该怎么做——从公安局跑回来的路上，他就已经想好了。海鸣将手中的照片连同相机一起塞进一个挎包里，然后快速地走出工作室，关上门。

紧接着，他招了一辆的士，直奔汽车站。

在公共汽车上，海鸣忐忑的心情就像汽车的颠簸一样厉害，但他尽量压抑住自己紧张不安的情绪。他默默地告诉自己——所有的答案就快揭晓了。

六个多小时后，海鸣再一次到达了那个古寨。这次，他无暇留恋古寨美丽的风光，直奔山底下的那个小院而去。

海鸣气喘吁吁地来到院子里那个老妇人的门前，他再次看了一眼石头柱墩上面雕刻着的那些神灵鬼怪形象，然后重重地敲了几下门，两分钟后，门打开了，仍然是那张脸——苍老、焦黄、充满猜疑和敌意。

老妇人仿佛认出了海鸣，她拧起眉头问："你又来做什么？"

海鸣喘着气，抹了一把脸上的汗，说："我来找你了解一些情况。"

老妇人打量了他几眼，说："我没什么好告诉你的。"说着就要关门。

海鸣一把撑住门，盯着她说："我还没有说我要问什么呢，你就知道你没什么可以告诉我的？"

老妇人的脸不自然地抖动了一下。

海鸣上前一步说："就凭这点，我就知道你肯定知道些什么！"

"你到底想说什么？"老妇人问。

海鸣从挎包里拿出那张照片，展现在老妇人面前，说："你仔细看看这个人，你见过她吗？"

这张照片里，摄影工作室的中间站着一个穿白衣服的少女。老妇人的眼睛刚接触到那张照片，脸色立即变得煞白，她惊恐得张大嘴巴，颤抖着说："天哪……果然，是真的！"

海鸣紧盯着她问："什么是真的？"

老妇人神情呆滞地转过身，一步一步地走到房间里的椅子上坐下。海鸣跟着她进了屋。老妇人神色惘然地摇着头，喃喃自语道："几年前那个人说的话，果然是真的……"

海鸣心急如焚地问："到底是怎么回事？"

老妇人长叹一口气，木然地说："几年前，有一个和你差不多的人也来这里拍过一张照片，之后，他来告诉我，说他拍到一些不干净的东西。我当时大发雷霆，不由分说地将他赶了出去。没想到，他说的是真的……你，你也拍到了……"

海鸣紧张地问："那个白衣少女究竟是谁？"

老妇人呼吸急促起来，她突然掩面痛哭，悲伤地喊道："她……她是我六十年前就死去的姐姐！"

"什么……你的姐姐？"

老妇人泪流满面地说："其实我早就感觉到了，她没有走，她一直就留在这间屋里。她的怨气太重，升不了天……"

海鸣讶异地问道："她是怎么死的？"

老妇人痛苦地摇着头，回忆道："六十年前，我和我的姐姐，还有我们的父母就一直住在这个房子里。当时，我和姐姐都只有十几岁。姐姐长得秀丽动人、落落大方，但我们家里太穷了……有一天，父亲来告诉姐姐，要她嫁给村里一个七十多岁的土财主做小老婆。姐姐死也不愿意，父亲便每天打她、骂她，将她关在厨房里不准出来……没想到，在还有几天就要成亲的一个晚上，姐姐趁我和父母都出去的时候，在这间屋里……上吊自杀了！"

老妇人悲痛地捂住脸，嚎啕大哭起来："姐姐死的前一天晚上，曾对我说……她恨这个世界，她恨所有的人！但我竟没听出来，这是她临死前绝望的声音！"

海鸣叹息道："她有如此大的怨气，难怪会杀那些人……"

老妇人抬起头来，瞪大眼睛望着海鸣："你说什么？姐姐的鬼魂……杀了人？"

海鸣微微点了点头："据我所知，已经有三个人死了。"

老妇人从海鸣手里拿过那张照片，缓缓地从椅子上站起来，对着照片说："姐姐，六十年了，我终于又见到了你。但是，你已经不属于这个世界了，你应该升天去的。你不能再留下来害人了。这些影像，是不该存在的……"

她一边说，一边将照片拿到火炉边，准备将照片丢进火里。就在这一瞬间，突然，老妇人手中的照片掉落到地上，她的双手不自觉地伸到自己脖子上，用力地掐住。她的双眼鼓了出来，脸色发青，喉咙里发出干瘪的叫声。

海鸣见状，大惊失色。这一切发生得太快了，几乎就在几秒之间，老妇人就已经瘫倒在地，眼见就要窒息而死了。

海鸣赶紧冲上前去，抓住老妇人的双手，想把她的手从脖子上拿下来，但却惊讶地发现，那股力量大得超乎想象，老妇人的手像两根铁箍缠绕在脖子上一样，根本无法移动半分。她的脸由于充血而涨成紫红色，凸出的眼睛里布满血丝，眼看就要没命了。

就在海鸣无计可施之时，他突然瞥到了刚才掉落到地上的那张照片——照片上的白衣少女消失了。就在这短短的一两秒钟，海鸣想明白了所有的事情——倪轩和之前的于光中等人一样，大概都是因为发现了这个鬼魂能从照片中走出来的秘密，才被鬼魂杀死的！而倪轩在临死前撕开照片，是为了让鬼魂无法回到照片上，从而暗示自己照片隐藏的秘密！

等海鸣回过神来，他发现老妇人的头无力地耷拉下来，她已经被"自己"掐死了！海鸣全身的血立即涌上来，他知道，下一个就是自己，那鬼魂不会放过自己的！

怎么办？天哪，该怎么办！海鸣惊慌失措地向后退着，紧张得全身抽搐。慌乱之间，他碰到自己挎包中的照相机，猛然惊觉——对了，相机！相机能把鬼魂装进去！

海鸣立刻抽出照相机，对着前方乱按快门，一阵狂拍。十几秒之后，海鸣感觉自己的方法奏了效，因为鬼魂没能伤害到自己。

呆了两秒，海鸣突然大叫一声"不好！"背后惊起一阵冷汗，他猛然想起，这是一台拍立得相机，照片会在一两分钟后自动印出来，那时，鬼魂又能从照片中跑出来了！

海鸣惊恐地从地上站起来，他在房间里左右四顾，猛然看到一口大水缸，他赶紧冲上前去，将手里的相机丢进水缸里。这样做还并不能让他放心，海鸣看到水缸靠着的墙上钉着几条电线，他将电线从墙上扒下来，再顺手抄起墙脚的一把木柄柴刀，砍断电线，将电线接头丢进水缸里。

一刹那，水缸里传出照相机爆裂的声音，并伴随着一阵尖厉凄绝的幽鸣声。海鸣捂住耳朵，惊惧地向后退着。

十几秒之后，周围的一切恢复了平静。剧烈的恐惧和紧张之后，海鸣一下瘫软下来，他捂住仍在狂跳的心脏坐在地上，告诉自己——

结束了，一切都结束了。

第十三章

　　半个月后，海鸣将自己选出来的、最满意的几张摄影作品送去参加全国摄影大赛——但他发现，能不能获奖对他来说已经不是那么重要了。

　　现在，他又过上了跟以往一样的平凡生活。在摄影室里帮顾客照相，或是出外景。此时，他总能感觉到一些以前从没发现的东西——天很蓝、草很绿、水很清、花很香，生活原来是这么美好。

　　自那件事之后，他感觉自己的每一天都过得充实而快乐。

　　这天下班之后，海鸣的店里出现一个他熟悉的客人。海鸣看见他后，愣了一下，说："有什么事吗？"

　　丁力说："我就是感到好奇，忍不住想来问你——你那天怎么会跑到公安局去的？"

　　海鸣摇了摇头说："对不起，我不想谈这件事了。"

　　丁力说："你可别忘了，你那天是答应了我的。你说事后要跟我解释清楚的。"

　　海鸣想了一下，叹了口气，说："那好吧，进来说。"

　　半个小时之后，丁力听海鸣讲完了关于灵异照片事件的所有过程，他惊呼道："我的天哪，这个世界上真的有'灵异照片'这种事！那两张照片竟然隐藏着这么可怕的秘密！"

　　他沉思了一会儿，说："我现在也终于明白了，于光中老师是怎么死的。"

"对了，你最后是怎么跟警察解释的？"丁力问道，"他们真的相信那个老妇人是被幽灵附体，死于自己之手？"

"他们不相信，可他们也拿我没办法。因为那老妇人脖子上清清楚楚地印着她自己的十个手指印——警察总不能指控是我杀了她吧。"海鸣说着，从沙发上站起来，"对不起，我真的不想再谈论这件事了。我现在得去跟我女朋友一起吃晚饭了。"

丁力也站起来，他们一起走到门口时，丁力说："海鸣，你该不会怪我当初带着这两张照片来找你，才让你卷入这起事件中来吧？"

"不，恰好相反。"海鸣微笑着说，"我得感谢你才对。这件事让我感觉到了生命的珍惜和可贵，我比以往的任何时候都更热爱生活了。"

丁力意味深长地望着他，说："希望你快乐。"

"谢谢，你也一样。"海鸣露出开心的笑容。

晚上，在一家国际性的摄影网站上，出现了一篇名为"中国最惊人的灵异照片"的文章，并附有照片。发布者讲述了一个离奇的故事，并声称自己有底片为证，能够确保这件事的真实性。

发完这篇文章，丁力将头靠向椅背，重重地舒了口气。

太久了，这个过程实在是太久了，整整经历了五年，才终于将这张照片的秘密弄了个一清二楚。

我为什么会这么聪明呢？丁力骄傲地想着，五年前拍出那张怪异的照片之后，就凭直觉感觉到这张照片中隐藏着某种未知的危险。于是，才以不同的形式把这张照片交到不同的人手里，让他们代替自己来研究。可惜的是，前面那两个人都不中用——连那个所谓的"著名摄影师"于光中也只能在临死前的那一瞬间才发现这张照片的秘密，却无法说出来……看来还是最后这个叫海鸣的年轻人最厉害，他不但破解了照片的秘密，甚至还能杀死那个幽灵——最后这回总算是找对人了。

丁力点燃一支香烟，深深吸了一口后，缓缓地吐出蓝色的烟圈。他在那慢慢扩大的烟圈中看到了自己即将实现的梦想——用不了多久，自己就会成为被全世界关注的著名摄影师了。这时，他忽然记起海鸣对自己说的最后一句话，想道，那才是真正的快乐呢。

尾声

县公安局里，一个穿着制服的刑警手里拿着一张照片，他用手挠着头，眉头紧蹙，费解地凝视了好久。

他身边的女助手注意到了，走过来问道："队长，你在思索什么？"

刑警队长将照片递给助手，说："这是那天在古寨的一个院落里发生那起'自己掐死自己'的奇怪命案后，我们在现场拍的照片。"

女助手看了一会儿，说："是的，这些照片还是我拍的呢，怎么了，有什么不对吗？"

刑警队长指着照片上的一个地方，百思不得其解地说："你还记得吧，拍照当时死者已经被抬上警车了。可你看我的身后，为什么隐隐约约能看到一张老妇人的脸？"

（《灵异照片》完）

方元的弟弟把故事讲完了，他的妹妹显然被这个恐怖异常的故事吓得不轻，她捂着嘴说："我的天！我被吓得冷汗直起！你之前说，这是你朋友经历过的真实的事？"

　　"说实话，我不愿意去追溯这个故事的真实性。我宁肯把它当成一个虚构的故事。"方元的弟弟转过头对兰教授说，"教授，你觉得怎么样？这个故事还算精彩吧？"

　　"嗯，不错。"兰教授微笑着赞赏道，同时对方元说，"现在就看你的了，希望你也能讲出一个同样精彩的故事。"

　　谁知道，方元紧锁着眉头说："对不起，我这一生中都没有经历过这种稀奇古怪的事，我不知道该讲什么。"

　　方元的妹妹叫道："嘿，哥哥！"

　　兰教授等了几秒钟，耸了耸肩膀说："如果你实在没什么故事好讲——那么请原谅，我也无法兑现我的诺言了。"说着，他便准备从沙发上站起来。

　　"不，等等，教授！"方元赶紧说，"其实……我倒是有一个离奇诡异的故事。只是，我不知道该不该讲。"

　　"哦，为什么？"兰教授好奇地问。

　　"因为，我答应过父亲……现在，我没征得他同意……"方元顿了一下，想起他现在已经无法征求父亲同意了，便说，"那么……我还是讲吧。"

　　兰教授把背朝沙发靠了靠，表现出很有兴趣的样子。

　　方元再次犹豫了一下，说："我讲的这个故事叫'尖叫之谜'。"

Story2
尖叫之谜

楔子

市立妇幼医院的走廊上，站着十几个排队等待的大人，他们的怀中都抱着一个裹得严严实实的幼儿，那是他们的小儿子或小女儿。孩子们有的睡着了，有的发出焦躁的哭闹声，父母为了安抚孩子的情绪，唱着歌谣，编着故事，喂着零食，想尽一切方法让他们安静，却反而使这狭长而拥挤的医院走廊更显热闹。

很难想象，现在的时间已经接近午夜十二点了。

春天是一个温暖可爱的季节，诗歌散文里颂扬的都是春的美丽和浪漫，却很少提及，伴随着万物大地一起复苏的，还有令人厌恶的各类病菌，这让春天的诗情画意大打折扣。尤其是对于婴幼儿来说，在他们的身体抵抗力尚弱之时，春天显然不能算是一个好季节。

妇幼医院的儿科值班医生已经由一个增加为两个。可城市里蔓延的流行性感冒病毒让生病的孩童与日俱增，医院的走廊每天晚上都因为看病求诊的人们而变得拥挤、喧闹。今天晚上只有十几个人排队，已经是近期最少的一天了。

王实的怀里抱着他刚满一岁的儿子，小家伙刚才还在睡，现在却醒了，也许是旁边那位母亲讲故事的声音太大了吧。王实低头看儿子，小男孩的脸仍然清秀可爱，但感冒却使得他脸色发白、精神萎靡，还不时地咳嗽。王实甚至不能判断儿子是因为懂事才没有哭闹还是因为生病而没有力气哭闹。他心疼地轻轻拍着儿子的身体，向医院的门诊室望去——前面还有两个人才轮到自己呢，王实无奈地叹了口气。

小男孩在父亲的怀中安静了不到半分钟，便"吭吭"地哼叫起来，有些要哭的架势。王实立刻换了个抱法，将儿子竖立起来面向自己的身后，一边用手轻拍着儿子的背，一边微微抖动身体，小家伙安分了一些。这时，从门诊室里走出一位护士，王实正想叫住她问还要等多久，突然，肩头的儿子"啊"的一声尖叫起来。

王实一惊。他从没听见过儿子发出如此惊恐、大声的尖叫声。同时，他立刻注意到，刚才那一瞬间，尖叫的不止儿子一个，还有另外三个小孩，他们似乎都面对的是一个方向。

儿子的尖叫还没有停止，他扑到父亲怀里，脸紧紧地贴着父亲的胸口，另外三个小孩也一样，一阵阵地尖叫着，那声音撕心裂肺、尖锐刺耳，充满恐惧和紧张，让人听了不寒而栗。走廊上所有的大人都愣住了，不知道刚才发生了什么事。

王实紧紧地搂住儿子，同时下意识地转过身子，望向儿子刚才看的方向，那是一个走廊的尽头，没有人，只有一扇开着的窗户，窗玻璃延伸到黑暗里，在夜晚的凉风中摇晃颤抖。

另外几个大人也和王实一样转过身望向那头，可一样没发现什么，他们略带紧张地望着尖叫的四个孩子，脸上写满了疑惑。有着育儿经验的他们知道，刚才那阵尖叫绝非正常！一般来说幼儿有可能突然哭闹，但绝不会无故惊叫，除非是看到或感受到什么令他们恐惧不安的东西。可是，他们再次环顾四周，刚才并没有什么异常情况呀。这是怎么回事？

王实将儿子紧紧贴着自己，这时孩子好像稍微平静了一些，没有尖叫了，但王实仍能感受到儿子在紧张地喘息着，他的小手紧紧地抓着自己的袖子和衣领，身体还在颤抖。儿子的恐惧似乎传染到了父亲身上，王实也感觉脊背发冷，可他不明白，这是为什么？

王实不安地拍打着儿子的身体，他甚至想开口问儿子，刚才究竟看到了什么？可他知道，不会有回答的，儿子还不会说话呢。

正在王实焦躁不安的时候，他听到旁边有一个穿西服的中年男人问道："护士，刚才发生了什么事？为什么我女儿会突然惊叫？"

那位年轻的护士一脸难堪，吞吞吐吐地答道："我……也不知道。我以前没碰到过这样的情况。"

"那请你去问问医生吧，这是怎么回事，我女儿只不过有点受凉感冒而已，怎么会发出刚才那种可怕的尖叫？"

"嗯，好的……我一会儿就去问医生。"小护士说完后快步离开了。

过了一会儿，刚才尖叫的四个孩子都渐渐平息下来，家长们见孩子不再尖叫了，都松了口气，走廊里的紧张气氛缓和了一些。

王实却还在疑惑之中，他仍对刚才那一幕有着难以名状的恐惧感，正在思考，突然听到门诊室里喊道："下一个，王亚夫。"

王实听到念儿子的名字，回过神来，应了一声："来了。"抱起儿子朝里走，进门之前，他停顿了一下，再次望向走廊尽头和那黑漆漆的窗外。

仍然什么都没有。王实不再迟疑，跨进门诊室，在医生面前坐下。

经过一番询问后，经验丰富的老医生断定小男孩患的就是典型的流行性感冒。他在处方签上开了一串药单，嘱咐王实一定要按时按量给小孩服用。

王实道谢之后，正准备离开，突然想起刚才的事，又回过头来，问道："医生，我儿子刚才在走廊上突然莫名其妙地尖叫起来，还有另外三个小孩也一样，您知道这是为什么吗？"

老医生扶了扶眼镜框，看了王实怀中的小男孩一眼。"突然尖叫……"他想了一会儿，"是不是做噩梦了？"

"不，医生，他当时醒着呢，望着走廊尽头那边，突然就尖叫起来，把我吓坏了。"

"唔……"老医生又思考了一会儿，"那我就不知道了，这种事情应该要看当时的具体情况……不过他现在已经没事了，就应该没什么大碍，你不用太在意。"

"我知道了，谢谢你，医生。"王实再次道谢，走了出去。

出门之后，王实不敢耽搁，他想赶快带儿子回家吃药，便迅速地离开了医院。

走廊里排队的人群缓慢地向前推进。

大概一个半小时后，最后一个看病的人也离开了，医院里终于安静下来。门诊室的老医生连续工作了好几个小时，现在才停下来喘一口气。他背靠向藤椅，悠闲地抽完一支烟，估计今天晚上不会再有太多人来看病了。

　　老医生本想趴在桌子上小憩一会儿，忽然想起之前王实对自己说的那番话。

　　看见走廊尽头后就开始尖叫……不是一个小孩，而是四个。这种怪事以前还真没听说过。

　　想到这里，强烈的好奇心驱散了疲倦和睡意，老医生站起来，走出房间，来到走廊。

　　此时的走廊空无一人。

　　老医生轻轻咳了一声，然后沿着走廊走到靠窗的尽头。

　　他站在窗户前，望着漆黑的窗外出了一会儿神，将头探出窗外，左右环顾。

　　窗外只有楼房和树木的黑影，并无异常。

　　老医生咂了下嘴，把头伸回来，他看了一下左右——两边分别是两间单人病房。

　　他推开右边病房的门，打开灯。看来住院部没有安排里面住人，病床上空荡荡的。

　　老医生打了个哈欠，困倦又向他袭来了，他想回去小睡一会儿，但还是不由自主地打开了左边病房的门，摸索着按开安在墙上的电灯开关，"啪"，灯亮了——

　　眼前的一幕像炸弹般"轰"的一声在老医生的头脑里炸开。他倒吸了口凉气，感觉眼前发黑，双腿立刻就软了下去。他扶着墙壁，本能地让自己不至于瘫倒在地。

　　这是他一辈子从没见过的可怕景象。他全身猛抖着，嘴唇一张一合，过了好半天才从嘴里挤出一句："我的……天哪……"

第一章

石头放学之后去山上砍了捆柴，回到家已经快八点了。母亲早就做好了饭，正坐在小木桌前，借着屋里那只有十五瓦的昏暗灯光掰着老玉米。见石头背着一大捆柴回来，母亲笑着说："这可好了，明后两天都有得烧了。"

石头脱掉早就被汗水浸湿的衣服，光着个膀子，去水缸旁舀了瓢凉水喝。喝完后，他抹了抹嘴，问道："爸呢？"

母亲说："进城卖甘蔗去了，还没有回来呢。饿了吧，炕洞里烤了红薯，先吃个垫底，等你爸回来再一起吃饭。"

石头才刚满七岁的妹妹从里屋跑出来，嘟噜着嘴嚷道："妈就是偏心！我都好饿啊，你不跟我讲烤了红薯，哥哥才一回来你就叫他吃！"

母亲骂道："你哥哥去读了书，又砍了柴回来，自然是饿了，我才叫他吃。你一天到晚光在家里耍，啥事都不帮着做，跟着起什么哄！"

妹妹说："又不是我想在家里耍，我也想去上学啊！你们又不要我去上学，我待在家里干啥嘛！"

母亲扬起手里的玉米棒子喝道："你再闹一个试试！"

妹妹收住嘴，眼睛里的泪水却在打转。石头赶紧去炕洞里拿出一个热乎乎的烤红薯，分了一半递到妹妹手里，说："别哭，快吃吧。"

妹妹咬了一口红薯，烫得直张开嘴呵气，却还是高兴得立刻破涕为笑。

石头问："好吃吗？"

妹妹点了下头："好吃，又香又糯。哥哥，你也吃呀。"

石头着实是饿坏了，他两三口就把那半截红薯填了下去，肚子却找不到半点儿饱的感觉。石头拉起妹妹的手，到门口去守着父亲回来。

过了好久，兄妹俩终于看见父亲披星戴月地回来了。妹妹想着立刻就能开饭，兴奋地一边叫一边扑到父亲怀里，但石头却一眼就发现，父亲的身上又脏又破，脸上写满了沮丧和憔悴。

石头叫了一声："爸。"

父亲"嗯"了一声跨进家门，母亲看见父亲空手而归，高兴地问道："甘蔗全卖完了？"刚问出口，又立刻发觉不对。"你的三轮车呢？"

父亲沉着脸坐下来，过了好一会儿，才闷生生地说："被城管给没收了。"

"啥？"母亲大叫起来，"出门的时候不是告诉你了吗？看见城管来了要跑快些，赶紧躲到小巷子里去。你怎么还是被抓！"

"呸！"父亲愤恨地骂道，"都怪那两个买甘蔗的城里人，看见城管来了还在那里慢条斯理地摸不出零钱来，我稍微多等了几秒就被城管抓住了！"

母亲看着灰头土脸的父亲和他那身破烂肮脏的衣服，问道："你该不会和他们争执起来了吧！"

"唉，不说了！"父亲用力捶了一下大腿，眼睛里燃着怒火。

"那甘蔗也……全被没收了？"母亲怯生生地问，她抬头看了一眼父亲的脸，从他的眼睛里找到了答案。

石头在一旁不敢说话。妹妹拉着母亲的衣角，小声问："妈，爸回来了，什么时候吃饭啊？"

母亲叹了口气，说："吃吧，现在就吃饭。"母亲把碗拿到锅边去盛红薯稀饭，石头接过来端到饭桌上。今天晚上的菜有两道：泡酸菜和拌黄瓜。

饭桌上几乎没有声音，全家人都闷着头吃饭。石头斜着眼睛偷瞄了父母一眼，两个人都一脸的心事重重。

喝完一碗稀饭后，妹妹抬起头，问道："爸，我能像哥哥一样去读书吗？"

父亲一下子火起来："读书！读个屁的书！饭都快没得吃了！还想那些！"

妹妹被父亲吼得身体一抖，赶紧抱住碗，不敢开腔了。

石头望了一眼可怜巴巴的妹妹，壮起胆子说："现在读书，不是不收学费了吗？"

父亲瞪着眼睛说："读书就只要学费吗？你每年那书本费、代管费……还有买文具、校服啥的哪样不要钱！我们家里能供你一个人上学就已经很不容易了，你还指望咋样？尽是些不懂事的，没一个让我省心！"

石头被父亲骂得脸上青一阵红一阵的，但他却觉得自己没错。石头放下碗，闷着头想了一会儿，说："我不去上学了，让妹妹去吧！"

父亲"啪"地一拍桌子："放屁！你再跟老子说一遍！"

石头铁着脸说："我明天就不去上学了，把钱省给妹妹去读书。"

父亲气得喘大气，他一巴掌朝石头的脸上扇去，大骂："你个不争气的！你是男娃，我和你妈都指望着你读完书找个城里的工作，为我们养老哩！你妹妹是个丫头片子，早晚是别人家的人，她读不读书有什么要紧！"

父亲的耳光让石头的右脸颊火辣辣地疼，但他的眼神反而更坚定了，石头望着手里的碗说："我知道家里快没钱了。我要到城里去打工，赚了钱给妹妹读书用，还可以自食其力。"

父亲吼道："家里没钱了用不着你操心，我知道去想办法！就是砸锅卖铁，我也要供你把书读完！你不准胡思乱想，给我好好地读书！"

石头头也不抬地说："我已经决定了。"

"你，你……"父亲气得浑身发抖，他走到墙边，抄起一根棍子就朝石头打去。

石头一动不动地坐在原地，咬着牙，眼睛都不眨一下。石头妈看见当爹的那架势，吓得冲过去一把将他抱住，叫道："你干啥呀！这么多年了，你还不知道这犟犊子的脾气吗？他决定的事，你就是打死他，他也不会改的！"

妹妹终于忍不住了，"哇"的一声哭起来，父亲喘着粗气，棍子举在空中，半天落不下去。

僵持了一阵，父亲瞪着眼问道："你说，你一个初中都没毕业的小孩，去城里能找到什么工作？"

石头说："隔壁的二牛去年不就去城里了吗？他还小学都没毕业呢。他都能找到工作，我凭啥不能？我有的是力气，就不信找不到事做。"

父亲狠狠地说："你个不争气的呀！你去城里就算找到个什么事做，赚两个钱，可以后还会像你爸这样，一辈子是个穷苦命！永远抬不起头来，被人家瞧不起——你咋就不懂这个道理呀！"

石头眼睛望向前方，说："我不会是这种命的。"

"你咋知道？"父亲问。

"我就是知道。"石头莽声莽气地说。

父亲注视石头良久，一言不发地走开了。

母亲含着眼泪走到石头身边，摸着他的头说："儿呀，妈知道你其实是懂事，想帮家里分担压力。你实在想去城里那就去吧。唉，只可惜你在学校这么好的成绩，这就荒废了。"

石头望着母亲说："妈，我把书本一起带去，闲的时候自己也能学。你就别担心了，我会常给家里写信的。赚到了钱，我就寄到家里来。"

母亲抚摸着石头的脸，转过头去，眼泪抹到了心里。

次日，母亲到二十里外的镇上送石头上了进城的汽车。石头只带了一个小包，里面是几件换洗衣服和课本。

父亲不愿去学校替石头向老师说明情况，他蹲在家门口的土堆上，大口大口抽着旱烟，眼睛望着远方路口的一棵白杨树，那是通往城里的方向。

第二章

　　破烂的公共汽车颠簸了近两个小时才把石头带进城里，这是石头第二次进城，第一次是在他两三岁的时候，已经模糊得完全没印象了。石头在车上时本来有些晕车，还吐了一次，但出了车站后立刻就没事了——城市里林立的高楼和穿梭的汽车抢走了他所有的注意力，他像呼吸新鲜空气一样贪婪地吸收着这繁华的光景。石头自出生以来第一次感觉眼睛不够用。

　　呆呆地看了好几分钟后，石头回过神来。他知道，必须立刻找一份工作，否则——他摸了摸裤子口袋里那张汗涔涔的二十元钱。这是出门前母亲硬塞给自己的——这点钱连应付晚上的吃住都难。

　　石头看了看车站四周，这里有不少的饭馆、宾馆和杂七杂八的店铺，他决定就从这一段找起。石头自知大酒店和大宾馆是不可能招自己的，便选择了一家叫"迎宾餐馆"的小店，决定进去试试。

　　跨进门后，店内的伙计热情地招呼道："吃饭吗？请里边坐。"

　　石头见那人和自己年龄相仿，又生得一副热心肠模样，心头豁然开朗，他快步走了过去。

　　年轻伙计将菜单递给石头，和颜悦色地问道："吃点什么，我们这里有……"

　　"不，不。"石头赶紧摆手道，"我不是来吃饭的。大哥，我想问一下，你们这里还招人吗？"

那伙计望了石头一眼，似乎立刻就明白了，他收起笑容，懒洋洋地说："不招人了。"

石头像是被这句冷冰冰的话噎住了似的，他愣了几秒，还想问点儿什么，但那伙计已经转过身，招呼另一位客人去了。

石头从这家餐馆里出来，又走进旁边的一家小旅馆。柜台前坐着一个化了妆比不化妆还土的女人，她脸上拍的粉底能做出一碗汤圆来，那女人一边嗑着瓜子一边看放在柜台上的小电视。

石头小心地走过去，那女人斜着瞟他一眼："住宿？"

石头说："大姐，我想问问你们这儿还要招服务员什么的吗？"

那女人的眼睛没离开电视，摇着头说："不招。"

石头不死心，说道："大姐，我啥都能干，累活脏活我都不在乎。"

厚粉女人"呸"地吐出瓜子壳，不耐烦地说："你跟我说这些有什么用，我又不是老板。"

石头望了望四周："那老板什么时候来呢？"

"不知道！"

石头走了出来，心里觉得有些窝火，他又沿街挨着问了七八家店，居然没一家肯要他。拒绝的理由各种各样：年龄太小、不缺人手、只招女性……

眼看快接近中午，石头开始有点慌了，他这时才发现，真如父亲所说——城里的工作不是这么容易找的。

他走走问问地又过了一个多小时，还是没个结果，肚子却饿得咕咕叫了。石头走到一条热闹的街，见一家叫"缘来饭庄"的小店正卖着快餐饭，店门口的牌子上写着"三元一盒"，石头走进去，要了一份盒饭，坐在店里吃起来。

石头正是长身体的时候，再加上饭量本来就比一般人要大些，一盒饭三两下就吃完了。但他不敢再买一盒，抹了抹嘴后，石头对门口的老板说："大叔，收钱吧。"

中年男人走过来说："三块钱。"

"好。"石头应了一声，手伸到裤兜里掏钱，却什么都没摸到，他站起来，手在两个裤兜里转了好几圈，却愣是摸不到那二十块钱，石头急得汗都冒了出来，他叫道："我的钱呢？"

忽然，他想起之前路过一个拥挤的广场，那里人山人海，身体互相摩擦，难道，是那时候……

饭店老板歪着头，像在欣赏什么表演一样望着石头，他哼了一声："没钱就算了，别装了。"

石头急了："不，我有钱的，只是刚才……丢了！"

老板厌烦地挥了挥手："行了，你这样的我见多了，走吧，走吧，下次别再来了！"

石头气呼呼地望着老板，他走到一张桌子旁，抓起上面的碗和盘子。

"你要干什么！"老板喝道。

"我不会白吃你的。"石头将碗盘叠在一起，"我没法付饭钱，就帮你干一天活来抵账！"说完，他又去收拾别桌吃过的碗筷。

老板意味深长地看了石头一会儿，伸出手来招呼他："先别忙，孩子，你过来一下。"

石头愣了下，随即走到老板身边。饭店老板这才仔细地端详了他一阵：这孩子生得敦敦实实、浓眉大眼的，身上有股农村孩子未经雕琢的质朴劲———一看就是个踏实本分的人。店老板不禁心生喜欢，他问道："孩子，你多大了？"

"十五了。"

"一个人进城来的？"

"嗯。"

"进城来干吗呀？"

石头低下头说："我本来在乡里念初中，但家里太穷了，连我妹妹上学的钱都没有，我就进城打工来了。"

店老板叹了口气，心里升起一丝怜悯，他又问道："那你找到工作了吗？"

石头摇着头道："还没呢，我今天才来，问了好些地方都不肯要我。"

店老板想了想，说："要不，你就在我这儿干吧。"

"真的？"石头喜出望外，"你这儿还缺伙计？"

"伙计倒是不缺了，但还差个送外卖的。我见你长得挺讨人喜欢的，你就在我店里负责送外卖吧。"

石头问："什么叫送外卖呀？"

老板说："就是人家打电话来订餐，我们这里做好后，你给人送去就行了。"

石头犯了难："可是，我对城里不熟悉啊，我怎么找得到那些地方？"

"这没问题。"老板说，"订餐的都是这附近的人，远的不会到我们这儿订。我给你指方向，你一两天就熟悉了。"

"那好！"石头高兴地点头道。

"你一天三餐就在这店里吃，晚上就和我们那几个伙计挤着睡吧。一个月两百块钱，怎么样？"

"啊……"石头没想到包吃住之外还能有两百块的工资，愣得说不出话来。

"怎么，嫌少？你要是干得好还能再涨嘛。"

"不不不……"石头连忙摆手道，"够多了，谢谢你，大叔。"

店老板咧着嘴笑起来。

从这天开始，石头就在这家小饭店里送起了外卖。他有礼貌，人又实诚，自从他到了店里后，打电话订外卖的人比以前增加了不少。店老板乐得合不拢嘴，暗自庆幸自己当初找对了人。

石头来城里已经二十多天了，他给家里写信，告诉母亲自己在这家"缘来饭庄"里找到了工作，过得挺好，叫母亲别担心，到了月底就把钱寄回家来。

这天中午，店老板高兴地对石头说："石头，你可真是带财运呀。你没来之前，对面那家医院很少在我们这儿订餐——你看，现在他们也要叫我们这儿的外卖了。嗨，这生意是越来越好了。石头呀，你快给他们送去吧。"

"好！"石头问，"医院的哪儿呀？"

"二楼左边第一间，也不知道是病房还是医生的办公室……你去了就知道了。"

"嗯。"石头应道，端起桌子上的大托盘，上面放着好几盘菜、一大碗汤和一盆饭。

过了街，石头抬头看见"市妇幼医院"的招牌，他走了进去，找到楼梯后，小心翼翼地端着菜上二楼。

从楼梯走到二楼的走廊后，石头按照老板说的，找到左边第一个房间，他转过身，一眼望见了这条走廊的尽头——走廊上没其他人。

突然之间，石头觉得头皮一紧，一种前所未有的恐怖感觉向他猛扑过来，令他惊骇莫名，他下意识地抱住脑袋尖叫起来。手里端着的托盘掉落下来，碗盘、饭菜散落一地。

石头的尖叫将病房里的医生、护士和病人家属全引了出来，他们惊讶地看着这个蜷缩在墙边的孩子和那一地的杯盘狼藉，不明白刚才发生了什么事。

一个女医生走上前去，俯下身问："孩子，你怎么了，哪里不舒服吗？"她伸出手去摸石头的额头。

"别，别！"石头仍紧紧地抱着头，恐惧地向后缩，仿佛那只伸向他的手是什么可怕的怪物般。他大叫道："别碰我！"

女医生皱起眉，站起来后，困惑地看着他。

过了好几分钟，石头才逐渐回到现实中来，他喘着气，看见身边那摔碎的碗盘和一地的饭菜，似乎自己都不明白刚才发生了什么，他只知道自己闯了祸。石头竭力思索——刚才究竟怎么了？那突如其来的恐怖感觉，究竟是怎么回事？

第三章

课间操时，班花走到赵梦琳的课桌旁，对她说："我们去操场聊会儿吧。"

赵梦琳抬头望了她一眼，眼睛又重新回到书本上："对不起，我还要复习呢。"

"那我就只好在这儿说了。"班花的声音黏答答的，"你真的确定要这样吗？"

赵梦琳放下书，厌烦地看着她："你到底想干什么？"

"我在操场等你。"班花甩下这句话离开了。

赵梦琳在座位上又坐了一会儿，"啪"的一下合拢书，走出教室，在操场上找到了班花。

"有什么话快说吧，我忙着呢。"赵梦琳一脸厌恶的表情，眼睛根本没望向说话的对象。

班花慢悠悠地靠过来，脸几乎要贴到赵梦琳的鼻子上。"我只想对你说一句话——你转到我们班来才多久？别太自以为是了，别锋芒太露。"

赵梦琳斜着眼望向她："我怎么锋芒太露了？"

"呵，真好笑。"班花做作地扭了一下肩膀，"你是不是想表现出你什么都不明白，然后一副天真、单纯的样子？"

赵梦琳突然觉得很无聊，她皱起眉头说："你给个明白话吧，到底什么意思？"

班花斜眉吊眼地望着她，尖瘦的脸显得冰冷而刻薄："那我就说明白些吧。你别仗着自己成绩好、家里有钱，又有那么几分姿色就可以在班上呼风唤雨，对班上的那些男生呼来唤去，你以为你是谁？"

赵梦琳觉得班花那些故作成熟的语言世故得令她作呕，她涨红了脸说："我对谁呼来唤去了？"

"别以为我看不出来，班上那些男生竞相对你献殷勤，而你就……"

"你给我听着。"赵梦琳愤怒地打断她的话，"那些男生跟我献不献殷勤是他们的事，我可从来没要求谁给我做过任何事！"

"哼，少在那里故作清高了！你要不是每天打扮得这么漂亮，从头到脚一身名牌的话，那些男生会天天围着你转吗？"

"那你要我怎样？十几天不洗头，穿着粗布衣服来上学？或者是干脆向全班宣布，你才是这个班上最美丽、最有魅力的女生，所有人都应该围绕在你身边，对吗？"赵梦琳讥讽道。

班花被激怒得面目扭曲，一张本来秀气的脸变得丑陋起来："你……你给我听好，别在我面前耍你那大小姐脾气，我不会吃你这一套！"

赵梦琳不甘示弱地瞪着她说："那你又凭什么来向我提要求？你觉得我像是那种性格懦弱、任由你这种人来摆布的娇娇女吗？"

班花阴笑着说："你别太得意了。你以为你真是什么都有、完美无缺的吗？我可是知道——你那隐藏了多年的小秘密。"

赵梦琳怔了一下，脸上有些不自然，她将眼光转到其他方向："什么小秘密？我不知道你在说什么。"

"别装了，真要我说吗？晚上睡觉时……"

"住口！"赵梦琳的脸色变得难看，她盯着班花，"是谁告诉你的？"

"这不重要。"班花像打了胜仗似的昂起头，"关键是，你不希望我把这件事向所有人宣传吧？"

"这是威胁吗？"

"随便你怎么理解。"

赵梦琳垂下头去思索了几秒，再抬起头，盯着班花的眼睛说："你如果真要去宣传，那就尽管去吧。没有人会相信你的，大家都只会认为你是因为嫉妒而造我的谣，最后你只会是自讨没趣。"

说完这句话，赵梦琳没有再搭理班花，转过身扬长而去。班花在她的身后气得咬牙切齿。

下午放学之后，赵梦琳刚一出校门，一辆高档的黑色本田轿车就向她缓缓驶来。赵梦琳看见那辆车，手捂住额头，低声道："噢，天哪。"

轿车前排的车窗开着，司机冲赵梦琳喊道："梦琳，快上车吧。"

赵梦琳却像没听到一样，对那辆轿车视若无睹，背着书包径直向前走去。

黑色轿车一直跟在她身后，司机不停地喊："梦琳，上来吧！"

赵梦琳仍然不理不睬，反而加快了脚步。司机几乎是在央求道："梦琳，你就别让我为难了，这都是董事长安排的，你不上来我怎么向他交差呀！"

赵梦琳停下脚步，叹了口气，走到轿车旁，拉开后座车门，钻了进去。

上车后，赵梦琳不满地说："刘叔，我都跟你讲多少遍了。我爸再叫你来接我，你就把车开到别的什么地方去兜一圈儿风——别到我们学校门口来招风了，你看我们同学哪个是轿车接送上学呀！"

"唉，梦琳，你得为我着想呀。董事长叫我来接你，我怎么敢不来？"司机无奈地说，"现在的社会复杂，要是有些坏人知道你是赵氏财团董事长的独生女，把你……唉，你要是出点什么事，我是倾家荡产也赔不起呀！"

"那你开着名牌轿车来接我，不是此地无银三百两吗？搞得我们同学天天都来问我家到底是做什么的，烦死了！"

"可就算我不来接你，你的身份也还是会有人知道呀。还是小心点好啊！"

"刘叔，要不我签个生死状给你拿着——上面写明以后你不用来接我，我要是出了什么事均与你无关。"

"哎呀，梦琳，你就别开玩笑了。"司机苦笑道。

说话的工夫，车子就已经到家了，赵梦琳觉得这么近的距离都非要专车接送真是多此一举。

跨进家门，赵梦琳喊了声："我回来了。"保姆立刻过来接下她的书包，将她换的鞋放进鞋柜里。

赵梦琳的妈妈气质优雅地从楼上走下来，手里拎着两个袋子，笑着对女儿说："梦琳呀，我今天上街购物，顺便又帮你带了一套 Kappa 的新款春装，你一会儿试试，穿上肯定精神。"

赵梦琳却有些提不起劲来，她没精打采地说："妈，你以后别给我买这么多名牌衣服了，我还是穿校服吧。"

"咦？"妈妈走到女儿身边，奇怪地打量着她，"今天怎么回事儿？新衣服都不感兴趣了，出什么事了？"

赵梦琳疲倦地摇了摇头："没事。"

这时，赵梦琳的爸爸从外面回来了，看到女儿后，叫了一声："宝贝儿，回来了。"赵梦琳本想跟爸爸说说叫他以后别再派车来接自己了，但想到估计也和以前一样，没什么效果，便收住了口。同时，她想起另外一些事情。

赵梦琳走到爸爸面前，说："爸，我不想在现在这个学校读书了，你帮我转一所学校吧。"

赵梦琳的爸爸大腹便便，他把西装脱下来交给佣人，问道："为什么？老师教得不好？"

"不是。"

"那是为什么？"爸爸坐到沙发上，跷起二郎腿。

赵梦琳说："我们班有些男生老是下了课就缠着我，问东问西的，我烦死了。"

"那你就不要搭理他们嘛。"爸爸说，"不过，谁叫我女儿长得太漂亮了，你转到哪儿去都会是这样的。"

"爸！"赵梦琳抱着爸爸的手臂说，"我跟你说正经的呢。还有一个女生也是，老是为了些无聊的事情来骚扰我，影响我的情绪，也影响我学习了。"

赵梦琳的爸爸拍着女儿的手说："琳琳呀，你都转好几次学了，这个学校还没念完一学期呢，你又要转。转个学倒是容易，可这样频繁地更换学习环境，恐怕对你不好吧？"

"没关系，爸，我到新的环境更能学好。"赵梦琳摇着爸爸的肩膀撒娇道，"爸，你就让我转学嘛！"

"好吧，好吧。"爸爸架不住女儿撒娇，"我一会儿找熟人去帮你办吧。"

"爸，你最好了！"赵梦琳在爸爸脸上亲了一口，跳着回房间去了。

赵梦琳锁上自己卧室的门，趴在床上，舒了口气。

虽然用转学来解决了那些烦心的事，可有一点她却始终不明白——班花是怎么知道自己那个秘密的？除了她之外，还有哪些人知道？

也许，是从自己以前的学校里打听到的；也许是……不过，现在追溯这个已经没什么意义了。

这次转学之后，绝对不能再让任何人知道自己的秘密了。

第四章

　　颜叶和其他同龄的孩子不同，他最讨厌周末，尤其是星期天。

　　原因是他的学习成绩在班上属于中下水平。为了提高儿子的分数，父母把星期六和星期天切成四块，两个上下午分别安排了数学、物理、作文和英语四科补习。家教老师换着班儿到颜叶家来为他单独补课，可颜叶的学习成绩也没能提高多少。

　　其实颜叶的父母都是普通的工薪阶层，请四科家教对他们来说意味着沉重的负担。可夫妻俩都坚持认为，孩子的学习成绩和衣食住行一样都是头等大事。所以他们勒紧裤腰带省吃俭用也要让儿子享受到"最好的教育"。颜叶的父母都为自己能有这样的觉悟感到自豪，他们认为周末的补课是儿子的"精神大餐"。可颜叶心里知道，这份精神大餐就和过分丰盛的物质大餐一样，最后都会随着排泄物被冲到马桶里，真正吸收进身体里的有用成分微乎其微——有时还适得其反，就像吃多了会吐一样。

　　颜叶曾数十次尝试着和父母沟通这个问题。有一次他生气地问道："难道我的成绩不好以后就注定没出息吗？"父母异口同声地回答："是。"颜叶绝望了，他终于明白自己所有的反对其实都无济于事。从此以后，他只能乖乖地享受精神大餐。

　　今天是星期天下午，即将补习的，是颜叶最头痛的英语。

　　三点钟，家教老师准时来到颜叶的房间，颜叶有气无力地跟这个看起来像个大姐姐般的年轻老师打了个招呼。老师坐到他身边，补习开始。

英语老师先帮颜叶复习最近学过的语法知识，但颜叶听进耳朵里的却是楼下男孩们踢球的声音，那些欢声笑语像针一样刺激着他的耳膜，令他心痒难耐。

英语老师讲了半个小时，拿出一本练习册，要颜叶做一下前面几道选择题。颜叶无可奈何地找出笔，在练习册上勾画着答案，做完后，递给老师。

老师看了一眼后，连皱眉头——十道题只做对了两道，她有些责怪地说："这些都是我刚才讲的内容，你到底有没有在听呀？"

颜叶低着头不说话，老师叹了口气："你要是不用心，我就是单独帮你补课也不会有什么效果，这不是浪费时间吗？"

颜叶说："老师，你帮我补课确实不会有什么效果。第一是我对这些枯燥的知识根本就没什么兴趣；第二是我从昨天到今天已经补了四科了，大脑早就处于极度疲倦的状态，你现在再讲什么我都听不进去了。"

年轻女老师望了颜叶一会儿，像是有些同情，说道："那这样吧，我们现在先不讲英语了，我出道智力题给你换一下脑筋，好吗？"

"嗯，那好。"颜叶来了些兴趣。

老师在本子的背面写下一组数列：

4 → 16 → 37 → 58 → ? → 145 → 42 → 20 → 4

"这组数列遵循着一定的规律，你知道问号处应该填入什么数字吗？"老师对颜叶说。

颜叶向来喜欢做这一类的智力题，他把本子拿到自己跟前，饶有兴趣地研究起来。

过了几分钟，女老师笑着说："算了，我公布答案吧，这道题很难，不是一时半会儿就能想出来的……"

"不，我知道了，问号那个地方应该填'89'。"颜叶说。

女老师惊讶地望着他："你是怎么算出来的？"

"这种题只要根据前面几个数字找出规律就行了。"颜叶指着那一列数字说，"隐藏的规律就是每个数字自平方后求和就等于下一个数。比如说，4 的平方等于 16，1 的平方加 6 的平方等于 37，以此类推就行了——这道题也不是那么难嘛。"

"不是很难？"老师瞪大了眼睛说，"这道题我可是在国际奥林匹克数学题集上找到的，你居然……几分钟就做出来了！"

颜叶耸了耸肩膀："我从小就擅长做这一类题。"

女老师有些怀疑地歪着头看他："你该不会是以前做过这道题吧？"

"没有！做过的我还能想这么久？"颜叶说，"你要不信就再出道题考我吧。"

女老师想了一会儿，说："好吧，我再给你出一道难点儿的题。一位数学家的墓碑上这么写：'我的人生之中有 1/6 的时间在少年时期度过，1/2 的时间在青年时期度过，之后又过了我人生的 1/7，我结婚了。婚后 5 年我有了孩子，但是这个孩子刚度过我人生的一半时间就去世了。而 4 年后的今天，我也离开了这个世界。'这位数学家的人生一共有多少年？"

"这道题有点儿复杂，我得拿笔来记一下。"颜叶抓起笔和本子，"老师，你再说一遍。"

颜叶在本子上写写画画，十多分钟后，他高兴地说："算出来了，这个数学家一共活了 84 年！"

年轻女老师惊讶得几乎合不拢嘴："天哪，你太厉害了，这么短的时间就做出来了！"

"老师，说实话，这道题比刚才那道还要简单些呢。要不是我一开始走了弯路，根本用不了这么久才做出来。"颜叶说。

女老师像不认识似的看着他："你的数学成绩一定很好吧？"

颜叶摇着头说："跟英语差不多。一遇到学校那枯燥乏味的东西我就没辙了。"

女老师若有所思地想了一会儿："我明白了，你是个逻辑分析能力高于常人的人。你现在 17 岁？"

"嗯。"

"大有作为啊。"女老师意味深长地说。

补完课后，女老师在离开前对颜叶的父母说："你们这个儿子是个天才，别拿一般的眼光看他，我看你们以后都不用请家教给他补课了。"

颜叶的父母大眼瞪小眼，感觉莫名其妙。

老师走后，父亲问颜叶老师说那话是什么意思。颜叶不以为然地说，老师出了两道趣味智力题给自己做，全做对了。

父亲皱起眉头叹了口气："我还以为什么呢，原来就是这事儿啊！这个老师说话也太夸张了。"

母亲在一旁对儿子说："你呀，就是搞这些歪门邪道的东西厉害，学习成绩怎么就老不见长呢？分数提不上去，其他的都是白搭。"

颜叶懒得跟他们争辩，他打开电视，看起动画片来——这可是他仅存的一点儿休息时间了，必须要珍惜。

动画片里的搞笑情节让颜叶哈哈大笑，但没过多久，动画片就结束了。颜叶拿起遥控器换台，电视节目一个接一个地跳着走——换到一个科教频道时，那上面正在播一个帮助孕妇分娩的节目，颜叶皱了皱眉，举起遥控器打算换台。

突然，电视上出现一个画面——穿着白大褂的医生手里抱着一个身上还带着血迹的初生婴儿。婴儿在哭，医生和护士都在笑。

这个画面像一道闪电击中了颜叶，他呆了几秒钟，猛地丢掉遥控器，抱住头大声尖叫起来。

颜叶的父母应声赶来，见儿子缩在沙发上，全身发抖，不禁大惊失色。母亲上前抱住儿子，喊道："叶儿，你怎么了？"

颜叶紧闭着眼，在母亲怀中大口喘着粗气，身子仍在瑟瑟发抖，好几分钟后才略微好些。他将头扭到一旁，指着电视机说："快……快换台！"

父亲赶紧捡起地上的遥控器，换到一个新闻频道，对儿子说："换了！"

颜叶缓缓将头转过来，看了一眼电视上的节目，情绪缓和了许多。

"叶儿，你刚才怎么了？吓死我了！"母亲捂着胸口说。

"是不是生什么病了？"父亲说，"要不去医院看看吧。"

"不，不用去医院。"颜叶吞咽着自己的不安情绪，"我没事了。"

父亲看了一眼电视，问："你刚才叫我快换台——你在电视上看到什么了？"

颜叶眼睛转动着想了一会儿，他用有些变调的声音说："我……看到一个刚出生的，身上带着血迹的婴儿……"

母亲问："那婴儿有什么不对吗？"

"好像……没什么不对，是个正常的婴儿。"

母亲感到不可思议："那你有什么好害怕的，每个人刚生下来时不都是那样吗？"

颜叶困惑地摇着头："我也不知道，我不知道我为什么一看见那画面就会吓得失声尖叫，举止失常。"

父亲摸着他的额头说："是不是学习得太累了。要不你去房里躺一会儿吧。吃饭的时候我来叫你。"

颜叶不知所措地点了点头，回自己房间去了。

父母凝视着儿子的背影发愣。过了好一会儿，父亲望着母亲不解地说："他刚才尖叫的时候，怎么和小时候那次一模一样？"

第五章

王亚夫今天放学后，和往常一样跟同学在操场打了半个小时的篮球。流了一通酣畅淋漓的大汗后，他背起书包回家，在路上买了瓶可乐，边喝边走。来到家门口，王亚夫用钥匙打开门，还没来得及把门推开，他的爸爸王实从里面一把将门拉开，焦急地说："你怎么才回来！我专门坐在门口等你好久了！把书包放下，我们快走。"

王亚夫莫名其妙地望着爸爸，问："怎么了？"

"你二叔公今天下午在自己家附近的小区里昏倒了，可能是脑出血。你妈已经到医院去了，我专门在家等你放学回来好一起去，快走吧！"父亲在门口边换鞋边说。

"啊？"王亚夫讶异地问，"二叔公身体不是一直挺好吗？怎么突然就脑出血了？"

"这谁说得清啊！还好附近的邻居及时发现了，给我们打了电话，还把你二叔公送去了医院——要不就危险了。不说了，走吧。"父亲催促道。

王亚夫赶紧把书包丢到椅子上，父子两人急匆匆地下了楼，在街上招了一辆的士，朝市一医院赶去。

王亚夫坐在汽车后座，脑子里想着关于二叔公的事——二叔公六十多岁，才退休几年，以前曾在好几所医院当过院长，是德高望重的老医生。按理说应该很懂养生之道啊，怎么才六十多岁就得了这种危险的病？而且二叔婆也死得早，她去世后，二叔公就一个人生活，他的独生女在很远的外地工作——想到这里，王亚夫问爸爸："对了，丽绢阿姨知道了吗？"

"我们已经打电话给她了，她这时正赶着回来呢，可她住的那个城市离这儿太远了，我看她最早也得明天才能到了。"

王亚夫"哦"了一声，没有再说话。二十多分钟后，汽车驶到了市一医院。下车后，爸爸摸出手机跟王亚夫的妈妈联系，按照她说的地址找到了病房。

王亚夫和爸爸轻轻推开病房的门，发现这间单人病房里已经站满了人——舅舅、小姨、大表哥都来了，妈妈和另外两个医生守在二叔公的病床前。妈妈忧心忡忡地问道："医生，您看现在怎么办？要做手术吗？"

医生说："再观察一下吧，如果持续昏迷，就只有做开颅手术了。"

王亚夫小心地走到病床前，见二叔公鼻子上套着给氧器，白色被单下的身体微微起伏着，神情和睡着了并没有什么不同。

妈妈转过头说："我们大家也别都耗在这儿了，轮流守二叔吧。我先在这儿，你们去吃饭。"

小姨说："我来守吧，你先去吃饭。"

妈妈说："别争了，晚上还有的是时间呢，你们快去。"

"那好吧。"舅舅拍着王亚夫的肩膀说，"我们去吃了饭回来替你妈。"

王亚夫点点头，正准备离开，突然发现二叔公身体微微动了一下，他叫起来："妈，二叔公刚才动了！"

所有人都聚集到病床前，妈妈抓着二叔公的手喊道："二叔，二叔，你能听到吗？"

二叔公的身体动了一下，这回所有人都看见了，妈妈又喊了几声，二叔公竟缓缓地睁开了眼睛。

"二叔！你醒了！这……真是太好了！"妈妈和小姨兴奋地说。

二叔公慢慢张开嘴，双眼发直，颤抖着嘴唇说："丽绢……丽绢呢？"

"二叔，丽绢正朝这儿赶呢，马上要到了。"妈妈说。

"丽绢，丽绢……"二叔公声音微弱地喊着，突然紧紧抓住妈妈的手，"丽绢，我有话要跟你说……其他人，全都出去！"

"二叔……"妈妈回过头，不知所措地望着医生。医生冲她点点头，然后做了个手势，对其他人说："我们先出去一会儿吧。"

王亚夫跟着爸爸、舅舅、小姨和表哥一起走出病房，医生轻轻带上门。小姨问道："医生，我二叔他怎么样？是不是醒过来就好了？"

医生微微摇着头说："我们接触过很多例脑出血病人，如果病人像这样突然醒过来，说话又非常清晰，往往就代表着……"

"代表着什么？"小姨着急地问。

"也许代表着最后的回光返照——他有什么要交代的，就尽量让他说吧。"

王亚夫的心咯噔一下，他明白什么叫回光返照。

众亲属也都愣住了，无所适从地望着紧紧关着的病房门。

在走廊上站了十多分钟后，众人突然听到病房里传来一声哭喊："二叔！"大家心中一紧，赶快推开病房门，见王亚夫的妈妈扑在二叔公的身上痛哭着，二叔公闭着眼睛，亲属们一起涌上前去，大声喊叫着二叔公。

"二叔……你怎么走得这么快，你怎么都不等丽绢回来看你最后一眼啊！"妈妈痛哭流涕。

王亚夫心中发酸，也和大家一样掉下泪来。

哭了好一阵，医生上前确认二叔公确实已经去世了，叹了口气道："节哀顺变，还是商量帮老人操办后事吧。"

妈妈抹了把眼泪说："可是，我二叔的亲生女儿都还没回来呀，我们怎么办？"

爸爸说："我们先把二叔的丧事操办起来吧，不能等丽绢了。"

"对，我通知其他亲戚都来吧。"舅舅拿出电话来。

在场的亲属们都忙起来，分头去买寿衣、联系灵堂、通知亲戚朋友……

第二天中午丽绢阿姨才赶来，得知父亲已死，哭得天昏地暗。

二叔公的丧事办了三天，这三天里王亚夫照常去学校上学，他的父母则向单位请了假，自始至终帮着料理后事。

第三天晚上，父母拖着疲惫的身体回家。王亚夫懂事地一个人在家里做了饭吃，又做完了作业。父母回来后，他并没有多问什么——他能感觉到爸妈的心力交瘁。

在沙发上坐了一刻后，王亚夫的爸爸像是想起了什么，他问妻子："二叔死的那天是不是把你当成丽绢了？他跟你一个人说了些什么？"

王亚夫也有些好奇，他抬头望向妈妈，没想到，他从妈妈脸上看到一种古怪的神情——妈妈听到这个问题后，身子哆嗦了一下，脸色骤然变得苍白，像是勾起了什么可怕的回忆。

爸爸也感觉到了异常，他问道："怎么了？"

妈妈瞄了一眼坐在小凳子上的王亚夫，迅速地将目光移开，说："没什么。"

爸爸迟疑地望了王亚夫一眼，皱了下眉头，没有说话。

王亚夫感觉父母要回避自己什么事，他想问，但又忍住了。他站起身说："我去洗脸了。"

洗漱完毕，王亚夫跟父母道了晚安，回自己的卧室里关上房门。

父亲和母亲也分别去洗了澡，回到了大卧室。

躺在床上，王亚夫辗转难眠，他想起妈妈古怪的神情和瞥自己那一眼时的怪异神色，不禁想到——难道二叔公最后的遗言和自己有什么关系？刚才妈妈的神情分明就表示出，这件事情不能当着自己的面说。

那么，他们现在回了房间，肯定就在说这件事情——王亚夫睁开眼睛，他按捺不住了，从床上翻身起来，披上衣服，打开门，蹑手蹑脚地走到父母门前，竖起耳朵听里面的动静。

果然，里面传出父母的对话声。

第六章

王实问躺在身边的妻子："现在可以说了吧，二叔到底跟你说了些什么？"

妈妈的脸上又浮现出害怕的神色，她往丈夫身边靠了靠，说："二叔在弥留之际确实把我认成丽绢了。我本以为他要交代一些遗嘱什么的，没想到，他对其他事情一字未提，只是不停地说他很内疚，他的良心被谴责了一辈子……接着，跟我讲了一件十五年前的往事。"

"什么往事？"爸爸好奇地问。

妈妈用被子紧紧地裹住身体："一件……非常骇人的事。"

"别害怕，慢慢说。"

"二叔说，十五年前，他被调到市里的妇幼医院当院长。一天晚上凌晨两点多，医院里的一个老医生突然打电话到家里，说医院里出大事。二叔赶紧穿上衣服就赶去了医院，那个老医生惊慌失措地带着他走到二楼最左侧的一间病房，二叔一推开门——里面的景象令他震惊得瞠目结舌……"

"是什么？"爸爸急切地问。

"那病房里本来住着一个临产的产妇，但二叔推开门却看到——那产妇已经死在了床上！而且面目扭曲，双眼圆睁，像是受到了极度的惊吓一样。病床上全是血，更可怕的是，那产妇的肚子瘪了下去，肚子里的孩子已经不见了！"

"啊！"爸爸叫道，"有这种事？"

"还没说完呢。"妈妈打了个寒噤，"二叔说，他和那个老医生还发现……"

"发现什么？"

"他们发现病房的床边到门口，有几个小小的足迹，那足迹的大小……就和初生婴儿一般……"妈妈全身发抖，蜷缩到爸爸怀里。

爸爸也感到后背发凉，毛骨悚然。他难以置信地张着嘴想了一会儿，说："这怎么可能？该不会是二叔在临死之前说胡话了吧？"

"那我就不知道了。"妈妈说，"可二叔当时说这些的时候，语言和思路都十分清晰，不像是说胡话呀。"

爸爸说："那他们是怎么处理这件事的？"

"当时那个老医生急匆匆地把二叔找来，就是问他怎么处理这件事。二叔说他当了一辈子的医生也没遇到过这样的怪事情！他想报警，可又立刻想到，如果报了警，这件事就闹大了，不但会影响整个妇幼医院的声誉，他这个院长的位置也肯定保不住。所以，他……"

"他想怎么做？"

"他马上问那个老医生，这个产妇的家属在哪里。老医生说前几天一直都是这个产妇的丈夫守在她身边，可今天那个男人像是失踪了似的，一直没出现过。二叔在确定这个产妇没有其他亲属陪伴后，做了一个大胆的决定。"

"难道他想……"爸爸有些猜到了。

"二叔叫老医生把地上的血足迹清理干净，然后他利用职权瞒天过海，将这个产妇伪装成难产而死——产妇和婴儿都在生产过程中死亡了。这样的话，产妇被直接推进了停尸间，而婴儿的下落也自然不会有人打听……

"后来，居然就一直没人来打听这个产妇和婴儿的事，二叔没想到这么可怕、棘手的事竟然会处理得如此顺利，而且没有受到任何人的怀疑——他和那个老医生约好，这件事情是他们永远的秘密，不能让任何人知道。几年前，那个老医生在一次车祸中意外死亡了，二叔就成了世界上唯一知道这个秘密的人。但他说，他无时无刻不在受着良心的谴责，退休之后内心也不得安宁。所以他在弥留之际，吊着最后一口气也要把这件事讲出来，否则他死了也闭不上眼。"

爸爸长长地吐出一口气："没想到二叔竟然做过这样的事——那这件事，就这样不了了之了？"

"也许吧。"妈妈忽然望向爸爸，"王实，你听我讲这么久难道还没想到吗？"

爸爸莫名其妙地问："想到什么？"

"那家妇幼医院，十五年前的一个晚上，你带着儿子……"

"啊，天哪！"爸爸惊呼起来，眼睛瞪得老大，"你该不会是说，我带着儿子去看病的那天晚上，恰好就是发生这件事的那个晚上吧？"

妈妈低声说："对，就是同一天！"

"你怎么知道？"爸爸紧张地问。

"因为二叔跟我说，那个值班的老医生当天晚上是在听到四个孩子的尖叫后，才想到去看一下走廊尽头那间病房的——这不是跟你回来讲给我听的刚好吻合吗？"

爸爸难以置信地抬起头，有一种不寒而栗的感觉："难道……亚夫那天晚上，看到了什么东西，才会……"

话刚讲到一半，夫妻俩突然听到门口"咚"的一声，接着是儿子撕心裂肺的尖叫声，俩人同时一惊，赶紧跳下床，打开房门。

王亚夫蹲在地上，双手捂着耳朵，不停地尖叫。夫妻俩见状，立即蹲下来，扶着他的身体问："亚夫，你怎么了！"

王亚夫尖叫了好一阵才停下来，看到父母后，仍是一脸的惊惶不安。

"亚夫，你刚才一直在我们门口偷听？"爸爸问。

王亚夫低头不语，爸爸又问："你是不是全都听到了？"

妈妈说："没关系，儿子，你说实话，我们不会怪你的。"

王亚夫神色恍惚地点了点头。

"你……为什么要尖叫？"爸爸问。

王亚夫打了个冷噤，说："我不知道，我听到你们说的话，突然间脑子里像是闪现出什么可怕的东西，不由自主地就叫了起来。"

夫妻俩对视了一眼，爸爸问："亚夫，你还记不记得，十五年前的那个晚上，你是不是真的看到了什么……"

"别，别说了！"王亚夫惶恐地捂住耳朵，"我不记得了，我真的想不起来了！"

爸爸还想说什么，妈妈一把按住他，对王亚夫说："好了，儿子，想不起来就算了，别去回忆了。"她握住儿子的手，把它从耳朵上慢慢移下来。"我们以后都不要再提这件事了，你就当什么都不知道，也不要对外人提起这件事，懂吗？"

王亚夫轻轻地点头。

"好了，儿子，去睡吧。"妈妈把王亚夫从地上扶起来，拍了拍他的头说。

王亚夫一言不发地走回自己的房间，父母在他身后站立良久。

第七章

毕业班的上半个学期过去了，王亚夫进入了初三后半学期最紧张的冲刺阶段。为了考上市里的重点高中，王亚夫排除杂念，将一切精力都投入到了学习中。但他实在没想到，在这即将毕业的前夕，居然还会有转校生到自己班上来。

今天的语文早自习上，班主任老师领着一位漂亮的女同学走进教室，向大家介绍道："这是转到我们班来的新同学，叫赵梦琳，是位品学兼优的同学，大家欢迎。"

全班同学礼貌地鼓掌欢迎，掌声中夹杂着一些男生细小的声音："乖乖，咱们班这下算是有美女了。"

赵梦琳大方地向同学问好："大家以后请多关照！"

班主任环顾了一下教室，见王亚夫身边空着一个座位，对赵梦琳说："你就坐那儿吧。"

班上的男生都向王亚夫投来羡慕的眼神。赵梦琳正准备走过去，王亚夫举起手说："老师，张小军只是请了病假，他还要回来呢。"

班主任说："张小军回来了我再帮他安排座位，先这样坐着吧。"

男生们暗骂王亚夫不识抬举。赵梦琳有些难堪地坐到王亚夫身边，放下书包。

"好了，现在大家翻开课本第一百三十八页，朗读古诗……"班主任组织起早自习。

第一节课下课后，王亚夫把语文课本放好，拿出数学课要用的工具来。身边的赵梦琳突然问道："你好像不太愿意挨着我坐呀？"

　　王亚夫摇头道："不是。"

　　赵梦琳歪着头望向他，像是在等一个解释。

　　王亚夫望了她一眼，红着脸说："我怕坐在你身边会分心。"

　　赵梦琳瞪了他一眼："你这是什么意思？"

　　王亚夫老实地解释道："我的成绩只是中等稍稍偏上，要想考上重点高中，还得努力呢，我可不想这段时间有什么杂念。"

　　"你……"赵梦琳没想到碰到这么一个实在人，她觉得又好气又好笑，羞红了脸说，"谁叫你动什么杂念了！"

　　"不，不，不。"王亚夫仿佛意识到失言了，慌忙说道，"我不是那个意思。"

　　赵梦琳看着面前这个窘迫的大男孩，忽然觉得他有些可爱，忍不住"扑哧"一声笑出来。

　　王亚夫也尴尬地笑笑，幸好数学老师走进教室来，及时解了围。

　　上完一天的课，赵梦琳觉得心情很好，她感觉这次转对学了。

　　放学时，赵梦琳看见王亚夫和班上的另外几个男同学一起在操场上打篮球。操场上有几百号人，但她却只看得见王亚夫——看着这个面容俊朗的男孩在夕阳下挥汗如雨的模样，她隐隐地笑了笑，哼着小曲回家。

　　一天的体育课上，老师安排全班男生练习长跑，在烈日炎炎下跑完一千五百米后，所有的男生都累得气喘如牛，个个汗流浃背、口干舌燥。赵梦琳本来和几个女同学打羽毛球，无意间瞥到王亚夫大汗淋漓地坐在操场边上休息，剧烈运动后的他满脸通红。赵梦琳注意到，王亚夫的身后不远处就是小卖部，许多同学都走过去买水喝——但他却没有去买。

　　赵梦琳走到王亚夫身边，问道："跑一千五够呛吧？"

　　王亚夫累得不想说话，点了点头。

　　赵梦琳问："你不渴吗？怎么不买瓶水喝？"

　　王亚夫说："今天身上没带零花钱。"

赵梦琳说："我帮你买一瓶吧。"

"不用了。"王亚夫推辞道，"一会儿去水管那里喝点凉水就行。"

"那可不行，会拉肚子的。"赵梦琳一本正经地说，"嗨，都是同桌，你跟我客气什么，下次你再请我不就行了。"

说完，她去后面的小卖部买了一瓶运动饮料，回来递给王亚夫："喏。"

王亚夫接过饮料，说了声"谢谢"，抬起头就喝了大半瓶。喝完之后，他感觉身体清爽多了，他举起饮料瓶看了看牌子，对赵梦琳说："这饮料不便宜吧？"

"没什么。"赵梦琳冲他笑笑。

这时，身后有几个男生绕到他俩面前，其中一个怪里怪气地说："哟，赵梦琳，就只请王亚夫喝呀？你俩关系不一般吧？"他说完冲身旁几个男生使了个眼色，几个人一起哄笑起来。

王亚夫有些尴尬，正想申辩，身边的赵梦琳说："谁说我只请他了？咱班的同学我都愿意请。"

"真的？全班你都敢请？"那男生扬起一边眉毛，做出不相信的样子，"说大话吧？"

"谁说大话了，我说到做到，哪些同学要喝水的我今天都请。"

那男生愣了一下，转过身对着班上一群同学聚集的地方大喊："快过来呀，赵梦琳今天请客！"

一大帮男生涌了过来，还有几个女生，大家七嘴八舌地问："真的？赵梦琳请客？"

"对。"赵梦琳笑着说，"反正我才来不久，今天就算是对大家的见面礼吧。要喝水的同学到小卖部拿就行了，我一会儿去付账。"

"太好了！"同学们都欢呼起来。

"呃，等等。"起哄的男生说，"我们不喝矿泉水哦，要喝和王亚夫一样的那种高级饮料。"

"行呀，随便你们喝什么。"赵梦琳爽快地说。

"太棒了！走！"那男生一挥手，同学们都高兴地一齐向小卖部涌去，争着向老板嚷道：

"老板，给我拿一瓶'红牛'！"

"我要'可口可乐'！"

"我要一瓶'果粒橙'！"

"好，好，好。"老板一一递给他们，问道："谁付钱啊？"

起哄的男生指了指后面："你只管拿，一会儿那个美女来买单。"

"那可不行，你们挑的都是贵的——一会儿她不来付钱怎么办？"老板说。

赵梦琳闻言走了过去，从口袋里摸出钱包，抽出三张一百的递给老板，说："够了吧？我的同学要喝什么你尽管拿。"

"哇……"周围的同学都一阵惊叹。起哄的那个男生也不得不竖起大拇指："佩服，大手笔！"

赵梦琳淡淡地笑笑，走回教室去了。

王亚夫在一旁看到这一幕，心里觉得有点儿不是滋味，他也迅速地走上楼，回教室坐下后，他对同桌说："真是抱歉，没想到竟让你这么破费。"

赵梦琳说："我请他们的客是我愿意呀，又不关你的事。"

"可你是帮我买了那瓶饮料才引出这些事的。"王亚夫有些过意不去地说，"而且我知道，你这么做是不想让那些好事的传我们闲话——你怕影响我学习，对吗？"

赵梦琳看着书，没有说话。

王亚夫闷了一会儿，说："你家是做什么的，挺有钱吧？"

"还行吧。"赵梦琳轻描淡写地说。

"怪不得呢，你每天放学一拐过这条街就有一辆黑色轿车来接你。"

赵梦琳突然扭过头来望着他说："你怎么知道每天放学都有车来接我？"

"啊……我……"王亚夫发觉说漏了嘴，神情不自然起来。

赵梦琳盯着王亚夫："难道，你每天放学后都偷偷跟着我……"

"我，我才没有呢。"王亚夫羞红了脸，把头转到旁边去。

不知为什么，赵梦琳判断出王亚夫"跟踪"了自己后，心底竟升起一股难以名状的兴奋和愉悦。但她为了化解开这难堪的气氛，换了个话题说："你高中想考哪所中学啊？"

"一中。"王亚夫说，"你呢？"

"我也是一中。"赵梦琳想都不想就说。

"啊，真的？"王亚夫高兴起来，"那我们又能是同学了！"

"你可得加劲努力才行啊。"赵梦琳说，"那我们就约好，都要考上一中哦！"

"嗯！我肯定会考上的！"王亚夫坚定地说。

赵梦琳望着王亚夫甜甜地笑了笑，尽量压抑住内心那活蹦乱跳的喜悦心情——赵梦琳觉得，转到这所学校来真是自己这辈子最幸运的决定。

第八章

　　几个星期过去了，王亚夫和赵梦琳的关系日趋亲密。但临近中考，两人都不敢分心，每天将大量的时间投入到书本和复习中。

　　学校为初三的学生增加了下午第四节课——王亚夫下午固定的"篮球时间"被占用了。但天生喜欢运动的他受不了每天静坐若干个小时不活动，只得牺牲掉中午的睡觉时间来打一会儿篮球。王亚夫现在几乎是在家里吃完午饭就往学校走，在操场上打一小时篮球后再回班上。

　　赵梦琳从小就是个争强好胜的性格。本来以她的成绩，要考上重点高中是一点儿问题都没有的，可她为了争得全校前几名的荣誉，也放弃了午睡。赵梦琳现在中午放了学根本就不回家，在学校食堂吃了饭后，就直接回班上温习功课，将那些早已滚瓜烂熟的知识揉捏得更加得心应手。

　　今天和往常一样，赵梦琳在学校小炒部花二十五元吃了一顿丰盛的午餐后，独自一个人回到空荡荡的教室——赵梦琳知道，在这种绝对安静的环境下，学习效率是平常的几倍。她从书包里拿出历史书和练习册，巩固学习内容。

　　看了半个小时的书后，赵梦琳觉得这书上的内容真是快到了倒背如流的程度了，实在是没有再复习的必要。在这空旷寂寥的教室里，除了她之外，还有几只围着她打转的瞌睡虫。赵梦琳趴在课桌上，用手臂枕着头，心里想着：就眯那么一会儿吧，也别让自己太累了……

王亚夫在家三下五除二地吃完了饭，抱起地上的篮球说："妈，我去学校了！"

妈妈嗔怪道："你这孩子，都快考试了还念着打球。中午的时间用来睡会儿觉多好，下午上课也有精神。"

王亚夫用一根手指转着篮球说："妈，你又不是不知道我。我哪一天不运动下午才没精神呢，走啦！"

他打开门，拍着球一蹦一跳地离开了，没注意到天色阴沉沉的。

到了学校后，王亚夫看见操场里已经有几个男生在打球，他加入进去，和他们一起打起了比赛。可没打一会儿，天空中飘起雨来，而且越下越大。大家都觉得有些扫兴，王亚夫没办法，只得抱着篮球回教室。

刚跨到教室门口，王亚夫一下停住脚步，他看见教室里只有赵梦琳一个人，而且已经趴在桌子上睡着了。王亚夫在门口犹豫了一会儿，觉得一个女孩子在教室里睡觉，自己进去有些不太合适，便思索着不去打扰她，就在走廊外玩一会儿。

正准备转身离开，王亚夫看见赵梦琳的身子动了一下，她的眼睛仍然闭着，但眉头却拧在了一起，露出焦躁不安的神情。突然，赵梦琳大声尖叫起来，那尖锐的声音划破教室的宁静，在空旷的教学楼里格外刺耳。王亚夫大吃一惊，不知道发生了什么事。

赵梦琳忽高忽低地持续尖叫着，王亚夫吓得惊慌失措，但他注意到赵梦琳还闭着眼睛，似乎是在睡梦中发出的尖叫。他怕赵梦琳再这样叫下去会引来这幢楼的其他同学或是门卫——那自己可就解释不清了。他赶紧走到赵梦琳的身边，摇着她的身体说："醒醒，你快醒醒！"

赵梦琳被摇醒了，她抬起头来，惊魂未定地望着王亚夫，睁大的双眼里流露出恐惧的神色。看见王亚夫一脸惊愕的表情，她似乎立刻明白发生了什么，慢慢垂下头来，眼睛直愣愣地盯着前方。

王亚夫急切地问："你刚才怎么了？"

赵梦琳反问道："你怎么会在这儿？"

"我来学校打球，可下起雨来了，我只有走上楼来，然后就看到你……"

"你看到我失态的样子，所以才把我摇醒？"赵梦琳说话的时候眼睛不敢看王亚夫。

"你……知道自己刚才发生了什么事？"王亚夫有些惊讶地问。

赵梦琳紧紧咬着嘴唇不说话，脸色极其难看。

"你能不能告诉我……"

"不能。"赵梦琳冷冷地打断他。

王亚夫绕到赵梦琳面前，直视着她说："不，你必须告诉我！你为什么会和我一样……发出这种近乎相似的尖叫？"

赵梦琳凝视着他："你说什么？"

王亚夫一字一顿地说："我说我跟你一样，也会像受到刺激一样，不由自主地发出这种骇人的尖叫！"

赵梦琳摇着头说："你在骗我……还是在安慰我？"

王亚夫举起一只手说："我对天发誓，就在两个多月前的一天晚上，我因为某种特殊的原因而发出过和你刚才几乎一样的尖叫！我父母都可以做证！"

赵梦琳疑惑地问道："那你是为什么……会这样？"

"你呢？"王亚夫问。

赵梦琳又咬着嘴唇不说话了。

"你还不愿意讲啊？"王亚夫着急起来，"你先告诉我你刚才为什么会尖叫，我一会儿把我知道的事全告诉你！"

赵梦琳望了王亚夫一会儿，缓缓地说："我这不是第一次了，已经有好多次这种情况……从我几岁的时候就开始——我，老是做一个奇怪的噩梦……"

"你梦到了什么？"

赵梦琳紧紧皱起眉，像下了很大决心般说："我老是梦到一所医院，我站在走廊上，看到，看到……"

她脸色发白，嘴唇翕动着："我看到一个满身是血的婴儿从一间病房里走出来，他、他是……直立行走的。他路过我的身边，望着我笑……啊，啊！"

　　她又忍不住了，失声叫了出来，全然没有注意到，旁边的王亚夫反应比她更甚，已惊骇得面无人色，全身发抖。

第九章

过了好一会儿，两人才稍微平静一些，王亚夫问："你父母，知道这件事吗？"

赵梦琳点了点头说："他们怎么可能不知道？我爸爸在我几岁的时候就给我找过一个心理医生。那医生说我的这种情况极有可能是幼儿时的某种经历引起的心理阴影，这种心理阴影以噩梦的形式出现在我的脑海里，反复折磨着我。"

"那个医生有没有说怎么治？"

"他说……除非是找到引起这件事的根源，才能消除这个心理阴影。否则，我只要受到相关的暗示或刺激，都有可能会引起情绪失控。"

王亚夫皱起眉，喃喃自语道："这么说……我也是受到了相关的暗示……"

赵梦琳问："你又是怎么回事？"

"你先别忙着说我。"王亚夫说，"你问过你爸爸没有，你小时候遇到了什么类似这种心理阴影的经历？"

"那个心理医生也这么问我爸。"赵梦琳说，"可我爸说他也不知道。他只记得在我一岁时带我去一家妇幼医院看病，那天晚上我就发出了这种可怕的尖叫。除了我之外，好像还有另外三个小孩也是这样……"

王亚夫张大着嘴说："天哪，你果然就是那三个小孩中的一个！"

赵梦琳愣了一会儿，说："难道……你也是当时……"

"对！"王亚夫激动地说，"当时一起尖叫的四个小孩中，我和你就是其中的两个！"

赵梦琳觉得匪夷所思："这……也太巧了吧？"

"知道吗？在茫茫人海中，我们能聚在一起，这不仅是缘分，也是天意！"王亚夫低下头沉思着说，"也许是上天刻意这样安排，要我们一起解开这个谜！"

赵梦琳见王亚夫若有所思的模样，问："你知道些什么吗？"

"嗯。"王亚夫点头道，"我从我妈妈那里了解到一些关于这件事的隐情。"

"是怎么回事？"赵梦琳急迫地问。

王亚夫咽了口唾沫："我跟你讲了，你可别吓着。"

赵梦琳不由自主地打了个冷噤，但还是坚持道："你说吧。"

于是，王亚夫把那天晚上在父母门口听到的谈话内容囫囵讲给赵梦琳听。赵梦琳听完后，脸上一阵青一阵白，神情骇然地说："我的天哪，有这种事！如果你讲的这件事是真的，那不是正好和我在梦中看到的相衔接了吗？这……太可怕了！"

王亚夫也感觉到这件事诡异莫名，他说："也许我们俩能在这所学校认识，就是被赋予了调查这件事的使命！"

赵梦琳望着他问："我们怎么调查？"

"和我们一起经历这件事的不是还有两个人吗？他们现在都应该跟我们差不多大——可能就在这座城市里的某所中学读书。我们首先要找到他们——也许他们或他们的家人知道些什么呢？"

赵梦琳若有所思地点头道："你说得对。"

"但我们现在不能去做这件事。还有几个星期就中考了，我们先把这件事情放在一边，全力以赴考上一中。放暑假的时候，我们再调查这件事！"

"嗯。"赵梦琳赞许地看着王亚夫，但又担忧起来，"这么久的事了，我们真的能调查清楚吗？"

"一定能！"王亚夫坚定地说，他望了赵梦琳一眼，腼腆地将头转向一边，"反正，我再也不想看见你在梦中尖叫着醒来了。"

赵梦琳感觉一阵暖流从心中淌过，她凝视着王亚夫的脸说："谢谢你。"

王亚夫红着脸挠了挠头说："别谢我，我也是为了我自己啊。我也不想以后再莫名其妙地受到刺激后又失声尖叫了。"

赵梦琳微微一笑："我不是说这个。"

"那你谢我什么？"

赵梦琳抬起头，长长地吐了一口气："在别人眼里，我从来都是一个高贵、优雅又举止得体的富家千金。但很少有人知道，我有着潜藏的心理疾病——当我失声尖叫、情绪失控的时候，简直就像精神病人一样。这么多年来，我一直死死地守着这个秘密，只有几个最亲近的人知道。但现在——"

她转过头来，抓住王亚夫的手："我不怕了，我再也不要躲躲藏藏地去掩饰，把自己伪装成一个完美的公主。我要和你一样勇敢地面对，一起去寻找问题的根源，解决我们的心理阴影！"

王亚夫呆愣愣地看着美丽的赵梦琳，脸红到了脖子根，心如小鹿般地乱跳。此时，他们俩听到门口传来同学们的谈笑声和脚步声，才猛然想起已经到上学时间了。赵梦琳赶紧把握着王亚夫的手缩回来，两人尴尬地捧着书看。同学们进教室后，他俩一起吐了吐舌头，相视而笑。

第十章

紧张的中考终于过去了。考试的时候，赵梦琳发现试题比她预料的要简单得多——每一科她都几乎只用了一半的时间就做完了。接下来的时间她就为王亚夫祈祷——希望他也能像自己一样轻松地答完考题。

王亚夫果然没有辜负家人和赵梦琳的厚望，中考结束的五天后，他在一中的新生名单中看到了自己和赵梦琳的名字。他立刻打电话把好消息告诉了赵梦琳，两人都欣喜若狂。

接下来，就是一个长长的、自由而惬意的暑假了。放松的同时，王亚夫和赵梦琳谁都没有忘记一个月前的约定——在这个暑假里，有一件重要的事情等着他们去做。

正式放暑假的第三天早晨，王亚夫就打电话到赵梦琳家里，约她在学校附近的麦当劳见面。

十点钟，赵梦琳准时来到麦当劳餐厅，在一张桌子旁找到了正喝着可乐的王亚夫。

赵梦琳坐下来后，王亚夫说："要吃点儿什么吗？"

赵梦琳摇头："我才吃过早饭呢。"

"那我们就商量一下，这件事到底怎么着手调查。"

"你说呢？"赵梦琳问。

王亚夫转着可乐杯说："按我们之前的推断，另外那两个人八成也在这座城市的某个中学读书。如果是上学期间，也许要好找些，可现在所有的学校都放假了——找起人来就难了。"

赵梦琳有些沮丧地说："那怎么办？"

"我昨天晚上想了一下，我们俩先从自己身上想一下办法。"

"啊？"赵梦琳没听懂，"什么意思？"

王亚夫说："我的意思是——我们俩一会儿去一趟当初我们发出第一次尖叫的那家妇幼医院——在同样的环境下，也许我们能想起点什么来。"

"什么？要去那家医院？"赵梦琳面露难色，"我……"

"怎么，你害怕？"王亚夫拍着胸脯说，"有我呢，再说大白天的，没事！"

"那好吧……"赵梦琳勉强点了点头。

"现在就走。"王亚夫站起来。

两人从麦当劳出来后，招了一辆出租车，不一会儿就来到市妇幼医院的门口。

站在医院门口，赵梦琳又迟疑起来，她说："我们……还是别进去了吧。"

"别开玩笑了，我们都到这门口了。"王亚夫牵起赵梦琳的手往里走，"有我在你身边呢，别怕！"

两个人走进妇幼医院，这里面排队挂号、拿药、咨询的人熙熙攘攘。这让他们稍稍安心了些。

"我记得我妈说是在二楼……"王亚夫对赵梦琳说，"我们到二楼去看看。"

赵梦琳只能跟着他走上二楼楼梯，缓慢地挪动着脚步。

两人来到二楼走廊，走廊两边的座椅上都坐着等待看病的病人。赵梦琳环顾四周，觉得有一种既陌生又熟悉的复杂感觉。当她集中精力望向左边走廊尽头时，浑身一颤，抓着王亚夫的手臂说："就是这里！我梦中看到的地方就是这里！"

王亚夫神情木然地说："对，我也感觉到了，就是这里。"

他转过头望向赵梦琳说："可我却记不得了，我们在这里到底发生了什么事？"

赵梦琳用手按住头，一脸痛苦的表情："别……别逼我去回想。我们快走吧，我突然觉得好害怕！"

王亚夫无奈，只得扶着赵梦琳下楼——他们身后，一个四十多岁的中年男医生疑惑地盯着他们。

两人下楼后，王亚夫扶赵梦琳在一楼的长椅上坐下，赵梦琳的情绪却仍旧是惊恐莫名。王亚夫正准备安慰她几句，突然，刚才二楼的男医生神不知鬼不觉地出现在他们面前，问道："有什么要我帮忙的吗？"

王亚夫和赵梦琳一愣，抬起头来望着他。王亚夫说："不，我们没事儿。"

那男医生盯着他们的脸看了一会儿，一副捉摸不透的神情，他问道："你们刚才在二楼走廊上……好像有些不舒服？"

"不，医生，我们真的没事，谢谢你的关心。"王亚夫说。

男医生打量了一会儿，问："你们是不是在走廊尽头上看见了什么？"

"不，我们没看见……"王亚夫说到一半，突然抬起头来问道，"你怎么知道我们看的是走廊尽头？"

男医生怔了一下，说："因为我看见你们……是望向那个方向后才表现异常的。"

王亚夫站起来，说："可那个方向还有很多人。你怎么知道我们看的是走廊尽头，而不是某个人呢？"

男医生微微张了张嘴，没有说话。

赵梦琳这时也从座椅上站起来，怀疑地盯视着那个医生。王亚夫瞪大眼睛逼问道："你是不是知道什么？"

那医生的目光和王亚夫碰撞在一起。他低声说："不，我什么都不知道。"同时又反问道："你呢，你又知道些什么？"

王亚夫和他继续对视了一会儿，谨慎地说："我也什么都不知道。"

男医生昂起头，最后注视了他们几秒，转过身离开了。

王亚夫看着他的背影消失在拐角处，对赵梦琳说："我们走吧。"

两人出了医院，赵梦琳说："那个人……看起来十分可疑。"

王亚夫低沉地说："他肯定是知道什么内情的，我们这趟没有白来！"

赵梦琳说："我们现在该怎么办？"

王亚夫想了想："现在肯定没办法。我们只有先通过什么途径来调查一下他的背景再说。"

赵梦琳："我可以叫我爸帮忙。"

王亚夫跺了下脚："可惜刚才忘了看他胸口挂的牌子，不知道他叫什么名字。"

赵梦琳回忆了一下："没关系，那个医生脸上有个特征——他鼻子旁边有个很大的痣。我叫我爸找人凭这个特征去打听他的情况，应该不难。"

王亚夫狐疑地望着赵梦琳："你爸爸到底是做什么的呀？听起来这么神通广大。"

赵梦琳犹豫了一下，说："本来我爸妈叫我在外面一律不准说的，但我跟你也用不着保密了——你知道赵氏商城吧？"

"你是说，我们市最大的那家赵氏商城？"

"对，我爸就是赵氏商城的董事长。"赵梦琳平静地说。

"什么！"王亚夫大叫起来，"你爸就是我们市数一数二的……"

"嘘！"赵梦琳赶紧捂住王亚夫的嘴，"别声张了！你知道我让他放我出来单独上街多不容易吗？我爸恨不得派两个保镖陪我度过整个暑假！成天就担心我被绑架什么的，烦死了！"

王亚夫吐了吐舌头，压低声音说："你倒好像满不在乎的。"

赵梦琳说："我在乎得过来吗？除非天天待在家里，那就是绝对安全的——可那样的话还不如把我杀了算了！"

"好，好，好！别说了。"王亚夫哑了哑嘴，"跟你在一起我都提心吊胆的。"

"也没那么夸张，只要你不说出去，没几个人知道我是什么身份。"

"打死我也不会说的。"王亚夫做了个鬼脸。

赵梦琳被他的模样逗乐了，说："我都有些饿了，我们先去吃饭吧。"

"过街吧。"王亚夫左右看了下车辆，然后和赵梦琳一起走到街对面。

步行了一段时间，王亚夫看到一家叫"缘来饭庄"的小店正卖着快餐饭，那菜看上去还不错，便对赵梦琳说："你不是饿了吗？我们就在这里吃点儿东西吧。"

赵梦琳看了看这家不起眼的小馆子，皱起眉说："就在这儿吃？"

"哎呀，大小姐。我们今天是出来办事的，不是来郊游——你就将就些吧！"王亚夫拉起赵梦琳的手，不由分说地走进这家饭馆。

老板热情地把他们带到一张桌子旁坐下，说："我们这儿有快餐，也有点菜，两位吃点什么？"

"菜单拿来看看吧。"赵梦琳说。

"好咧。"店老板从柜台上拿来菜单，一边递给赵梦琳，一边用笔准备在小本子上记录，"吃什么菜？"

赵梦琳问王亚夫："你喜欢吃什么？"

王亚夫说："随便，我什么都能吃，你看着办就行。"

赵梦琳点了三份肉、两份小菜、一份汤，问王亚夫："够了吗？"

王亚夫说："再来个人都够了。"

赵梦琳对老板说："就这些吧。"

"好，两位稍等，菜一会儿就来！"老板拿着菜单走开了。

等菜的过程中，王亚夫和赵梦琳闲聊。

"我觉得，你那种生活也挺不容易的吧？"王亚夫问。

"可不是嘛，还不如普通人自由呢。"赵梦琳叹气。

王亚夫望着外面，若有所思地说："我要是有个这么有钱的老爸，我就叫他带我到美国去。"

"美国？移民？"

"不是，我是说去旅游。我叫他带我去看真正的 NBA 球星比赛，肯定比在电视里看带劲儿多了！"

"得了吧。"赵梦琳苦笑道，"还美国呢，我爸连带我去一次游乐场都难——他一天到晚忙死了，总是有数不清的应酬和做不完的生意。我和我妈早就想去旅游了，可他抽不出时间，又不准我们去，你说烦不烦吧！"

　　王亚夫低下头，神秘兮兮地说："我帮你出个主意——要不这样吧。"

　　赵梦琳把头靠拢来问："什么主意？"

　　"你叫你爸拿几十万给我，我带你去旅游。"

　　"去！"赵梦琳打了王亚夫的肩膀一下，红着脸说，"你凭什么带我去呀，讨厌！"

　　"哈哈哈哈……"王亚夫爽朗地大笑起来，笑声中，自己也觉得有些纳闷——以前跟女孩子单独相处时，他总感觉拘谨和内向；可跟赵梦琳在一起时，感觉到的怎么全是轻松和愉快呢？

第十一章

　　热腾腾的炒菜和汤端了上来，赵梦琳挨个尝了尝，竟觉得味道都还不错。王亚夫没有细细品味，端起碗狼吞虎咽地吃起来。

　　两人正吃着，门口走进来一个农村大嫂，向店里四处张望。店老板问她："大婶，你吃饭吗？"

　　农村大嫂摇着头说："我是来找我儿子的。"

　　店老板问："你儿子是谁？"

　　大嫂说："我儿子的小名儿叫石头，他写信告诉我他在这儿打工——我来看看他。"

　　店老板愣了一下，说："哦，是这样啊。大婶，你坐，我慢慢告诉你。"

　　农村大嫂问："怎么，他不在？"

　　"唉，是这样的。"店老板叹了口气，"石头确实在我这儿干过，而且干得还挺好。可是，后来出了件事，他就走了，没在我这儿干了。"

　　大嫂紧张起来："他出什么事了？"

　　店老板皱着眉头说："这件事说来奇怪。他在我店里负责送外卖，本来好好的。可有一天我叫他送饭到对面的医院去，他上了二楼突然抱着头尖叫起来，端的饭菜也全打了——我本来也没怎么责怪他，可他自己觉得过意不去，就走了。"

　　正在吃饭的王亚夫和赵梦琳听到店老板这段话，同时一惊，一起抬起头来望过去。

农村大嫂着急了："我儿子他不会是生什么病了吧？好端端的怎么会突然尖叫呢？他在家时可没这样呀！"

店老板安慰道："大婶，你别急，他好像就只有那一次，回来又好好的了，不像是生了病的样子。"

"那他现在在哪儿呀？"

"他走的时候也没跟我说呀。"店老板无奈地说。

王亚夫和赵梦琳放下手中的碗和筷子，走到石头妈面前。赵梦琳说："阿姨，我能问您几个问题吗？"

石头妈莫名其妙地望着她："你要问我啥？"

"您儿子叫石头吧，他今年多大了？"

"快十六岁了。"石头妈急迫地问，"怎么，你认识他？"

"您先听我把问题问完，好吗？"赵梦琳说，"十几年前，您有没有带他到这城里的一家妇幼医院看过病？就是这街对面的那家医院。"

石头妈惊愕地望着她："我是在十多年前带他到这城里的一家医院看过病，但我不记得是不是对面这家了……可是，你怎么会知道这些？"

"我还知道，十多年前您把他带到这家医院看病的那天晚上，他也大声尖叫过，对吗？"

石头妈惊讶得简直合不拢嘴："你……你这个姑娘到底是石头的啥人呀？怎么连这个都知道？这件事除了我和他爹，那孩子自己都不知道呢！"

赵梦琳和王亚夫对视了一眼，对石头妈说："阿姨，您先别管这个，我们是石头的朋友，我们帮您一起先把他找到，好吗？"

"哦，是石头的朋友呀，那太好了！"石头妈感激地说，"我对这城里一点儿都不熟，有你们帮着找真是太好了！"

王亚夫在一旁小声问道："这么大个城市，怎么找啊？"

赵梦琳问石头妈："您有他的照片吗？我们拿着他的照片好去打听。"

"有，有，有。"石头妈赶紧从手上挎着的小包袱里拿出一张两寸的黑白照片，递给赵梦琳，"这是他去年要换学生证时照的。"

赵梦琳接过照片，看到一个面相憨厚的男孩。她把照片揣进兜里，对石头妈说："阿姨，这样吧。您对这城里也不熟悉，您就不用去找了。我们俩帮您去找。您就在这店里等着，我们今天下午之内就能找到石头，到时候把他带到这儿来，好吗？"

"这，这……"石头妈激动得说不出话来，"这真是太好了！我们家石头能交上你们这样好的朋友，真是他的福分呀！"

"那您就在这儿等我们吧。"赵梦琳转过头问店老板，"我们的饭钱是多少？"

店老板说："一共三十四元。"

赵梦琳摸出一张五十元的递给他，小声说："不用找了。这个农村阿姨大概也没吃饭吧，你给她做两个菜。"

"哎，好，好。"店老板应道。

赵梦琳和王亚夫走出饭馆，王亚夫立刻问道："你哪来的这么大把握呀，跟人家说今天下午就能找到。要是找不到怎么办？"

赵梦琳说："其实你仔细想想，要找到石头并不难。"

"怎么说？"

"第一，他一个农村出来打工的孩子，身上不可能带多少钱，所以我猜他不会走太远，应该就在附近；第二，他所能做的工作很有限，不可能到大公司、大单位上班，而只可能在一些小饭馆、小店铺打工。所以，我们只要挨着这附近的小店面问，肯定能找到他。"赵梦琳分析道。

王亚夫举目四望："可是，这一段路这么多的偏街小巷，我们挨着问要问到什么时候呀？"

赵梦琳笑了笑："我自有办法。"

她带着王亚夫找到附近的一家复印店，拿出石头的照片对老板说："这张照片复印十张。"

不一会儿，十张复印件拿到了手。赵梦琳说："现在，我们去一些小街小巷找找看。"

王亚夫满脸疑惑地跟着赵梦琳往小街走。

两人走到一条破砖旧瓦的小弄堂。在一家杂货铺面前，围了七八个衣衫褴褛的闲杂工，这是些专门替人搬东西、卸货物的临时工。他们的眼睛全都贪婪地注视着杂货铺门口那台十四英寸的黑白电视机。那电视机小小的屏幕上布满雪花，画面模糊不清，但好恶却全然不由他们。正看得起劲，杂货铺的主人"啪"的一声就换到了另一个频道去。一阵低沉的惋惜声之后，他们又津津有味地看起来。

王亚夫小时候生活在县城里，对于这一幕，他是很熟悉的。

赵梦琳走到那些闲杂工身边，说道："几位大叔，跟你们打听个事。"

那群工人中有些没搭理她，有两三个转过头来。

赵梦琳拿出石头的照片，竖起来给他们看："你们见过这个男孩吗？"

几个工人一起摇头："没见过。"眼睛又回到黑白电视机上。

"我想麻烦你们帮我找这个人……"

一个满脸胡子的工人说："我们一会儿还有事做呢，没工夫帮你找人。"

赵梦琳笑了笑，从钱包里摸出几张五十元的钞票，说："这样吧，你们谁愿意帮我找他，我就付他一下午五十元的工钱。"

七八个工人全都转过头来，有几分惊诧地望着她，然后争先恐后地说："我去，我去！"

赵梦琳说："这样吧，你们都去找。谁打听到了他的消息，就回到这儿来，我在这里等着——找到的那个人我另外再拿五十元钱给他。"

"小姑娘，你说话可要算数啊。"工人们说。

"怎么，信不过我？"赵梦琳说，"这样吧，我先一人发五十元拿着，这总成了吧。"

工人们挨个接过钱，欣喜地喊道："好！我们这就去找！"

正欲散去，赵梦琳喊道："等等！找谁呀你们就去找？"她从口袋中摸出照片复印件，分发给他们。"这个人叫石头，十五岁。你们拿着这照片沿着不同的街挨着问那些小店铺，没准儿一会儿就找到了。"

闲杂工们像赛跑似的朝不同的方向散开了。

王亚夫目瞪口呆地望着赵梦琳，咂了咂嘴："说实话，我长这么大还真没见过这么抛撒钱的——知道吗？你就是给他们一人二十，他们也能乐得屁颠屁颠就去了。"

"那我给他们五十,办起事来不就更有效率了吗?"赵梦琳说,"等着瞧吧,不出半个小时,他们就能帮我们找到石头。"

王亚夫有些发蒙地感叹道:"今天我总算是见识到什么叫'有钱能使鬼推磨了'。"说着,他蹲下来。"我们就在这儿等着吧。"

赵梦琳正想跟杂货铺老板要个板凳坐,突然听到一阵锣鼓声,她好奇地望过去,发现远处的街口围了一大堆人。她碰了碰王亚夫:"嘿,你看,那儿在干什么呢?"

王亚夫望了一眼,说:"摆摊儿的杂耍艺人吧?"

"玩杂耍的?"赵梦琳来劲儿了,"太有意思了,我们过去看吧!"

第十二章

王亚夫本来对这些街边杂耍没什么兴趣，但无奈赵梦琳兴致极大，将他硬拉了过去。

两人从人堆里挤进去，果然，是耍猴戏的。一个身材干瘦、衣着破烂的小老头，戴着一顶夸张的鸭舌帽，几乎把他的脸挡了一半。他一只手举着面锣，另一只手拿着包红布的棒槌。每敲一下锣，地上那只大猴子就做出相应的动作——翻跟头、倒立、踩独轮车……小老头又重重地敲了一下锣，大喝一声："齐天大圣！"那猴子立刻从包袱里翻出一个"紧箍咒"套在头上，再抓起根棍子，反手一举，模仿起孙悟空来——滑稽的动作逗得周围的人群哈哈大笑。

赵梦琳开心地直拍掌，笑道："太好玩了！这猴子可真机灵！"

王亚夫撇了撇嘴，说："没见识了吧？也就你这种从没到过这偏街小巷的千金小姐觉得新鲜，我早就看腻了。"

赵梦琳问："你以前就看过这猴子表演啊？"

王亚夫觉得好笑："我不是看过这只猴子表演——但这些耍猴戏的都差不多，大同小异。"

那猴子又演了一会儿，从地上捡起个斗笠，倒转过来，端着它向人群走来。有些人见势就立即离开了，有的人从裤兜里摸出些毛票、硬币丢到斗笠中。猴子端着斗笠到赵梦琳面前，向她讨好地点头示意。赵梦琳正要摸钱包，王亚夫按住她的手，小声说："别露财。"然后从自己裤兜里掏出两个一元的硬币，扔到那斗笠中。猴子乖张地鞠了个躬，又绕到别人那里讨钱去了。

两人又站着看了几分钟，一个跑得满头大汗的工人挤到他们面前——是刚才那七八个工人中的一个。他对赵梦琳说："我还以为你走了呢，原来在这儿看热闹呀！"

赵梦琳问："怎么，你找到石头了？"

那工人点点头："找到了，他就在前面过去几条街的一家火锅店里打杂，我一会儿就问到了。"

"太好了！"赵梦琳觉得比她预想的还要快，"你快带我们去！"

那工人带着赵梦琳和王亚夫七弯八拐地过了几条街，在一家叫"廖记火锅"的小店前站住脚，说："他就在里边呢。"

王亚夫和赵梦琳跟着他往里走，来到厨房后面的一个小院儿。三四个十多岁的男孩正蹲在地上洗着大盆大盆的肉和菜，这里有一大股生肉味和泔水味，再加上堆集的垃圾经地上的脏水一调和——种种臭味混合在空气中，熏得人想吐。赵梦琳刚一跨进来，就捂住嘴，差点呕了出来。王亚夫也有些受不了，直皱眉头。

带他们来的工人指着其中一个正洗着猪大肠的男孩说："瞧，就是他吧！"

赵梦琳只看了一眼，就认出来这就是他们要找的石头，但她实在是无法忍受这里面的臭味，她捏着鼻子对那工人说："你叫他出来一下，我们在外边等他。"说完逃也似的离开这个小院。

闲杂工人对石头说："小兄弟，你出来一下，有人找你。"

石头手里不得空，一边洗着猪大肠一边问："那两人是谁呀？我不认识。"

"你先出来再说嘛。"闲杂工催促道，"快点儿，先别洗了。"

石头放下手中的活，到水管处冲了下手，走了出去。

在火锅店门口，石头找到王亚夫和赵梦琳，问："你们找我啥事呀？"

石头身上还有一大股猪大肠的腥味，赵梦琳朝后退了两步，尽量离他远些。王亚夫问："你叫石头吗？"

"是啊。"

王亚夫说："你妈进城来找你了。"

"啊？"石头惊诧地问，"我妈进城来了？她在哪儿？"

"她现在在你以前打工的那家'缘来饭庄'等着呢。我们是帮她来找你的。"

石头困惑地问："你们是谁呀？我妈怎么认识你们？你们又怎么认得我？"

赵梦琳从衣服口袋里摸出他的照片给他看："这是你妈给我们的，让我们凭着这照片上的模样找你。"

"可是……"

"哎呀，别'可是'了。"赵梦琳说，"你现在就跟我们去见你妈吧。"

"现在可不行。"石头说，"老板交代的事还没做完呢，我得把那些大肠都洗干净才行。"

赵梦琳急了："我说你这个人怎么是个死脑筋啊！那些事是永远做不完的，你先去见了你妈再回来做不行吗？"

石头摇着头说："一会儿老板来看到我没把事做完，会怪我的——要不麻烦你们去跟我妈说一声，我把这儿的工作一做完，立马就去找她。"

"你——"赵梦琳有些恼火地说，"你怎么这么犟啊！"

王亚夫说："算了，我们就在这儿坐一会儿，等着他吧。"

石头又进去继续洗他的猪大肠了。这时，一直在旁边站着的那个闲杂工小声提醒道："姑娘，人我可是帮你找到了……"

"哦，对了。"赵梦琳从钱包里摸出一张五十元递给他，"谢谢你了啊。"

那工人拿着钱欢天喜地地走了——不到一个小时就轻轻松松地赚到一百块钱，这是他以前从没遇到过的美事。

王亚夫和赵梦琳坐到火锅店里等石头，闲聊着一些杂事。一个多小时后，石头才从那臭气熏天的后院走出来——他洗了手和脸，换上身干净的衣服，看上去清爽了许多。

"让你们久等了，我们走吧。"石头说。

"你一会儿不用上班了？"王亚夫问。

石头摇着头说："我在六点钟前必须回来。老板说了，那时候客人都该来了，是最忙的时候，我得回来帮忙。"

赵梦琳不屑一顾地说："你别老是老板长、老板短的。他付你多少工钱啊，你这么死心塌地地帮他干？这又脏又累的活，你还珍惜得很！"

石头默不作声。王亚夫说："那就快走吧，抓紧时间。"

三个人快速地向"缘来饭庄"走去，石头的脚步跨得比他俩都大。快到饭庄时，石头老远就看到母亲正站在饭馆门口焦急地张望，他大喊一声"妈"，然后跑了过去。

石头妈看见儿子跑过来，欣喜地迎上去，捶了他的肩膀一下，嗔怪道："你这孩子！怎么换了个干活儿的地方也不跟家里写封信说一声？害我还以为你在这儿，来了又找不到你！"

石头挠着头说："不是，妈。我换了好几个地方呢。到现在这家火锅店去了也没几天——我是想安定下来后就给家里写信的。没想到你这么快就找来了。怎么，家里出什么事了吗？"

石头妈摸着儿子的头说："没事，就是妈太想你了。还有你爸，别看表面上装着跟没事儿人似的，可心里比我还惦记你呢！这不，今天都是他叫我到这儿来的，非让我亲眼看看你过得怎么样。"

石头说："妈，你和爸就别挂念我了，我在城里好着呢。"

母子俩又说了些话，石头妈这才看见王亚夫和赵梦琳还站在一边，她拉起石头的手说："对了，真得好好感谢你的这两个朋友呀！要不是他们帮忙找到了你，我今天还不得急死呀！"

石头有些发蒙地望着王亚夫和赵梦琳，说："我的……朋友？可是……我不认识他们呀。"

"啥？你不认识他们？"石头妈惊诧得说不出话来，"那……这是……"

母子俩一齐望向王亚夫和赵梦琳，眼睛里充满困惑和疑问。

赵梦琳看了看人来人往的街道，说："我们别在人家店门口站着了，这里不是说话的地儿，我们找个安静的地方说吧。前面有家咖啡店，我们去那儿行吗？"

石头妈有些为难地说："我只想去我儿子住的地方看看，回去才好跟他爹交差呀。"

石头说："谢谢你们帮我妈找到了我。可是，你们到底想跟我说什么呀？"

王亚夫说："这事说来话长了，不是三言两语就能说清的。"

石头想了想说："这样吧，你们要不嫌弃，就跟着我们一起到我住的地方去说话。店里的伙计都忙着，现在那里没别人。"

王亚大望了赵梦琳一眼，赵梦琳说："就这样吧。"

石头带着母亲来到自己打工的火锅店，又穿过火锅店门脸儿来到一条狭小、肮脏的后街，这里是典型的贫民区，街道两旁低矮、破旧的平房像病入膏肓的垂死者一样艰难地支撑在地。石头来到其中一间破瓦房前，打开嘎吱作响的木门，招呼母亲和王亚夫、赵梦琳进来。

进门之后，王亚夫和赵梦琳都惊叹于这间十平方米左右的小屋子内，竟奇迹般地挤下了三张高低铺的上下床——除此之外，几乎连个站的地方都没有，四个人艰难地挤进来后，石头指着最近的一个下铺请母亲和客人坐下——赵梦琳看了一眼那脏得起印迹的床单，差点儿没呕出来，她尽可能地只擦着一点儿床边儿坐下。事实上，她感觉自己正处于一种扎马步的状态。

赵梦琳和王亚夫都是一辈子没到过这么差的环境中来，他们显然不能立刻适应这里的拥挤、阴暗和肮脏——这还只是心理上的。在生理上，这屋子里潮湿的霉味和脏衣服、臭袜子的恶臭味也熏得王亚夫和赵梦琳几乎希望能停止呼吸。

石头把木门掩上，屋子里立即昏暗得如同傍晚。石头妈问："这屋里没灯吗？"

"有灯，可是得晚上九点以后才有电。所以……只能将就了。"石头窘迫地说。

石头妈突然捂住脸抽噎起来："儿呀，你说……你到这城里来遭啥罪呀！"

石头慌了，安慰道："妈，你别哭了。这里住的环境是差了点儿，可老板对我们还是不错的，一个月包吃住还有三百呢。而且吃得也挺好，店里的客人每天都要剩下不少的菜……"说到这里，他骤然停下来。

石头妈望了儿子一眼，哭得更大声了。

眼前的情形让王亚夫有些不知所措，身旁的赵梦琳赶紧岔开话题："阿姨，别难过了。您还是先听听我们要说的事吧。"

第十三章

石头妈拭干脸上的眼泪，不作声了。

赵梦琳望着石头问道："石头，缘来饭庄的老板告诉我们，你离开他那里，是因为你去对面的妇幼医院送饭，却突然尖叫起来，打翻了饭菜——是这样吧？"

石头打了个寒战，没有说话。

赵梦琳继续说："我们从你妈妈那里证实，十几年前的一个晚上，她带你到那家医院去看病，也发生过类似的事。"

石头抬起头，一脸惊诧地望着赵梦琳，又望向母亲，说："什么？"

"石头，你知道这是为什么吗？你为什么一到那家医院就会失控地尖叫？"赵梦琳问。

石头脸上露出恐惧而困惑的神情，他摇着头说："不知道……我不知道！"

赵梦琳望了王亚夫一眼，王亚夫有些着急地问道："你真的什么都不知道吗？你再好好想想，你那天去医院送饭，是不是看到了什么或是想起了什么才会这样？"

"不要说了！"石头大喊一声，不由自主地抱着头，声音中尽是惊恐，"我真的不知道！不要再问我了！"

母亲赶紧抱着儿子，对王亚夫和赵梦琳说："你们别再逼他了！你们到底是谁呀？问这些干啥？"

王亚夫和赵梦琳对视了一眼,他们没有想到,石头的反应竟然比他俩更为强烈,仅仅是提到这件事,也能让他恐惧成这样。

赵梦琳对石头妈说:"阿姨,您还记得吗?十几年前的那天晚上,和石头一起尖叫起来的,还有另外三个小孩——您想得起来吗?"

石头妈凝视着他俩的脸,好一阵后说:"难道,你们是……"

"对,我们就是另外那三个小孩中的两个!"赵梦琳说。

石头妈大吃一惊:"什么,你们真是当年的……这么说,你们也看见了——"

她说到这里,似乎突然意识到了失言,赶紧捂住嘴,话声戛然而止。

王亚夫和赵梦琳的惊讶程度远甚于石头妈,他俩几乎一起喊出来:"阿姨,您知道我们当时看见了什么?您知道这是怎么回事?"

石头妈将头扭到一旁,躲避着他俩询问的目光。她对石头说:"儿呀,你不是还要去工作吗?你快去吧,妈看到你就放心了,以后有空就给家里写信,知道吗?"

说着,她站起来,就要往门外走。

王亚夫和赵梦琳慌了,他俩赶紧跳起来,挡在门口。王亚夫说:"阿姨,您肯定是知道什么的!您为什么不愿意说出来?"

石头妈感觉目光无处闪躲,她尴尬地站在原地。石头愣在一旁,也呆呆地望着母亲。

过了好一会儿,石头妈缓缓地说:"你们不该打听这些事的……这么多年了,你们早就该忘了这些骇人的事!"

王亚夫和赵梦琳愣着说不出话,一股寒意从他们的脊背冒了出来——他们不知道,"骇人的事"是指什么。

王亚夫咽了口唾沫,壮起胆子问:"阿姨,您就告诉我们——那天晚上,我们到底看到了什么才会这样?"

"你们干啥非要知道得这么清楚不可?就因为好奇吗?"

"不,不是因为好奇!"赵梦琳说,"这么多年来,我都会做同样的一个噩梦,无数个早晨,我都会从尖叫声中醒来!我的精神都快要崩溃了。所以,我必须解开这个谜,弄清楚事实才能解开我的心结!"

石头妈低声叹息道:"只怕你真的弄清楚后,会做更可怕的噩梦。"

"是什么？"赵梦琳试探着问，"我们到底看到了什么，有这么可怕？"

石头妈望了儿子一眼，摇着头说："这件事，我和他爸从没跟石头提起过……"

她犹豫了一会儿，又叹了一口气，说："那天晚上，我和他爸一起带着石头去城里的医院看病，因为他烧得厉害。排队的时候，石头突然和另外三个小孩一齐尖叫起来，那声音很吓人，叫得人心里发毛。我和他爸都吓住了，以为孩子得了什么怪病，可是问医生，医生也说不上来……

"看完病后，我们回到村里，他爸把这件事讲给村里的老人听。没想到，那些见过世面的老人都很吃惊，说这种事以前也发生过，只是很罕见，而且……他们说得很骇人，我想起来都害怕……"

石头妈停下来，满脸的惶恐不安。石头拍着母亲的肩膀问："妈，他们到底说什么？"

母亲脸色发白，颤抖着说："老人们说，这是有不干净的东西从那里经过，被小孩看到了——大人是看不到的，只有不懂事的娃娃才看得见那些可怕的东西。"

三个孩子互视了一眼，尽管他们不愿相信这种带着迷信色彩的说法，却还是感到有些不寒而栗。

石头妈突然睁大眼睛，带着紧张和不安的口吻说："你们别再追究这件事了好不好？听老人们说，看到那些东西是不吉利的！而且，你们不能让那不干净的东西知道你们看到了它，否则，否则……"

她恐惧得说不出话来，气氛诡异而凝重。突然，王亚夫眼睛的余光无意间扫到门口，他发现，不知什么时候，门缝里多出一个黑色的影子和一只骨碌碌转动的眼球。他浑身毛孔一紧，"啊"地大叫出来。

王亚夫的叫声把屋里的人都吓了一大跳，石头见他惊恐地指着门口，快步上前去拉开门，但门外根本没人。石头正感疑惑，忽然窗台上传来一阵"吱、吱"的叫声，他顺势望过去，笑道："原来是这个家伙呀！"

一只浑身灰毛的猴子从窗台上跳下来，吱溜来到石头脚下，一只手抓住他的裤角，另一只手摊开要东西。石头从衣服口袋里摸出几颗花生，丢给猴子，说："走吧，走吧！"

猴子捡起地上的花生跑开了，石头转过身，对王亚夫说："没什么，是只猴子。"

王亚夫没有说话，低头思索着什么。

赵梦琳走到门口看那猴子，说："这不是刚才表演杂耍的那只猴子吗？怎么跑到这儿来了？"

"你们刚才看到它了？"石头说，"这猴子就是一个杂耍老人养的，那老人也住在这条街，这猴子表演完杂耍后时常来要点儿吃的，跟我们都混熟了。"

说到这里，石头一下想起了什么，他拍了一下脑袋："哎呀，杂耍的都收摊了，现在肯定快六点了吧！我得去店里工作了！"

石头转身对母亲说："妈，你也快回去吧，别担心我，我会照顾好自己的，发了工资我就寄回去。"

"别累着自己了，多给家里写信。"母亲说完后就走出门朝车站的方向走去。

正准备离开，石头望了一眼赵梦琳，心里突然升起一种奇怪的感情，他说："对不起，我没能帮上你。"

"别跟我说对不起，这是我们共同的事。"赵梦琳说，"我不明白，难道你没有好奇心吗？你就不想弄清楚十几年前到底发生了什么事？"

石头垂下头，小声说："我想知道，可我得工作……"他又抬起头来。"对了，我还不知道你们叫什么名字呢。"

"我叫赵梦琳，他叫王亚夫。"

石头说："我也不知道我妈刚才说的对不对，可是，我一听到你们说起这件事，心里就有种怪异的感觉，像是要出什么事一样……你们，还要调查下去吗？"

赵梦琳说："不查个水落石出，我不会死心的。"

石头凝视了她一会儿，说："如果你们还要我帮什么忙，就到这里来找我吧。"说完，转身走了。

赵梦琳叹了口气，觉得有些失望——找到了"第三个人"，却还是一无所获。石头妈说的那些话，如果从科学的角度去看，就没有任何意义。但赵梦琳也有些困惑了——这个世界上的事，真的能全用科学来解释吗？

这时，她突然注意到身边的王亚夫已经很久没有说话了，仍和先前一样，紧皱着眉，仿佛在思索着什么不可思议的事。赵梦琳用手肘碰了碰王亚夫："想什么呢？"

王亚夫身子抖了一下，他将脸转过来，用一种诡异莫名的神情直视着赵梦琳。赵梦琳这才发现他的脸色惨白得如同一张白纸，不禁吓了一跳，问道："你怎么了？"

好半天，王亚夫才从嘴里挤出一句话："我刚才在门缝里看到的……绝对不可能是那只猴子！"

第十四章

"什么？"赵梦琳难以置信地问，"不是那只猴子？你怎么知道的？"

王亚夫紧张地望着她说："当时石头妈在说话，你们都全神贯注地盯着她。可我站的位置离门很近，刚好能看到那虚开一点儿的门缝。我是平视过去的，看到了一个黑影和一只转动的眼珠。你听明白了吗？我是平视过去的，不是向下看——猴子怎么会和人一样高？"

赵梦琳准备说什么，王亚夫做了一个手势，示意她先别忙开口，然后接着说："还有，你没有看到那只眼睛。我虽然只看了一两秒，可我却能清楚地看到那只窥探的眼珠里透露出来的凶恶——那种眼神是人才会有的！"

赵梦琳感到有些毛骨悚然："难道，有什么人在跟踪和窥视我们？或者是……"

她停了下来，王亚夫望着她："你想说什么？"

"我在想，石头妈说的话……"赵梦琳打了个哆嗦。

王亚夫缓缓地蹲下来，用力捶了自己大腿一下："我们太天真了，犯了个大错误！"

赵梦琳问："什么意思？"

王亚夫用眼睛盯着她说："我想，这件事我们也许想得太简单了。我们今天不该如此大张旗鼓地调查这件事！"

赵梦琳一惊："你是说，我们有可能已经打草惊蛇了？可是……会是谁呢？"

　　王亚夫默默摇头。赵梦琳问："现在怎么办？我们……停止调查吗？"

　　王亚夫想了一会儿，从地上站起来，神色严峻地说："如果我们已经打草惊蛇了的话，不如反其道而行之。"

　　赵梦琳茫然地望着他。王亚夫说："我们现在也不用隐藏这件事了，一会儿回家之后，你就用电脑在全市各大校园网发一个帖子，把这件事简要叙述一下，略去我们知道的那些隐情，并指明我们正在找寻当年一齐尖叫的四个小孩中的'第四个'。留下你的联系方式——记住，人名、地名全都不要用真实的就行了！"

　　赵梦琳吓了一跳："这样做合适吗？如此大张旗鼓，会不会引起……"

　　"对！我们就是要把当年知道这件事的、和这件事有关的人，以及'第四个人'引出来！只有找到这些人，才有可能真相大白！"

　　"可我担心，会不会把事情闹得太大，让全市都引起风波？"

　　王亚夫咧着嘴笑了笑："你还没明白吗？这是我设的一个圈套。"

　　"什么？"赵梦琳不解地望着他。

　　王亚夫说："你想想，我们在这件事中没有提到任何真实的地名、人名——一般人是不会相信这是一起真实事件的。他们只会认为这是一个玩笑或故事。而如果有人和我们联系，则意味着他知道这件事是真的。那么，他就有可能是我们要找的'第四个人'和知道这件事真相的人！"

　　赵梦琳一拍手："真是太妙了，就这么办！"

　　王亚夫抬手看了看表说："都六点半了，我们回家吧。"

　　"嗯。"赵梦琳点头。

　　"我送你。"

　　"好！"赵梦琳爽快地答应。

　　两人忘记了刚才的恐惧不安，谈笑着步行回家。走过那条破旧的小街，拐到大街上，消失不见了。

他们没有注意到，在他们刚才站立的身后，有一辆不起眼的灰色小车。在他们拐过街角后，车窗玻璃摇了下来，从里面探出一个身穿白大褂的中年男人的脑袋……

第十五章

在接下来的一个星期里，王亚夫觉得自己每天就做两件事：等赵梦琳的电话和接赵梦琳的电话。从和赵梦琳一起调查这件神秘事件开始，王亚夫就觉得身边的其他事都失去了吸引力。电视一看就犯困，游戏也变得乏味起来，就连最喜欢的篮球也让他提不起精神。唯一能让他立刻振奋的就只有电话铃声。但王亚夫得承认，除了听到赵梦琳的声音让他确实很高兴之外，赵梦琳每天带给他的消息却都让人失望。

"嗨，亚夫，我调查出来了。"

"什么！真的？"

"我拜托我爸找他的熟人去妇幼医院打听到了那个医生——就是那个鼻子旁有个很大的痣的男医生的名字——他叫吴伟。知道吗？他在那家妇幼医院工作了近二十年！完全有可能知道或参与了当年的那件事！"

"太好了，还有什么消息？"

"……没有了。"

"网上那边呢，还是没人和你联系吗？"

"没有，我想，大概所有人都认为这是个恶作剧。"

"那么……你说调查出来了，就仅仅是指那个医生的名字，其他一无所知？"

"要不你还想怎么样？别对我要求太高，我已经尽力了！你总不能指望我是美国中央情报局的探员吧……"

刚才的对话是四天前，后来就连这类没什么价值的信息都没有了，但他们仍然每天打电话聊天。

今天却有些不一样。

早上八点半，还在睡梦中的王亚夫就被刺耳的电话铃声吵醒了。父母都上班去了，王亚夫极不情愿地从床上爬起来，穿着条内裤去客厅接电话，他估计是母亲打来提醒自己吃早饭的。

看到电话号码，王亚夫愣了，是赵梦琳打来的电话——这可有点反常，赵梦琳通常不会这么早打电话的。

王亚夫赶紧抓起电话听筒："喂，梦琳吗？"

"亚夫，有进展了！"赵梦琳的声音显得十分激动，"你绝对想象不到！"

"是什么？"

"我刚才起床后打开电脑，发现昨天晚上有人在我发的帖子下留了言，只有一句话——'我就是你们要找的第四个人'，并且还留下了自己的电话。"

"真的？那你给他打电话了吗？"

"当然打了，就在给你打电话之前——可他在电话里不愿多说。于是我跟他约好九点半在西广场的喷水池前见面。"

"太好了！我马上就去！"

"我在那里等你。"赵梦琳挂断电话。

王亚夫瞬间睡意全无，他赶紧回房间穿上衣服，洗漱完毕就立刻奔出家门。

九点十五分，王亚夫在西广场最大的喷水池前见到了赵梦琳，但他却发现赵梦琳一脸的阴郁。

王亚夫走上前去，问道："你怎么了？"

赵梦琳望了他一眼，叹了口气，愁眉苦脸地说："我……忘记了很重要的事。"

"什么事？"

赵梦琳有些难堪地说："我当时一兴奋，只顾着跟他约见面地点了，却忽略了一件事——我们互相都不认识啊！这里这么多人，怎么知道谁是谁？"

王亚夫举目四望，整个西广场大概有上千个人，光是喷水池周围就有一两百人——一瞬间，他觉得脑袋大起来。

眼看就要到九点半了，赵梦琳说："要不，我们找年龄和我们差不多的人挨个问问？"

"怎么问？'对不起，你是当初尖叫的四个小孩之一吗？'——别人不得认为我们是神经病呀！"

赵梦琳焦急得左顾右盼："那可怎么办好啊？"

几分钟后，一个斯文秀气的男孩走到他们身边，说："是你们要找我吧？"

王亚夫和赵梦琳同时吃了一惊，赵梦琳问："你就是……"

"早上跟你通过电话的人，我叫颜叶。"

赵梦琳惊讶地问："我并没有告诉你我的任何外貌特征啊，你怎么知道就是我？"

颜叶说："我来之后观察了一会儿就知道是你们了。"

王亚夫看了看周围："这附近年龄和我们相仿的，也在等人的有好几十个呢，你怎么一下就分辨得出来我们就是你要找的人？"

"这很简单。"颜叶指着旁边的一些年轻人说，"你看他们几个，虽然也是在这里等人，但他们显然知道自己要等的人是谁，所以不会像你们一样左顾右盼，注视着每一个陌生人——你们明白了吧？"

王亚夫和赵梦琳大眼瞪小眼地对视了一秒。

"我还不知道你们叫什么名字呢？"颜叶说。

"嗯……"王亚夫犹豫了一下，胡乱编了个名字，"我叫王强。"

颜叶望了他一眼，转身就走。

王亚夫赶紧追上前去问他："你干吗呀？怎么就要走？"

颜叶冷冷地说："你连真名都不愿意告诉我，我跟你还有什么好谈的？"

王亚夫的脸一下就红了起来，他尴尬地说："你怎么知道我没说实话？你以前认识我？"

颜叶摇着头说："我不认识你。"

"那你怎么知道我告诉你的不是真名？"

颜叶说："第一，一个人回答自己的名字需要想吗？第二，在中国男孩的名字里，以'强''伟''明'等字作为名是最常见的。你现想一个，当然不会有什么创意，所以才会取出'王强'这么一个又假又俗套的名字。"

王亚夫望了一眼赵梦琳，吐了吐舌头，感觉站在面前的不是个普通人。

"对不起，我跟你道歉，我叫王亚夫。"

赵梦琳也报了自己的名字。

"好了，现在我想知道，你们找我干什么？"颜叶问。

赵梦琳说："你看了我发在网上的那个故事，你真的就是十五年前那个晚上和我们一齐发出尖叫的那个孩子吗？那个时候，你也应该还不记事吧？你怎么知道这件事的？"

颜叶说："我几岁时听我父母说起过。他们认为这件事很奇怪，就讲给其他亲戚听，我也就知道了。"

王亚夫问："你知不知道你当时有多大？"

颜叶说："听我妈讲，好像是两岁多一点。"

王亚夫若有所思地说："这么看来，你应该是当时我们四个人中最大的一个了。"

颜叶说："现在你能告诉我了吗，你们为什么要找当时的那几个小孩？"

"因为我们在长大后都因为这件事而留下了不同程度的心理阴影，这种心理阴影以噩梦或者其他形式折磨着我们——所以，我们想找到这件事的根源。也许只有弄清真相才能解开心结。"王亚夫说。

颜叶默不作声地低下头思索着。

"你当时有两岁了，那你还记不记得当时发生了什么或者你看到了什么？"赵梦琳问。

颜叶抬起头说："本来我根本记不起这件事。但前不久发生了一件事后，我好像……想起了些什么。"

第十六章

三个人在广场中找了个相对安静的角落。听完颜叶的叙述，赵梦琳忍不住叫了出来："这么说，你也跟我们一样，因为这件事而留下了一些心理阴影？"

"我起先不知道这是怎么回事——为什么我看到电视里那个浑身带血的婴儿时会情绪失控地尖叫？后来，我想起小时候听父母说起的，在妇幼医院发生的那件事，便自然而然地想到——这两件事肯定是有关联的。"

"你刚才说，发生这件事后，你想起了些什么——是什么？"王亚夫问。

颜叶抿着嘴，皱起眉头说："我好像……有些想起了那天晚上我看到的那个东西，我有些模糊的印象……"

"真的？"赵梦琳激动起来，"那你快说说，那天晚上你看到了什么？"

颜叶的脸突然露出痛苦的神情，他摇着头说："我也尝试着去回忆过，可每一次想到这里，心脏就跳得厉害，头也痛起来……"

他大口喘息着，用手撑着头，似乎立刻就进入了他说的那种状态。

王亚夫见他痛苦的模样，拍着他的肩膀说："那就别想了吧。"

赵梦琳有些沮丧地说："要是你也不知道的话，那当初的四个人就没有一个人知道真相了。"

颜叶抬起头，情绪转好了一些，他问道："还有一个人是谁？"

王亚夫说："他叫石头，是农村的，现在在城里的火锅店里打工。我们之前也找到他了，可他的情况也跟我们差不多。"

颜叶说："我本来还以为今天来见你们后，你们能告诉我当年发生了什么事呢。"

王亚夫叹了一口气："唉，现在可是彻底没辙了。"

赵梦琳在一旁思索了片刻，说："我倒有个办法，只是……不知道你愿不愿意。"她扭头望着颜叶。

颜叶问："什么办法？"

赵梦琳说："我家有一个专门的私人心理医生，在我几岁的时候，我爸为了这件事带我去拜访过他。那个医生为了找到我内心深处恐惧的根源，曾对我实施过催眠术。但因为我经历这件事时太小了，所以催眠术也无济于事。可是你经历那件事时已经有两岁了……"

"你想让我也去接受催眠术？"颜叶明白了。

"你愿意吗？"

颜叶略微思索了一下，说："行，试试吧！我实在是太想知道，十五年前的那个晚上到底发生了什么事！"

"那心理医生住在哪儿？"王亚夫问。

"不远，就在我家附近。我们现在就去吧！"赵梦琳说。

三人快步走出西广场，来到人来人往的大街上，赵梦琳拦了一辆出租车，三个人一起坐了进去。

王亚夫和颜叶坐在汽车后排，颜叶忽然皱了下眉，问赵梦琳："你家是做什么的呀？还有私人心理医生。"

赵梦琳在前排回过头来望了他一眼，然后冲王亚夫努努嘴，使了个眼色。

王亚夫俯到颜叶耳边，悄声跟他说了几句话，颜叶瞪大眼睛，一脸的惊诧。

十多分钟后，出租车在一片小型别墅区停了下来。从车里出来后，赵梦琳指着面前一幢漂亮精致的小别墅说："就是这儿。"她领着王亚夫和颜叶走上木台阶，按响门铃。

过了一刻，门打开了，一个四十多岁慈眉善目的中年男人笑着说："是梦琳呀，快请进。"

"程医生，您好。"赵梦琳礼貌地介绍道，"这是我的两个朋友，王亚夫和颜叶。"

"好，好，都快进来吧。"程医生做了个"请"的手势，三个人走进屋去。

在客厅坐下，程医生为他们倒了三杯水，问道："你们找我有什么事吗？"

赵梦琳开门见山地说："程医生，您还记不记得，我爸以前来咨询过您的——我一岁多的时候在妇幼医院突然大声尖叫的事？"

程医生推了推鼻梁上的眼镜，点头道："当然记得。对了，你后来还因为这件事做噩梦吗？"

"还是时常会做。"赵梦琳说，"程医生，您没忘记吧，当时尖叫的，不只我一个，还有另外三个小孩。"

"对。"程医生说完后看了看王亚夫和颜叶。

"程医生，我想您已经猜到了，这两个男孩就是其中的两个。"

"哦？"程医生惊讶地从沙发上站起来，又缓缓坐下去，"你居然找到了十五年前的那两个孩子？这真是太不简单了！你是怎么找到的？"

"程医生，这说来话长了，而且，关键也不在这里。我们今天来，主要是想……"赵梦琳把用意详细地讲了一遍。

程医生盯着颜叶，微微地点了点头："如果你当时已经两岁了，那么，用催眠术的话，就完全可能唤醒沉睡在你潜意识深处的幼年记忆。如果你能记起十五年前的那个晚上究竟看到了什么，就有可能让事情真相大白。孩子，你愿意配合我进行催眠吗？"

"是的，医生。"颜叶肯定地说。

"但我有必要提醒你——催眠术如果成功的话，就能将你带到十五年前的那个晚上，这有可能是一趟不愉快的旅行——你得有心理准备才行。"

颜叶深深吸了一口气说："医生，我做好心理准备了。"

"那好，我们马上就可以进行。"程医生对赵梦琳和王亚夫说，"实施催眠术时，要求绝对安静。我会带他到靠近后花园的书房里进行催眠。你们就在客厅里等吧。"

"好的，程医生。"赵梦琳点头道。

心理医生领着颜叶进了书房，关上门。赵梦琳和王亚夫一言不发地坐在客厅沙发上，心里都捏了一把汗。他们的紧张程度不亚于颜叶。

王亚夫盯着对面墙上的挂钟，时间一分一秒地流逝，已经过去二十分钟了，房间里静得可怕。他悄悄瞟了一眼赵梦琳，她的眼睛直视着前方发呆，不知道在想些什么。

王亚夫觉得气氛沉闷得让人窒息，他轻轻干咳了两声，低声问道："你说，颜叶他……"

突然，书房里传出一阵尖厉的惨叫声。王亚夫和赵梦琳一惊，同时从沙发上弹了起来——他们听出，这是颜叶的声音。

第十七章

正在王亚夫和赵梦琳不知所措之际，书房的门打开了，程医生满头大汗地从里面冲出来，他看都没看他们一眼，径直跑进厨房。几秒钟后，他捧着一瓶什么东西又冲进书房。

王亚夫和赵梦琳不知道发生了什么事，瞠目结舌地愣在原地。

过了一会儿，程医生从书房走出来，长长地松了口气。赵梦琳赶紧上前问道："发生什么事了？"

程医生示意他们坐下，他擦了擦额头上的汗，说："催眠进行得相当成功。进入催眠状态后，我对他进行心理暗示，暗示他是一个两岁大的婴儿，正躺在亲人温暖的怀抱里，此刻在妇幼医院的走廊上等待……也许他太进入状态了，仿佛真的回到了十五年前的那个晚上，当我暗示他朝走廊的尽头望过去时，他失声尖叫，并喊着'怪物''怪物'，身体剧烈颤抖并抽搐起来！我知道不能再继续下去了，便立刻结束了他的催眠状态。"

"那……他现在怎么样？"赵梦琳急切地问。

"醒来后他情绪稳定了不少。我拿了一瓶冰镇果汁给他喝，并叫他躺在长椅上休息一会儿，现在应该好多了。"

"他除了叫'怪物'之外还有没有说什么别的？"王亚夫问。

程医生摇着头说："没有了。我本来还想在他催眠状态时，多问些问题，可见他那失控的模样，实在是不敢继续了。"

"我们去看看他！"王亚夫对赵梦琳说，两人一起站起来。

他们走进书房，颜叶从躺椅上直起身子。他仍然脸色煞白，一副惊魂未定的样子。

王亚夫靠拢过去说："让你受苦了。"

颜叶喘了会儿气，呼吸渐渐平缓过来，他说："没事了。"

"你……想起什么来了吗？"赵梦琳问。

"程医生没告诉你们吗？"

"他说，你在催眠状态中大声尖叫，并喊着'怪物'。"

颜叶看了一眼站在赵梦琳身后的程医生，对王亚夫说："我们走吧。"

赵梦琳感觉颜叶像是有什么秘密般，她轻轻皱了皱眉，和王亚夫一起把颜叶扶起来，然后对程医生说："谢谢您了，程医生，我们走了。"

"梦琳，我……"程医生顿了一下，有些欲言又止，"很抱歉，我还是没能帮得了你，但……"

赵梦琳望着他，等待他继续说，但程医生轻轻叹了口气："算了，没什么，如果你还有需要我帮忙的地方，请尽管来找我。"

"我会的，程医生，再见。"赵梦琳说。

走出心理医生的家，三个人在别墅区的街道上漫无目的地步行了一会儿，在街边的一排长椅上坐下。赵梦琳终于忍不住问颜叶："你到底看到了什么怪物？"

颜叶打了个冷噤，他和赵梦琳对视了几秒，目光又移向王亚夫，好半天才说出一句："我看到了可怕的、不可思议的景象……"

"到底是什么？"王亚夫问。

"我……我像是回到了十五年前的那个晚上，我变成了婴儿，本来很平静、温暖，但我，我朝医院走廊望去，竟看到了……看到了……"

他努力向下咽着唾沫，就像是要把恐惧强制吞咽下去。

王亚夫和赵梦琳盯着他的嘴，心里焦急而紧张。

终于，颜叶费力地把话挤出来："我看到走廊尽头的一间病房轻轻地打开门，一个满身是血的婴儿，直立着从里面走了出来……他还望了我一眼，那模样……简直就是个怪物！"

王亚夫和赵梦琳同时感觉自背脊骨起，一股凉意冒了起来，直往上蹿。赵梦琳吓得面无血色，颤抖着说："天哪……这不是和我那个噩梦一样吗？难道……那噩梦是真的？"

王亚夫忽然想起在家里那天晚上偷听到的父母的谈话，他觉得脑子开始打旋，嗫嚅道："这怎么可能……怎么会有这种怪事？"

他们在椅子上坐了好长一段时间。赵梦琳问颜叶："这些话你刚才在程医生家怎么不说？"

颜叶望着她，疑惑地说："我觉得……那个心理医生有问题！"

"什么？"王亚夫和赵梦琳一齐望向他。

颜叶说："他对我解除了催眠状态后，我隐约听到他小声说了一句'原来是这样'。似乎他已经明白了这是怎么回事。可他后来却什么都没对你们说。我猜，他一定是以为我没有听到他说的那句话……而且，他在催眠中对我所做的心理暗示太过详细了！简直像他当年也在现场一样！总之，我觉得他很可疑。"

王亚夫惊讶地望向赵梦琳。赵梦琳发蒙道："这怎么可能？程医生从我很小的时候就一直为我们家的人做心理咨询。他还说一定要帮我找到心理阴影的根源……按道理，他应该很能信任呀！"

"要不，你一会儿回去问问你爸，再了解一下这个程医生究竟是什么人。"王亚夫说。

"不行，我现在就要去问。"赵梦琳说，"我们以后再电话联系。"

她正准备走，颜叶叫住她："我记一下你的 QQ 号吧，我们还可以在网上联系。"

"好。"赵梦琳说出一串数字，颜叶从衣服口袋里摸出一支黑色记号笔，将那串数字记在手心。

赵梦琳跟他们道了声再见，匆匆离去了。

"你呢，有 QQ 号吗？"颜叶问王亚夫。

"我家没电脑。就电话联系吧。"王亚夫说。

"行，那我也回家了。再见。"颜叶说。

"再见。"王亚夫冲他挥了挥手，突然补了一句，"你……要小心点。"

颜叶转过头，问："为什么这么说？"

"我……不知道。只是提醒你一下。"

颜叶望了王亚夫一会儿，说："我知道了，再见。"

望着颜叶离开的背影，王亚夫隐隐觉得纳闷——自己为什么要说这样一句话？

第十八章

王亚夫在第二天早晨（如果上午十一点还能被称为"早晨"的话）起床后走出卧室，发现妈妈正准备着丰盛的午餐。他好奇地问道："妈，你今天不用上班吗？"

"看你，也不知道是睡昏了头还是暑假里玩得太没谱了，连星期几都不知道。"妈妈一边笑着说，一边将两个鸡蛋打进瓷碗里。

王亚夫挠了挠头，这才想起今天是星期天。

妈妈用筷子搅动着碗里黄灿灿的鸡蛋，说："你放暑假后妈妈还没好好给你做过一顿饭呢，今天就犒劳犒劳你！"

王亚夫走进厨房，从准备好的食材中，他推测到今天的午饭里会出现糖醋鱼、炸鸡翅、烧牛肉、土豆泥和番茄鸡蛋汤——这些可全都是他爱吃的。王亚夫骤然觉得肚子里"咕咕"作响，他吞咽下口水，问道："妈，什么时候开饭呀？"

"十二点吧。你先去洗脸漱口，然后吃几片面包垫着。"妈妈吩咐完后，就在各种炊具盘盏间忙活起来。

中午，爸爸拿出从超市里买回来的红酒，宣布今天要庆祝一下王亚夫考上一中的喜事。一家人端起酒杯碰杯后，干了第一杯酒。王亚夫早就无法忍受这一桌子菜的诱惑，抓起筷子大快朵颐。

才吃了几分钟，客厅里的电话响起来，平常都是王亚夫跑得最快去接电话，今天妈妈见他正狼吞虎咽着，便站起来说："我去接吧。"

"你好。"妈妈抓起电话听筒。

"王亚夫！我……我找王亚夫！"对方狂喊道，把王亚夫的妈妈吓了一大跳，她将听筒拿到距离耳朵一段距离的地方，瞪眼看着它，然后问道："你是谁？"

"我找王亚夫！快叫他听电话！"那声音焦急地大声吼道，好像是在对着足球场另一端的人喊话，甚至是下令，"他在吗？叫他听电话！"

妈妈皱起眉头，压住自己的怒火，冲饭厅喊道："亚夫，接电话！"同时抱怨了一句："哪家的姑娘，大呼小叫的，没一点礼貌！"

王亚夫心里有数，他赶紧放下碗筷跑来，接过妈妈手里的电话听筒后，小声说："妈，你去吃饭吧。"

妈妈白了他一眼，走进饭厅去了。

"喂，是梦琳吗？"王亚夫压低声音问。

"王亚夫，出……出事了！"电话那头的赵梦琳带着哭腔说。

王亚夫一愣，心中涌起不安的感觉："出什么事了？"

"程医生……程医生死了！"

"什么！"王亚夫大喊一声，然后朝饭厅看去——父母的目光都注视着自己，他赶紧转过身，压着声音问，"怎么回事？"

"程医生他……昨天下午自杀了！"

"自杀……这，怎么可能？我们昨天上午去拜访他时，他不是还好好的吗？"王亚夫难以置信地问。

"我也不知道……"赵梦琳哭丧着说，"你现在能出来吗？我们见面再说吧。"

"行，在哪儿见面？"

"还是昨天那个老地方，西广场，喷水池。"

"好，我马上就去！"王亚夫放下电话。

走回饭厅，王亚夫琢磨着父母肯定会盘问自己，便在他们开口之前胡乱编了个借口："我同学打来的，说我们班以前的一个同学出车祸了，我得马上去看看他。"

"嗯，应该的，去吧。"爸爸说。

"把饭吃完再去吧。"妈妈说。

"不了。"王亚夫到门口穿好鞋，"同学们都在等我呢。"

二十分钟后，王亚夫急匆匆地赶到西广场喷水池边，见到赵梦琳后，急切地问："到底怎么回事？"

赵梦琳看了看表，说："颜叶马上也到了，等他来了一起讲吧。"

过了五六分钟，颜叶从广场另一边气喘吁吁地跑过来，带着一脸惊诧莫名的表情。

王亚夫催促道："现在可以说了吧。"

赵梦琳脸上是不可名状的复杂神情："昨天上午我跟我爸打听程医生的情况——这个暂且不谈，因为我没问到什么特别的情况。今天上午，我爸接到一个电话，然后他惊诧不已地告诉我——程医生昨天下午服毒自杀了！"

"服毒……自杀……"王亚夫问，"为什么？"

赵梦琳摇着头说："没有人知道为什么，我只知道事情的经过：程医生的妻子去世后，他就长年一个人住在那幢房子里。今天上午，他的女儿回来本是想和父亲一起过周末的，打开门后，却发现父亲倒在书房的地上，已经死去多时了！"

"怎么看出是服毒自杀的？"颜叶问。

"警察赶到现场后，在书房的桌子上发现了半杯咖啡，化验后，发现咖啡中含有剧毒，法医也判断程医生确实是死于中毒。"

"我是问，警察怎么知道他是'自杀'的？"颜叶在语气中强调了最后几个字。

"因为在现场并没有发现什么可疑的迹象——当然，这也只是初步判断，警察现在还在调查中。"

颜叶低下头想了一会儿，说："警察知不知道我们三个昨天去找过程医生这件事？"

这句话把赵梦琳吓了一跳："你这么问是什么意思？"

"快说，警察知道吗？"颜叶盯着她问。

"大概……不知道吧。除非我爸告诉警察——但我觉得这不大可能。你到底想说什么？"

"你是不是觉得程医生的死和我们昨天的造访有关系？"王亚夫将

话挑明说出来。

"难道你们不觉得蹊跷吗？"颜叶望着他俩说。

"说来听听。"

"首先，我觉得从情理上来看，程医生根本就不像是自杀——一般自杀的人都会留下遗书之类的东西，可是他没有；而且，昨天我们去拜访他时，程医生还是和颜悦色的，哪里像是有烦恼、困惑，要自杀的样子？"

"接着说。"

"另外一点，我想你们都注意到了——程医生昨天在给我实施催眠术后，有些神色怪异，欲言又止的感觉，像是他知道了什么隐情，却又不能说出来般。我们猜想一下，假设他洞悉了一个他不该知道的秘密……"

"天哪，你是说，他是因为知道了这个秘密而被杀害的？"赵梦琳捂着嘴说。

"我只是推测，不能肯定，可是……"颜叶紧皱眉头思索了一刻，突然脸色大变，"如果我这个推测是真的，那就糟糕了！"

"为什么？"王亚夫问。

颜叶神情紧张地说："你想想看，如果程医生真的是被人谋害的，而这个凶手杀死他是为了让这个秘密不外泄——那么，这个凶手完全可能认为，知道这个秘密的不只程医生一个人，还有我们三个！"

"啊！"赵梦琳感觉全身的毛孔在迅速收紧，皮肤阵阵发冷，"难道，那个凶手还有可能杀害我们三个？可是……我们什么都不知道呀！"

"那个凶手可不一定会这么想。"颜叶严峻地说。

"对……你分析得有道理，而且完全有可能发生。"王亚夫额头沁出汗水来，"我们现在，确实处在危险之中！"

"那我们该怎么办？报警吗？"赵梦琳有些慌了神。

"现在什么都没发生，怎么报警？再说，这些都只是我们的推测而已呀！"颜叶说。

"可我们也不能坐以待毙，等着事情发生呀！万一你推测的全都是真的怎么办？"

"我也想不出来办法，现在只能等着看警察的下一步调查结果了。"颜叶说，"好在我们三个人经常聚在一起，心里又有些准备，相对来说要安全些。"

王亚夫听到颜叶这句话，突然"啊"地叫了出来，像是猛然想起了什么。

"你怎么了？"赵梦琳问。

"石头！我们得快去找到石头！"王亚夫喊道，"他也可能有危险！"

第十九章

从早上六点钟起床开始，石头今天就一直没闲下来。整个上午他就和一大堆土豆、南瓜和西红柿待在一起——把一个个灰头土脸的蔬菜洗出本来颜色，再把自己本来的面貌变得灰头土脸。

忙完这一切，他也没有任何喘息的机会，因为今天是星期天，中午就有不少的客人来吃火锅。石头不停地来回于各桌客人和厨房之间——上菜、倒茶、添汤——在呼来唤去中忙得不可开交。直到下午两点多，吃饭的高潮过去，他才得以在厨房后院的小凳子上坐下休息片刻。

石头坐在凳子上舒展了一下筋骨，觉得手臂和肩膀阵阵酸痛，他用手揉捏着肩膀，同时注意到地上有一队蚂蚁在搬运着食物残渣。他突发奇想——要是自己有蚂蚁的本事就好了，就能搬动比自己重得多的东西。

石头望着地上的蚂蚁出神，全然没注意到，在他的身后，一双大手朝他的脖子伸来。

那双手猛地卡住他的脖子，用力一摇，并伴随着"咔"的一声。

石头回过头去，将那双手从脖子上拿开，说："别闹，我好不容易休息一会儿。"

那个年龄和石头差不多的男孩绕到前面来，蹲在地上："我说石头，你在这儿打工干吗这么卖力？你干得再多，一个月还不就那么点儿钱，你到底图个啥？"

石头说："我拿了人家的工资，本来就应该干活儿呀。"

男孩不屑一顾地说："就那点儿钱，你至于干得这么起劲吗？"

石头憨憨地说："反正我有的是力气，不用来干活儿又做什么？"

"你可真傻！"男孩开导他，"我们这种人，要是不学会偷点儿闲，耍点儿懒，累死了也没人管你！"

石头淡淡一笑，没有说话。

这时，店里的另一个伙计跑进后院来嚷了一句："石头，有人找你！"

石头赶紧站起来，来到店堂里，见是王亚夫和赵梦琳他们，高兴地说："是你们呀！"

王亚夫对石头说："我们有事找你。"他看了看周围，见旁边几个店里的伙计都盯着他们看，便说："找个人少的地方说吧。"

石头说："要不，去我住的那屋吧，那里现在没人。"

王亚夫望了一眼赵梦琳，赵梦琳觉得事关紧急，也顾不了那么多了，便点头道："就那儿吧。"

石头领着王亚夫、赵梦琳和颜叶穿过后院，再次来到自己和伙计们合住的那间破旧小屋。

这一次，他们连坐都没坐。王亚夫跟石头介绍道："这是颜叶，是十五年前和我们一起经历过那件事的人。"

石头有些木讷地"哦"了一声。

赵梦琳说："现在，我们四个人都凑齐了。"

石头问："你们要干什么？"

王亚夫说："那天我们和你告别之后，发生了不少事。而且，昨天还出了大事，我讲给你听吧……"

石头安静地听着王亚夫的叙述，当听到程医生服毒自杀时，他"啊"地叫了出来："什么！有人死了？"

"你小声点儿！"赵梦琳往屋外看了看，"听王亚夫说完。"

几分钟后，王亚夫讲完了，他说："现在，你知道我们为什么来找你了吧？"

石头一脸茫然地说："杀了程医生的凶手真的会来害我们？"

"这只是推测，不一定就是这样，可这种可能是完全存在的。"颜叶说。

石头觉得脑袋有些转不过弯来："可是……那个凶手根本就不认识我呀！"

王亚夫着急起来："你怎么还不明白？我们这样大张旗鼓地追查当年的真相，大概早就被一些人暗中注意了。我们在明处，他在暗处。你知道他是谁，会躲在什么地方窥视我们吗？"

听到他这样说，石头张大嘴巴，然后又闭上，露出疑惑的表情，像是自言自语地说："难道……是那个人……"

三个人一起望向他："你说什么？"

石头犹豫着说："我不知道……是不是我多心了。自从那天你们来找过我后，就老是有个人出现在我住的这房子附近，或者是在我们店门口周围转悠，像是在监视什么一样……"

"是个什么样的人？"王亚夫急迫地问。

"一个四十多岁的男人。"

"你记得他长什么样吗？"赵梦琳问。

石头努力想了一下："我都是远远看见他的，不过也有一两次瞧见了他的脸，那个人……鼻子旁边有个很大的痣。"

"啊！"王亚夫和赵梦琳一起叫了出来，"是他！"

石头讶异地问："你们知道他是谁？"

"那个人就是在妇幼医院工作了十几年的医生，叫吴伟！"赵梦琳喊道。

"你们怎么认识他的？"颜叶问。

"我和王亚夫第一天调查这件事时就去了那家妇幼医院，那个医生注意到了我们，还过来套我们的话——我们当时就察觉到他有些怪异，像是知道什么似的！"

"难道……那个医生知道十五年前那个晚上发生了什么事。他发觉我们在调查这件事后，怕我们追查出当年的隐秘事实，所以暗中跟踪我们——这样一来，所有的事就都串联在一起了！"颜叶分析道。

"你认为……程医生也是他杀死的？"赵梦琳睁大眼睛问道。

"有这个可能。"

"那么，我们现在该怎么办？"赵梦琳惊恐地问。

王亚夫说："我们不能再调查下去了，我们现在都处在危险之中！有可能现在都在那个人的监视下——一旦我们轻举妄动，真的有可能引来杀身之祸。"

赵梦琳说："要不，我们把这些情况全都告诉警察，怎么样？"

"不行。"颜叶说，"我们什么证据都没有，警察不会受理的。而这样一来，反而有可能让我们的处境更危险。"

"那我们该怎么办？你们倒是拿个主意呀！"赵梦琳说。

王亚夫叹了口气道："现在我们只能小心谨慎、静观其变了，千万不要轻举妄动。"

他转过头，对石头说："你不能再在这儿干了，那个人已经注意到了你，弄不好，他随时都有可能加害你！"

石头发蒙地说："我不在这儿，到哪儿去呀？"

王亚夫说："换个别的地方打工吧，离这儿远些，让那个人找不到你。"

石头摇着头说："再过几天就要发工资了，我不能在这个时候走。"

赵梦琳急了："怎么这个时候你还想着钱呀！命你都不顾了？"

石头埋着头不说话，赵梦琳说："你要是觉得跟老板开不了口，我去帮你说。"说着就要往外走。

石头拦住她："不行！我等着这钱寄回去，要给我妹妹读书用呢！"

"你……"赵梦琳见石头固执的模样，着急地想了想，说，"要不这样吧，你妹妹读书需要多少钱？我帮她出。"

"那怎么行，我怎么能要你的钱？"石头低着头说，"这是我的事，我自己决定怎么办，你们就不要管我了。"

王亚夫走上前去，在石头的肩膀上重重地捶了一下："你这是什么话！什么'这是我的事，你们就不要管我了'？你把我们当成什么了，陌生人吗？你以为我们心急火燎地跑到这里来告诉你这些是为了什么？"

"可不是吗……"赵梦琳淌下泪来，"你说我们四个人，十五年前都还是婴儿时就一起经历了同一件事，现在我们又聚到了一起，这容易吗？如果不是缘分，我们怎么可能再见得了面？现在我们眼睁睁地看着你处在最危险的境地，怎么可能不管你呢？"

一瞬间，石头心里像打翻了五味瓶，什么滋味都涌了上来，他望着王亚夫、赵梦琳和颜叶，突然觉得他们就像自己的兄弟姐妹一样亲切。他说："我听你们的。可我不能马上就走，那样太对不起老板了。今天晚上我跟老板说，我明天就离开这里，行吗？"

王亚夫望了一眼赵梦琳，赵梦琳说："好吧，那你今天晚上可要提防着点儿，明天下午我们来帮你收拾东西吧，顺便帮你再找个工作。"

"行。"石头说，"你们别担心我了，我跟店里的伙计们在一起呢，没事儿的。"

王亚夫说："那我们就回去了。"

走出石头的小屋，大家正要告别，石头看见耍猴戏的老头儿从街道一边远远地走了过来，那只猴子蹲在他的肩膀上。走近之后，石头招呼了一句："大爷，又要去练摊呀？"

耍猴老头儿抬起头来应了一声，又低下头朝前走去。肩膀上的猴子冲石头"吱吱"地叫了两声。

王亚夫正想叫大家走了，回过头来，却看见颜叶脸色苍白、目瞪口呆地望着那耍猴戏的老头，眼睛里露出惊诧和恐惧。

王亚夫吓了一跳，问道："你怎么了？"

颜叶呆呆地望着那老头的背影，过了好一会儿，将脸转过来面向王亚夫，结结巴巴地说："我……我……"

赵梦琳和石头也望着他："你到底怎么了？"

颜叶脸上显示出不可名状的表情，他眉头紧蹙，十几秒钟后，说："我没事，我要回家了……"

还没等王亚夫他们开口，颜叶便跑开了，不一会儿便消失了身影。

王亚夫、赵梦琳和石头面面相觑，不知所措地望着颜叶消失的方向。

第二十章

因为疲倦，王亚夫今天早早地就睡了，可到了半夜，他却莫名其妙地睁开了眼睛。

房间里似乎有些微小的声音，王亚夫警觉地判断着——这声音是从哪里来的。

终于，他寻觅到声音的方向，抬眼望过去——是自己房间的窗子，不知什么时候打开了，玻璃窗在风中摇曳发出"吱吱"的声响。

王亚夫走下床，到窗户面前。手伸出去抓住窗子正要往回关——突然，窗户下面伸出一只手，抓住他的手腕，王亚夫浑身一凉，向下一看，一只布满血丝的眼球直愣愣地盯着自己。

王亚夫大叫一声，随即猛地睁开眼睛——这才发现刚才是一个梦。

他惊魂未定地躺在床上，大口喘着粗气，仍为刚才梦中的惊骇而心有余悸——不知为什么，王亚夫觉得这个噩梦是一个不祥的预兆。

就在他思来想去的时候，突然听到房间里窗户的位置发出一丝声响。

王亚夫缓缓地转过头去——窗户关得好好的。

他竖起耳朵听了一会儿，没有再听到什么声响了。他想，也许自己还没从那噩梦中走出来，出现错觉了吧？

王亚夫觉得身子有些瑟瑟发抖，他一边提醒自己不要害怕，一边将身子紧紧地缩在被窝里。

不一会儿，他又昏昏然然地睡去了。

早晨九点，王亚夫起床后连脸都没洗，直奔客厅抓起电话，他想立刻知道赵梦琳现在的情况。

电话打过去，占线。

王亚夫等待了两分钟，又打，还是占线。他有些着急起来，索性坐在沙发上一直不停地拨赵梦琳的电话。

电话占线了将近十分钟，终于，这一次拨通了。赵梦琳接起电话后，王亚夫喊道："梦琳，你刚才给谁打了这么久的电话呀？"

电话另一头的赵梦琳似乎比王亚夫更着急："亚夫！我正想给你打电话呢！"

"怎么……你刚才也在给我打电话？"

"不是，我在给颜叶打电话，可打了很多次他家电话都没人接！"

"你找他做什么？"

赵梦琳焦急地说："今天早上我起床后打开电脑上的 QQ，发现颜叶在昨天晚上十二点多的时候给我留了一句话——'我好像明白是怎么回事了，明天跟你们说。'——我马上给他打电话，可他就怎么都不接了！"

王亚夫心中一颤，涌起一股不好的感觉，说："他……不会出什么事了吧？"

"不知道呀，急死人了！"赵梦琳想了一下，说，"要不我们直接到他家里找他吧！"

"你知道他住在哪里？"

"前两天在网上聊天的时候他跟我说过，离我家不是很远。"

"那好，我现在马上过来，到了你家附近我给你打电话叫你出来。"王亚夫挂掉电话。

十多分钟后，王亚夫便在赵梦琳家附近和她碰了头，两人坐出租车很快到了颜叶家的楼下。

两个人跑上二楼，在右边一家房门前，赵梦琳按下门铃，等了好一阵里面也没反应。王亚夫着急起来，用拳头猛烈地捶门。

捶了半分钟的门，整幢楼都震得"咚咚"作响。这时，从楼梯口走上来一个提着菜的妇女，她惊讶地问道："你们找谁？"

"我们找颜叶。他是住这儿吗？"王亚夫问。

中年妇女点了点头，说："我是颜叶的妈妈。你们找他什么事？"

赵梦琳说："我们是颜叶的朋友，本来约好今天见面的，可我打电话他也不接，敲了半天门也不开——阿姨，他是不是出去了？"

颜叶的妈妈笑着说："他没出去，就在家呢。这孩子睡觉睡得死，一般吵不醒他。"

王亚夫和赵梦琳对视一眼，松了口气。

颜叶的妈妈摸出钥匙打开门，招呼他俩："进来坐吧。"

王亚夫和赵梦琳坐到客厅里。颜叶的妈妈到厨房放下菜，见儿子的房门还关着，叹了口气道："这孩子，都十点钟了还不起床。你们坐一会儿，我去叫他起来。"

两个人点点头，颜叶的妈妈走到儿子卧室前拧开房门。王亚夫小声地问赵梦琳："你说颜叶他到底发现了什么，怎么突然就想明白了？"

赵梦琳正要开口，从颜叶的房间里传出一阵声嘶力竭的尖叫声——是颜叶的妈妈。王亚夫和赵梦琳猛地一震，王亚夫叫了一声"不好！"两人一起冲了进去。

眼前的景象像一记重锤向他俩击打过来，震得他们眼前发黑：颜叶的妈妈捂着嘴站在床前，被子被掀开——躺在床上的颜叶满头是血，头部的床单和枕巾已经被鲜血浸成了红色。

颜叶的妈妈摇晃了两下，双腿一软，昏死过去，王亚夫赶紧上前扶住她，回过头冲吓傻了的赵梦琳喊道："快打急救电话！"

第二十一章

奄奄一息的颜叶被救护车送进医院抢救室不久，赵梦琳拨打公安局的电话报了警。警方勘查现场之后，判断这是一起蓄意杀人事件。颜叶的爸爸和王亚夫被一起请到公安局做笔录。

"颜叶昨天晚上一直待在自己的房里，直到你和他母亲睡觉前都是这样，对吧？"方脸警察一边说，一边在本子上记录。

"对。"颜叶的爸爸痛苦地说，"今天早上我们起床后见他的房门关着，以为他还在睡觉，就没去吵醒他，谁知他妈去买完菜回来，一打开他的卧室门，就发现他已经……"

方脸警察问："昨天夜里你们没听到什么动静？"

颜叶的爸爸麻木地摇着头："我们都关着房间门，没听到什么声响。"

方脸警察转过头问王亚夫："你和那个女生是颜叶的什么人？为什么今天上午来找他？"

王亚夫说："我们是好朋友，本来昨天约好了今天一起出去玩的，但我们打他家的电话没人接，就到他家里来找他了。"

"是你们打电话叫的救护车和报的警，对吗？"

"是的……"王亚夫好几次想开口告诉警察之前的所有事情，但最终还是忍住了。

方脸警察放下笔，对颜叶的爸爸说："现在我们初步判断歹徒是在昨天夜里潜入你们家，用重物击打被害人的头部，然后逃逸的。而且这个凶手很狡猾，在现场没有留下任何足迹或指纹。另外，从你们家并没有丢失什么财物这一点来看，凶手的目的似乎就是为了杀人。"

"昨天夜里……潜入我们家？"颜叶的爸爸难以置信地说，"这怎么可能？今天早上我打开门出去的时候防盗门还锁得好好的！"

王亚夫猛然想起了什么，叫了出来："窗子！"

方脸警察望了他一眼，说："被害人房间的窗子我们已经调查过了，是关着的，但没有锁死，凶手的确有可能是从窗子进入，作案后再逃离的。"

王亚夫回想起昨天晚上的梦境，身上冒出冷汗，他喃喃自语道："对……一定就是这样，是从窗子……"

颜叶的爸爸现在最关心的是儿子的安危，他焦急地对方脸警察说："警官，你问完了吗？我现在得马上去医院看我儿子！"

方脸警察合上记录本，说："好吧。我们会接着调查，到时候还会需要你们协助的。"

颜叶的爸爸和王亚夫赶紧站起来，走出公安局大门后，立即招了一辆出租车直奔颜叶所在的医院。

坐在车上，颜叶的爸爸对王亚夫说："今天真是多亏你们了，要不是你们及时送颜叶进医院，后果真是不堪设想啊！"

王亚夫说："叔叔，我们和颜叶是好朋友，这是我们应该做的。"

到了医院后，他们跑到抢救室前，在门口看到了颜叶的妈妈和赵梦琳，赵梦琳正小声安慰着焦虑不安的颜叶妈妈。

"怎么样？还在抢救？"颜叶的爸爸着急地问。

"都进去三个多小时了，还没出来……你说，这孩子该不会……"颜叶的妈妈泣不成声。

"不要瞎说！"颜叶的爸爸打断妻子的话，却掩饰不住自己脸上更甚的慌张。

"叔叔、阿姨，你们现在着急也没用，还是坐下来等吧。颜叶他会没事的。"赵梦琳安慰道。

他们沉重地坐下来，颜叶的妈妈一直小声啜泣着，颜叶的爸爸时不时站起来在抢救室前踱步，望着里边叹气。

一个多小时后，抢救室的门打开了，几个医生和护士推着一张病床出来，其中一个喊道："谁是颜叶的家属？"

四个人一起围过去，紧张地问："医生，怎么样了？"

一个戴着眼镜的医生说："病人现在已经脱离危险期了，但他暂时还没有醒过来。"

颜叶的妈妈看着戴着氧气面罩，仍在昏迷中的儿子，流着泪问："医生，那他什么时候能醒来呢？"

"这说不准，有可能三五天，也有可能更久。当然，也可能一直都醒不过来。"

"什么！一直都醒不来？那我儿子不就是植物人了吗？"颜叶的爸爸悲痛地咆哮道。

"这是最坏的情况，不一定就会这样，得看病人自身的意志力了。"眼镜医生说，"老实说，你们都该感到庆幸了。还好他头上的伤口不算太大，否则失血过多，怕是你们还来不及发现他就已经没救了。"

"叶儿、叶儿……"妈妈扑在儿子身上，痛哭不止。

一个护士把她拉起来："你们现在不要影响他。他的身体很虚弱，要到病房里安静地休养。"

几个护士把颜叶推到一间单独的病房，叮嘱他的父母要照看好他，身边不能离开人，并叫颜叶的爸爸去一楼付治疗费。

王亚夫和赵梦琳陪颜叶的妈妈坐在病床前，赵梦琳见颜叶的妈妈还在掉着眼泪，说："阿姨，您现在不能再伤心了，颜叶会听到的。我们现在得给他信心和希望，不能让他感觉到伤心绝望。"

颜叶的妈妈缓缓地点了点头，擦干脸上的泪水。

两人陪颜叶的妈妈坐了一阵，赵梦琳突然想起什么，她把王亚夫拉出病房，压低声音说："我差点儿都忘了，昨天我们答应了石头，今天下午要去帮他收拾东西和找工作，他大概还等着我们呢！"

王亚夫一拍脑袋，说："对，我们得赶紧去叫他快离开那儿，他的处境也很危险！"

赵梦琳望了一眼病房，说："现在这儿离不开人，我们俩不能都走了。这样吧，你在这儿陪着颜叶的妈妈，我去石头那儿。"

王亚夫说："我去吧，你留在这儿，你现在出去不安全。"

赵梦琳说："没事，我出了医院立刻就打车到石头那里，然后把他带到我爸那儿，让我爸暂时给他安顿一个住处——我们不会在别的地方停留，没事的。"

王亚夫想了想，说："好吧，你办好后就到这里来，我在这儿等你。"

赵梦琳点了点头，转身离开了，王亚夫又回到颜叶的病房。

在病房里不知坐了多久，王亚夫望着窗外的天空发呆，发觉天色竟渐渐阴沉下来，像是要下暴雨的样子。他抬起手看了看表，惊讶地发现，不知不觉中，现在已经是下午六点多了。王亚夫心里有些担心起来——赵梦琳出去的时候没看看是几点，也不知道她去了多久了。为什么还没有回来？

颜叶的妈妈走到王亚夫面前，说："小王，天色都暗了，你回去吧，今天真是太感谢你们了。"

王亚夫说："没关系，阿姨，您一个人在这儿不方便，我就再多留一会儿吧。"

颜叶的妈妈说："叶儿他爸给我带饭去了，他一会儿到，你就先走吧。"

王亚夫说："真的没关系，阿姨，我的那个同学她一会儿还要来呢，我在这儿等她。"

颜叶的妈妈有些过意不去地说："那好吧，我出去打盆水给叶儿擦擦脸和手，就麻烦你在这儿守着他一会儿。"

王亚夫点头道："阿姨，您去吧。"

几分钟后，颜叶的妈妈打了一盆热水回来，把毛巾放进去，拧干后给儿子擦拭着手臂，抬起头一看，发现吊着的输液瓶里药水快完了，她对王亚夫说："小王，我去叫护士来换药水，你看着叶儿啊。"

"我知道了，阿姨。"王亚夫说。

颜叶的妈妈出去后，王亚夫见热毛巾还在那儿放着，便走上前去，接着替颜叶抹手臂，这时，他才发现颜叶的左手一直紧紧捏成拳头。他小心地将颜叶的手掰开，想帮他擦一下手掌。突然，在颜叶摊开的手心里，一行用黑色记号笔写下的小字印入王亚夫的眼帘。

王亚夫看到那行小字后，眼睛和瞳孔同时放大，向后退了一步，神情骇然地叫道："原来……是这样！"

第二十二章

　　颜叶所住的医院位于市中心繁华的大街。赵梦琳出来之后，等了三十分钟也没能招到一辆出租车。她看时间已经快六点了，不自觉地着急起来，甚至想打电话给刘叔，叫他把车开过来接自己。

　　终于，一辆出租车在医院大门口停下来，赵梦琳赶快跑上前去挤进车里，她告诉司机目的地，十多分钟后就到达了石头所在的火锅店。

　　石头已经在店堂里等着了，他见到赵梦琳，说："我还以为你们不来了呢。哎，你没跟王亚夫一起？"

　　赵梦琳说："王亚夫有事，我一会儿慢慢跟你说——你跟老板说好了吗？我们快走吧。"

　　石头说："昨晚就说好了。"

　　赵梦琳问："老板没难为你吧？工资给你了吗？"

　　石头说："老板挺通情达理的，工资也都给我了。我去把行李拿上就走。"

　　"我跟你一起去。"赵梦琳说。

　　石头跟店里的伙计简单告了个别，就和赵梦琳一起穿过后院来到那间小屋。由于屋外的光线已经很暗了，屋里就更是漆黑一片。赵梦琳是什么都看不清，石头也只能摸索着在床上找到自己简单的行李，一共就两个包袱。他提起来后，对赵梦琳说："走吧。"

　　刚刚转过身，一个黑影突兀地出现在赵梦琳面前，直愣愣地盯着他们，赵梦琳吓得"啊"地惊叫一声，全身汗毛直立。

石头走上前去，看清面前的黑影是谁，问道："大爷，你在这儿干什么？"

杂要老头阴沉沉地问道："你要走了吗？"

"嗯。"石头答道。

老头儿用一种怪异的腔调问道："为什么要走？"

"我……"石头不知道该怎么回答。

赵梦琳冷冷地对那老头儿说："请你让开。"

老头儿凝视着他们，眼睛里有一种让人胆寒的神色。几秒钟后，他从门口退开，赵梦琳和石头赶紧出门，与他擦肩而过。

石头回过头去看了一眼那仍然站立在小屋门口的怪老头，感觉有些疑惑。赵梦琳拉了他一下，说："快走！"

两个人快步朝前方走去，想尽快拐出这几条偏街小巷，来到人来人往的大街。但不知是不是心中的恐慌在作祟，赵梦琳觉得这几条迷宫般的小巷似乎永远都走不到尽头，她侧过脸，用眼角的余光扫了一眼后面，发现那老头儿竟紧紧地跟在他们后面，距离他们只有六七米远——赵梦琳这时才注意到，老头儿的手里拿着一个两尺长的黑色布包，里面不知道装着什么，她的心里"咚咚"乱跳，对石头说："那老头儿，一直跟着我们！"

石头瞟了一眼后面，但天色太暗，又没有路灯，他根本看不清那老头脸上的神情，心中不觉也紧张起来。他虽然不知道那老头儿要干什么，却本能地感觉到了危险的存在。这时，一直半侧着身子走路的赵梦琳紧紧地扯住石头的衣服，惊恐地说："他……离我们越来越近了！"

石头心中也狂跳起来，他望了望周围，小声地说："看见前面右边的那个拐角口了吗？我们走到那里，就马上跑！"

赵梦琳紧张地点了点头，他们朝前走了几步，猛地转过弯，拐到右边的小巷子里，然后没命地奔跑起来。

两个人逃命般地朝前狂奔了数十米，直到累得大口喘气双眼发黑才停下来。赵梦琳朝后面一看，说："这下……好像甩掉他了……"

两人正想松口气，突然身后出现一个身影，猛地抓住他们，两人吓得同时叫了出来，转过头一看，却发现原来是王亚夫。

　　"你吓死我了！"赵梦琳瞪大眼睛喊道，"你怎么会出现在这里？你不知道，刚才……那个杂耍的老头儿死死地跟着我们，样子很可怕！不知道他要干什么！我们跑了好久才把他甩掉！"

　　"那个老头儿刚才一直跟着你们？"王亚夫焦急地问。

　　"对，而且他的模样很反常。"赵梦琳恐惧地说，"他……会不会是……"

　　没想到，王亚夫打断她的话，睁大眼睛突兀地问道："猴子呢？他那只猴子呢？"

　　"猴子？"赵梦琳和石头对视了一眼，"我们没看到猴子。"

　　王亚夫张大了嘴，愣了半刻，猛地转过身大喊一声："糟了！"

第二十三章

病房里，母亲独自坐在病床前，凝视着儿子平静而安详的脸——她的心中却无法平静。此刻，她像是坐在一辆行驶的列车上，眼前不断变换着景象——那些景象由儿子出生到现在经历的种种往事所组成。往事中包含着多少欢笑和眼泪——到现在，却只剩下眼泪了。母亲无法阻止自己哭泣，她轻声呼喊着儿子的乳名，希望他能醒过来，看自己一眼，那便是这一生最大的欣喜了。

可无论怎么呼唤，颜叶的眼睛仍然紧闭着，母亲早已是泪眼模糊了。她控制住不让自己哭出声来，将脸趴在病床上，悲伤地啜泣着。不知不觉，在心力交瘁中沉沉地睡去了。

她无论如何也想不到，此刻，在漆黑的窗外，正睁着一双窥视的眼睛。

那眼睛动了动，转化成一个矮小的黑影，它伸出手来，从外面拉开窗户，轻手轻脚地跳进来，走到颜叶的病床前，背在身后的那只手猛地举起，一把寒光闪闪的尖刀，对准了颜叶的心脏。

就在尖刀要刺下去的一瞬间，病房的门"砰"的一声打开，王亚夫大喝一声"住手"，然后朝那只举着尖刀的猴子扑了过去。猴子灵巧地一闪，从他脚边溜了过去，迅速地抓住赵梦琳的腿，并爬上她的身体，骑在她的肩膀上，把尖刀放在她的咽喉上，另一只手捂住赵梦琳准备尖叫的嘴。

赵梦琳身旁的石头一惊，正准备上前帮忙，那猴子竟喊了一声："别过来！"然后把刀口直指着赵梦琳的喉管。

颜叶的妈妈惊醒过来，见到眼前的景象，正要惊叫，猴子喝道："别叫，不然我杀了她！"

病房里的人全都不敢轻举妄动，猴子凶神恶煞地瞪着石头说："把门锁上！帘子也拉拢！"

石头愤恨地盯着那只怪物，但也只能无奈地照办。

"所有的一切都是你做的吧，你这只该死的畜生！"王亚夫咬牙切齿地说，"不，你根本就不是只猴子！"

"猴子"恶狠狠地说："你现在终于知道了？你们几个小混蛋一直想知道的十五年前的秘密就在你们面前——现在你们满意了吧？"

"十五年前的那个晚上，我们看到的那个像婴儿般的怪物就是你，对吧！"王亚夫盯着它说。

"哼！"猴子冷笑一声，"看在你们忙活了这么久的分上，我就告诉你，十五年前到底发生了什么事——我先杀了那个女人的老公，然后从窗口翻到她的病房里，把那个女人的嘴堵住，再把她即将出生的孩子硬生生地从肚子里扯了出来！之后，我把那刚出生的婴儿从窗口丢到楼下，想摔死他。接着，我为了迷惑众人而伺机穿过走廊，从对面的病房逃走——没想到，竟然被你们四个小畜生看到了！"

那猴子顿了一下，声音尖厉地说："你们远远地看到我——觉得我小得就像一个婴儿，而且是一个丑陋、恐怖得像怪物一般的婴儿！你们很害怕吧？你们无数次在黑夜里、噩梦中醒来时都会感觉毛骨悚然吧？因为你们从没见过如此畸形可怕的怪物！"

"你本来就是个畸形的怪物！"王亚夫狠狠地望着他说，"而且是个疯子，你为什么要杀害那个女人一家？"

"问得好，终于到核心的部分了。"猴子阴冷地说，"你想知道我和那女人有什么仇恨，对吗？你不如先来猜猜，我们是什么关系？"

王亚夫冷冷地望着他。

"说出来不会吓你一跳吧？她是我的亲生母亲！"猴子咬牙切齿地说。

"什么，你的母亲？那你还……"王亚夫先是一惊，紧接着似乎又明白了。

"哼，你想到了，对吗？那女人生了我这样一个畸形的怪物，一个长得像猴子的侏儒，怎么会喜欢得起来呢？在我还不到四岁的时候，她就把我丢到荒山野岭，打算让我在那里自生自灭。可惜我命大，就靠捡东西吃活了下来……也不知道过了多长时间，有一天，我突然在街上认出了她，她已经和另一个男人结了婚，而且……还怀了个新的孩子！"

"所以，你就伺机报复她，并杀了她和她的孩子！"

猴子那恐怖的眼神盯着王亚夫，令他不寒而栗："要不，你认为我应该怎么样？看着她生下一个健康活泼的孩子，然后和新的家人一起幸福地生活。而我，就在垃圾箱旁、在桥洞下、在该死的贫民窟里，为他们默默祝福，对吗？"

"就算你杀了母亲是为了报仇，但你为什么要杀害程医生和颜叶！"

"那是你们咎由自取！我没有想到，已经过了十五年，你们这几个小混蛋还在想方设法追查当年的真相！从我第一次在石头的屋子偷听到你们在谈论这件事，我就知道你们的存在是个威胁——从那天起，我一直在暗中跟踪你们。那个心理医生做催眠术的时候，我就躲在他的花园里，我听到他说的一句话，猜想他可能已经知道了些什么。所以，我在他的咖啡里加入一些小玩意儿，让他归了西……"

"本来，我以为那个心理医生死后，你们几个就不可能再知道真相了。可我没想到，你们那天从石头的屋子里出来——这个小孩——"他指着病床上的颜叶说，"他用一种怪异的眼神望着我，好像认出了我是谁——所以，我当然不能让他活。"

"原来是你！是你这个怪物伤了我的儿子！"颜叶的妈妈愤怒地站了起来。

"别激动。"猴子比画了一下手中的尖刀，把它朝赵梦琳的脖子靠了靠，说，"你应该感谢我下手轻，不然的话他现在已经去见阎王了，又怎么会让我再来杀他一次！"

王亚夫说："你为什么这么害怕我们调查出当年的真相？就算我们

知道了真相，我的叔公也已经把那件事掩饰了过去，况且我们也拿不出任何证据来证明你就是凶手——你还用得着杀人灭口吗？"

猴子狞笑道："你以为我害怕的是警察来找我麻烦？别犯傻了！事情都过去了十五年，谁还能调查得出来？我之所以要杀你们灭口，是担心事情一旦传开，我那个该死的弟弟会明白当年究竟发生了什么事——自从你们出现后，他已经开始起疑心了。"

"你的弟弟，难道就是……当年你从你母亲肚子里拖出来的那个婴儿？他还活着？"王亚夫大惊。

"何止活着，你们已经见过他很多面了！"

"他……难道就是那个……和你在一起的老头儿！"石头大叫道，"是他？"

猴子尖锐的声音轻蔑地说："我都能把自己化装成一只猴子，他又为什么不能装扮成一个小老头儿呢？"

"可是，你刚才不是说，十五年前的那个晚上就摔死他了吗？"

"我本来是想摔死他的。"猴子尖声道，"可我逃出医院后，到那片把他摔下去的树林一看，却发现他掉在一个土堆上，并没有摔死——我当时突发奇想：我要养活他，让他听命于我，再慢慢地折磨他！"

"我懂了。"王亚夫说，"如果他知道了当年的真相，知道你其实是杀害他亲生母亲的凶手，一定不会饶了你的！"

"够了！"猴子突然凶恶地说，"我不想再跟你们废话！现在你们已经知道了一切，我更不可能让你们活了！"

"你要干什么？"王亚夫和石头紧张起来，一齐朝前跨了一步。

猴子狰狞地说："你们是不是以为人多，我就敌不过你们？告诉你们吧，老子这身功夫可不是白练的，像你们这样的小鬼，再来两个也不是老子的对手！"

说着，他扬起刀，就朝赵梦琳的喉咙刺去。石头"啊"地大叫一声，发疯般地扑过去，一只手抓住刀刃，另一只手再扯住猴子的胳膊，用尽全身力气，竟把猴子从赵梦琳肩膀上拖了下来。他扑过去，和猴子翻滚扭打在一起，王亚夫赶紧上前一步把赵梦琳拖过来。

猴子没想到石头竟会用手去抓刀刃，尽管右手已经鲜血淋漓也死死不放开那把刀，而且他发起狠来竟会有如此大的力气——用左手紧紧地掐住猴子的脖子，让他喘不过气来。猴子憋得满脸通红，他疯狂地嘶叫着，用尽最大的力气一抽，刀子终于从石头手中抽出来。猴子大叫一声，将刀捅进石头的肚子。石头一咬牙，两只手死死地掐住猴子的脖子。这时，王亚夫也扑过来，紧紧地抓住猴子的手，不让他手里的刀再捅向石头。赵梦琳和颜叶的妈妈在一旁吓得手足无措、大声尖叫。

僵持了一阵，王亚夫感觉猴子的狰狞面目凝固下来，手臂也失去了力气，他愣了一下，望着仍死死掐住猴子脖子的石头喊道："他已经死了！"

石头木然地松开手，身子摇晃了一下，朝后一仰，重重地倒了下去。他的肚子上，鲜血在汩汩地往外流淌。王亚夫和赵梦琳一起声嘶力竭地喊道："石头！"

第二十四章

一个星期后。

一辆黑色的本田轿车停在市中心医院的大门口。赵梦琳从车里走出来，她今天穿着一条白底蓝花的连衣裙，显得青春靓丽、清纯动人。她在医院门口的花店买了两束百合花，包好后，对跟在她身后的父亲说："爸，你怎么还不回去？"

赵梦琳的爸爸笑着说："我今天要跟你一起去见见你的那三个好朋友。"

"那好吧，走！"赵梦琳爽朗地说。

父女俩坐电梯到医院的第十层，来到一间贵宾待遇的特大号病房前，赵梦琳轻轻地敲了敲门，里边说："请进。"

赵梦琳和父亲走进去，发现除了两张病床上躺着的颜叶和石头之外，王亚夫和他们各自的父母都在这病房里。赵梦琳笑着说："今天人可真齐呀！看来我还来迟了。"

她把一束花插到颜叶病床前的花瓶里，又把另一束花捧给坐在床上的石头，问："石头，你今天怎么样，伤口还痛吗？"

石头光着膀子，手上和肚子上缠着纱布，他憨憨地笑着说："不痛了。"

石头妈赶紧招呼赵梦琳和她爸坐下，感激地说："多亏你们帮忙，让孩子住这么好的病房，才恢复得这么快。"

赵梦琳的爸爸说："千万别说客气话，这本来就是应该的，要不是石头和亚夫勇敢，救下了梦琳，今天这儿躺着的还指不定是谁呢。"

　　石头妈叹了口气："唉，你说这几个孩子怎么碰上了这么可怕的事？还好，都过去了。"

　　王亚夫问赵梦琳："对了，那个'小老头'现在怎么样？"

　　"什么小老头呀，他比我们还小一岁呢。"赵梦琳叹息道，"其实，他才是最可怜的，现在他知道了十五年前发生的事和自己的身世，尤其是知道自己所有的亲人都死了，感觉万念俱灰——警察现在安排他在福利院住着呢。"

　　石头说："那天晚上我们还以为他是凶手，要害我们呢。结果他只是犹豫着要不要来问我们事情的真相——我们误会他了。"

　　"对了，说到误会，我们还误会了一个人。"赵梦琳笑起来，"那个叫吴伟的医生后来找到我，说他的确是跟踪了我们。可那是因为他感觉十五年前那个孕妇死亡的事和我们几个尖叫的事很蹊跷，他一直就想弄清楚这是怎么回事。那天我和王亚夫去妇幼医院调查，他就注意到我们了。"

　　"好了，好了，事情都过去了，就不要再提了。"赵梦琳的爸爸拿着手里的大皮包站起来，说，"我还要说点正事呢。"

　　他走到石头的病床前，对石头说："石头，你现在安心养伤，不要急着出去工作。你妹妹的学费你不用担心。"

　　说着，他从皮包里拿出厚厚一沓报纸包着的东西递给石头妈，说："这是十万块钱，你们拿着，给两个孩子上学用吧。"

　　"啥？十……十万块钱？"石头妈吓得变了脸色，"这怎么能行！我这辈子在梦里也没见过这么多钱呀！"

　　石头爸也赶紧说："对，这不行。我们怎么能白白要你们这么多钱！"

　　赵梦琳的爸爸坚持要他们收下，可石头的父母说什么也不要。最后，赵梦琳的爸爸把钱放在病床上，严肃地说："你们听我说，这钱既不是对你们的接济，也不是对石头勇敢行为的奖赏，而是因为石头和梦琳是好朋友。你们家里现在困难，当朋友的就不能不管。我想，石头当时连命都不顾地救梦琳，也因为他们是好朋友——如果你们还当梦琳是石头的朋友的话，就把这钱收下。"

石头父母为难地对视一眼，赵梦琳拿起床上的钱塞到石头妈手里，说："阿姨，您就收下吧。这些钱对我们家真的不算什么，但对你们却很重要。再说，石头现在不该出来打工的，他应该继续读高中、大学。你就把这钱留给他以后读书用吧——对了，我爸都联系好了，这个暑假一完，石头就到一中来跟我和王亚夫一起读高中。"

"这……这……"石头妈激动得说不出话来，"这可真是太好了！我真不知道怎么感谢你们好呀！"

"阿姨，您就别客气了。"赵梦琳说。

这时，坐在一旁的颜叶的妈妈又哭泣起来："你们现在……多好啊，可我们叶儿……也不知道什么时候才能醒来……"

所有人的目光一齐望向仍在昏迷中的颜叶，气氛在瞬间变得凝重起来。

过了一会儿，石头说："阿姨，您别担心，颜叶他很快就会醒过来的。"

颜叶的妈妈抹着眼泪说："你怎么知道呀？"

"我就是知道。"石头莽声莽气地说。

石头爸走过来说："真的，我以前都不信。现在我知道了，我儿子说的话，真的很准！"

"是吗？"颜叶的妈妈得到一丝安慰，擦干眼泪，勉强露出笑容。

"是的，阿姨，我们都知道，颜叶他一定会醒来的。"王亚夫说。

"对，一定会醒来的。"赵梦琳也说。

王亚夫和赵梦琳走到石头和颜叶的病床之间，相视而笑。窗外金色的阳光洒在他们四个人的脸上，使他们显得明媚而灿烂。一边的家长们都露出会心的微笑，欣赏着这世界上最美丽的画面。

（《尖叫之谜》完）

方元的故事讲完了。兰教授面带微笑，轻轻鼓着掌说："不错，这个故事我喜欢。"

"是真的吗，教授？"方元有些担心地问。

"是的，这个故事很特别。在我听过的惊悚悬疑故事里，它是极少的一个有着美好结局的故事——所以我真的很喜欢。"兰教授说。

"您能喜欢真是太好了。"方元如释重负地说。

方元的妹妹却感到疑惑："哥，你怎么知道这样一个诡异莫名的故事？你在哪里听说的？"

方元的弟弟也问道："是啊，这么多年来，怎么根本就没听你提到过这个故事？"

方元沉下脸来说："这些并不重要，我想，兰教授接下来要讲的这个故事肯定会更精彩。"

这句话提醒了他的弟弟和妹妹，他们这才想起主要的目的是什么。

"好吧，按照之前的约定，你们讲了两个精彩的故事给我听，我也就把二十年前讲给你们父亲听的故事再讲一次。"兰教授说。

兄妹三人坐直身子，全神贯注地望着兰教授。

"在讲之前，我有两点需要说明。"兰教授竖起两根手指，"你们记住，我讲的只是一个'故事'。你们在听完之后——第一，不要把故事中发生的事用来对照你们的现实生活；第二，不要问我关于这个故事的任何问题，可以吗？"

兄妹三人困惑地对视了一眼，方元问："怎么，教授……这个故事和我们现实中的生活有什么联系吗？"

兰教授凝视着他。

方元赶紧反应过来："哦，好的，教授，我不会再问什么问题了。"

兰教授用他那低沉、富有磁性的声音充满神秘地说："我讲的这个故事名字叫作——'异兆'。"

Story3
异兆

第一章

罗威今天多少感到有些意外。

他心里清楚——没有谦逊和虚伪的必要——自己现在已经是这座城市里数一数二的心理学专家了，或者说是权威。不过这些称呼并不重要，重要的是自己现在名利双收——特别是在热闹的市区开了这家装修豪华的心理咨询中心之后，每天上门拜访的客人络绎不绝，而且客人中有很大一部分都是来自上流社会的富豪和政客们。虽说工作辛苦，可每天丰厚的收入和与日俱增的名气足以让人找到慰藉。想想看，对于一个男人来说，仅仅三十五岁就能将事业发展得如此辉煌——夫复何求？

可今天下午却着实有些奇怪，罗威再次看了看挂在墙上的大钟——已经三点半了，往常这个时候外面的接待室里起码也应该有两至三位客人坐在沙发上排队等候了，可今天却连一个客人都没有。罗威习惯了每天忙碌而充实的生活，对于这样一份难得的清闲竟感到有些不适。

又等了五分钟，仍然没有人来。罗威撇了撇嘴，觉得不应该再这样无所事事地傻等下去了，得找点事情来混时间。

他打开办公桌右边的抽屉，从里面拿出一副跳棋，放到桌子上后，将那些玻璃珠子一颗一颗地摆到棋盘上——从小时候起，罗威就喜欢这样一人分饰两个角色，自己跟自己下棋，他把这看成一种"自我挑战"。

罗威聚精会神地跟自己下着棋，不知过了多久，正在他举棋未定的时候，办公室外响起了敲门声。

罗威抬起头，说了一声："请进。"

门打开，进来的是罗威精明能干的女助手吴薇，她礼貌地说："罗威医生，外面有一位老先生说有急事要找……"

她的话还没有说完，只听到"砰"的一声巨响，一个戴着帽子、身材瘦高的老人将办公室门猛地推开，闯了进来。罗威被吓了一跳，身子一抖，手里捏着的一颗棋子掉落到地上。

那老人满头大汗，一脸惊惶神情，他径直走到罗威办公桌对面的皮椅旁坐了下来，然后像一个主人发号施令般冲女助手挥了挥手，说："你可以出去了！"

罗威十分惊讶——自两年前开了这家心理咨询中心以来，出入这间办公室的，都是有礼有节的上层人士，还从没有哪个客人像今天这样粗鲁和无理！

他正要发怒，准备斥责这个缺少礼貌的客人，老人却摘下帽子，望着他说："罗威，是我！"

罗威端视了老人几秒钟后，惊喜地叫了起来："啊！原来是您，严鸿远教授！我都快十年没见过您了！您……是怎么找到我这里的？"

"听着，罗威！"老人完全没理会罗威的问候，他的脸上仍旧是一副急切而紧张的表情，"我只能在这里待五分钟！我有重要的事情告诉你！"

罗威赶紧朝女助手做了个手势，示意她出去，然后说："严教授，您说吧，什么事？"

老教授把手掌搁在桌面上，脑袋向前伸，一双干涸的眼睛里布满血丝，那里面折射出无处隐藏的恐惧和绝望。他沙哑着声音说："罗威，我要死了……我的日子到了，我知道……就是今天，我活不过今天了！"

听到这话，罗威大吃一惊："严教授，您怎么了？"

老教授微微颤动着身子，嘴唇上下翕动着，双眼发直："我终于明白了，就是今天！我的日子……就是今天，我无论如何也躲不过的……"

罗威惊骇莫名地望着他："教授，您是……得了什么重病吗？"

话刚说出口，罗威就立刻感到不对——就从刚才严教授猛地推开门，大步走到自己面前这一点来看——他也绝不像个生命垂危的病人。霎时，罗威的脑海里浮现出一些电影里的情景，他低声惊呼道："教授，难道是有人想对您……"

严教授伸出左手，用手势打断罗威说话。他抬起头，脸色灰暗，用呻吟一样的声音说："罗威，别再猜了，都不是。总之，你不会明白的！"

说到这里，他抬起手腕看了一下表，浑身一颤，脸上惊骇的表情更甚了。老教授瞪大着眼睛说："天哪，罗威，我没有时间了！我不能再……听着，我无法向你解释这是怎么回事，我也没有时间来解释了！"

说话间，老教授打开衣服拉链，从里面拿出一个牛皮纸封面的旧笔记本，递到罗威手里，说："这个本子你拿着，记住两点：第一，所有事情的答案都隐藏在这个本子里，只有解开了这里面的谜，才能找到解救的方法……"

说到这里，老教授紧紧地抓住罗威的手："罗威！你是我最得意的一个学生！这也是我专程到这里来找你的原因。也许，凭你的天资，能够解开这所有的谜，找到解救的办法！到时候，请你一定要救救夏莉！"

罗威极为困惑地摇着头："教授，您到底在说什么？谁是夏莉？您要我解开什么谜？"

"我没有时间向你解释了，罗威，这一切你以后都会知道的！"严教授加快说话的语气，"我还没说完，第二点，你千万不能销毁这个笔记本，切记！别问我为什么，我也不知道！总之，千万别销毁它！"

说完这些话，严教授放开紧抓住罗威的手，从椅子上站起来说："我得走了，罗威，我大概……只剩一点时间了，我还得去办一件事。"

"等等，教授！您，这……"罗威脑子里一片迷茫，说话语无伦次起来，"这到底是怎么回事？您刚才说的我一点儿也不明白，您到底要我做什么？"

老教授本来已经背过身子准备出门——他停顿了一下，转过头来，望着罗威说："你还记得吗？十年前我们在一个大型的心理学家座谈会上碰面时，我向你提起的亚伯拉罕·林肯的事？"

"林肯……那个美国总统？"罗威眉头紧蹙，竭力回忆。

"好了，罗威，我刚才说了，你以后都会明白的——我讲的这些话到底是什么意思。现在我得走了。"

说完，老教授将头转过去，快步向门口走去。

罗威还想叫住教授，让他再说明白些——突然，他看见走到门口的严教授似乎踩到了什么东西，脚下一滑，"啊"地大叫一声，身子一偏，整个人向右侧倒去。

事情发生得太快了，罗威此时还在办公桌前，离老教授有好几米的距离，根本来不及去扶他——这一瞬间，罗威的眼睛里出现了另一样更可怕的东西，几乎令他心胆俱裂。

在办公室的门口，放着一个装文件、资料的长方形矮柜子——严教授这时正朝那个方向倒去，他的太阳穴正对着矮柜子的尖角！

"天哪！"罗威大叫一声，紧张得全身颤抖，用一只手捂住嘴——但只能眼睁睁地看着惨剧发生。

在老教授的头只差零点几秒就要撞到矮柜的方角上时，从办公室门外猛然伸出一只强壮有力的手臂，一把托住老教授的身体，将他从死亡边缘拉了回来。

罗威睁大眼睛望着门口，一个中等身材、体格强壮的工人迈了进来，他的肩膀上扛着一块大镜子的镜片，一只手托住镜片的另一头，另外一只手将老教授慢慢扶了起来。

罗威闭上眼睛重重地舒了口气——他这才想起，昨天下午向旁边的装饰公司订了一块大穿衣镜，准备放在办公室里的。这个工人恰好在这时送镜子来——幸亏他来得及时，才救了老教授一命。

严教授缓缓站立起来，他面对着扶住他的工人，咽了口唾沫，仍然一脸惊魂未定的神情，显然还没能从刚才的惊吓中回过神来。

"老先生，你走路可要当心啊！你看，刚才多危险！"扛镜子的工人显然也被吓着了，他瞪大眼睛对严教授说。

严教授张大着嘴，表情木讷地点了点头。

罗威赶紧从办公桌前走了过来——突然，他停住脚步，眼睛捕捉到地下的一个小东西。他弯下腰，将那个东西捡了起来。

是刚才从他手里掉落到地上的那颗棋子！

原来严教授是踩到这颗玻璃珠子才摔倒的。刹那间，罗威想起严教授刚才一直在说的那句："我要死了，我的日子到了，就是今天！"

如果刚才这个送镜来的工人晚一步出现，那严教授现在岂不是已经……可是，他怎么会预测得到自己的死期？瞬间，一种极其惊异的感觉遍布罗威全身，令他遍体生寒。

就在罗威百思不得其解的时候，他无意间透过玻璃窗瞥了一眼窗外——在那个扛镜片的工人身后，另一个双手抱住镜架和镜框的工人正快步向办公室门口走来。大概是他抱着的镜架太重了，又挡住了他面前的视线，他只有快步冲过来，才能尽快放下沉重的镜架。

看到这一幕的刹那，罗威心中猛地产生一股可怕的预感，他低吟一句："不好！"但还没来得及做出反应，惨剧就已经发生了。

那个抱着镜架的工人只看到脚下的路，他并不知道前面正站着那个扛着镜片的工人，更不知道那个工人的面前站着一个老人——而那锋利的镜片正对着老人的咽喉！

冲过来的时候，笨重的镜架撞到了镜片上，扛着镜片的工人手一抖，那如尖刀般锋利的镜片直向老教授的喉咙滑过去。

一抹鲜血溅了出来，喷射到罗威和扛镜片工人的脸上、全身……

镜片嵌进了严鸿远教授的半个脖子，他死之前瞪大着眼睛，连叫喊一声也来不及。

第二章

徐蕾在厨房里忙个不停。她往最后一道菜里撒了点儿葱花，将它小心翼翼地端到饭厅——餐桌上已经摆着好几道佳肴了。徐蕾站在餐桌旁看了一会儿，将两道菜的位置调换了一下，使整桌菜看起来更加协调，让人赏心悦目、垂涎欲滴。

她又从厨房拿出两副碗筷摆好。忙完这一切，徐蕾满意地望了一会儿餐桌，将围裙从身上解下来，朝卧室走去。

她来到卧室门口，轻轻地推开门。一个穿戴整齐，但面容憔悴的男人半倚着躺在床头，此时正歪着头望向窗外。他微微皱起眉头，似乎在沉思着什么。

徐蕾来到丈夫身边，轻柔地说："亲爱的，吃饭了。"

罗威转过头来，面无表情地说："你们先吃吧，我这会儿还不饿。"

徐蕾坐到床边，握住罗威的手："别这样，去多少吃点儿吧，我今天做的全是你爱吃的菜。"

罗威又望向窗外，轻轻叹了口气："可我实在是没什么胃口。"

徐蕾用手将罗威的脸转过来，迫使他面对自己："罗威，别再想那件事了，那不是你的错，警察也是这么说的，对吗？那只是个意外而已，你不用为了这件事而反复自责。你已经连着两天没像样地吃一顿饭了，你打算一直这样萎靡不振吗？"

罗威盯着徐蕾的眼睛看了一会儿，神色很快又黯淡下去："不，你不会懂的，你根本就不明白……"

"那就说出来，让我明白你究竟在想什么，也许我能替你分担。"

沉默了一会儿，罗威再次叹气道："严鸿远教授是我读大学时的导师，他一直认为我在心理学方面有着过人的天赋。所以，他将自己毕生所学对我倾囊相授，并且给予我很多帮助和关怀……我今天能有这样的成就，一大半都要归功于严教授……"

罗威停顿了一会儿，接着说："我事业有成，却因为太忙而十年都没有去看望过他——这本来已是大大的不对了。没想到，严教授主动来找我，却这样惨死在我的办公室里……"

说到这里，罗威痛苦地抱住头，呜咽起来。

徐蕾抱住罗威，安慰道："可这确实是个意外啊！人生中有太多的意外是我们难以预料的……你就别再折磨自己了，想开些吧！"

罗威缓缓抬起头来，注视妻子良久，轻轻地点了点头。

"好了，别再想了，你要振作起来。反正你的心理咨询中心也要停业半个月，不如我也向公司请年休假，我陪你出去旅游一下，散散心？"

罗威苦笑了一下："我现在哪有心情去旅游，还是待在家里休养一下吧。"

"那也好。"徐蕾站起来，将罗威从床上拉起来，"现在先去吃饭，菜都要凉了。"

罗威站起来，深深地吐了一口气——是啊，不能再消沉下去了，得强迫自己打起精神才行。

夫妻俩从卧室走到饭厅。在餐桌旁坐下来，罗威才想起："罗尼呢？这都六点半了，他怎么还没放学？"

"你都忙糊涂了。"徐蕾说，"今天是周末，儿子不上学，他到同学家玩去了，说晚饭不回来吃。"

"哦。"罗威应了一声，他看了一眼餐桌上丰盛的菜肴，"还真都是我爱吃的菜呢。"

"那你就快尝尝吧。"徐蕾夹了一块红烧鱼到罗威的碗里。

罗威尝了一口，连连点头："嗯，还是那个味儿。"

"当然。"徐蕾有几分得意地说，"这鱼我可不是买的市场上剖好的那种，是活鱼拿回家来现杀的。"

罗威又吃了几口其他菜，忽然放下筷子不动了。

"怎么了，接着吃呀。"徐蕾又要给罗威夹菜。

罗威摆了摆手，眉头又紧皱起来，他犹豫了一会儿，说："其实，那天下午，有一件事我没跟警察说……"

徐蕾见话题又扯到了不愉快的事情上，忙说："现在别说那件事了，好吗？吃完饭再说吧。"

"不，你听我说完。"罗威露出不安的神情，"这件事太奇怪了，我想了两天，也想不通这是怎么回事。"

徐蕾有些不情愿地问道："什么事太奇怪了？"

罗威抬起头，望着徐蕾说："实际上，严教授在死之前——也就是他刚进我办公室来时，说了一些奇怪的话。"

徐蕾没有打岔，等待着罗威继续说。

罗威竭力回忆着："他刚一进门我就觉得有点不对劲，严教授似乎显得非常紧张和恐惧，他反复说着'我要死了，就是今天，我活不过今天了！'"

徐蕾吓了一跳："什么？你是说……他早就知道自己那天要死？"

"而且，他后来看了一下表，显得更加紧张了，说什么'时间快到了，我没有时间向你解释了'，然后交代我做一些奇怪的事情。我当时就有一种怪异的感觉——他在跟我说这些话的时候，简直就像是在说遗言一般！之后，他转身离开，接下来，意外就发生了……"

徐蕾也放下筷子，神情困惑地说："这怎么可能……"

"是啊，这怎么可能！我想了两天也想不通！"罗威的语气激动起来，"如果一个人身患绝症，固然有可能知道自己活不久了；或者是一个人遭到追杀，也有可能预测到自己会死。可是，严教授死于意外啊！谁能想到自己哪天会遇到意外呢？就像一个常年开车的人，算得到自己哪天会出车祸吗？"

徐蕾眉头紧锁，陷入沉思中。

"而且这起意外实在是太诡异，太不可思议了！"罗威接着说，"这起意外实际上是由很多个偶然的'不确定因素'决定的！"

"不确定因素?"

"我们这样来看:如果事发当天下午我的办公室如往常一样繁忙,那我就没有机会去拿那副跳棋出来;而如果严教授不是那么急切地推开门,我也不会被吓一跳致使那颗棋子掉落到地上,这样的话严教授就不会踩到它而滑倒;而那个扛镜子的工人就不会去扶他,也不会在原地停留;后面那个抱镜架的工人就不会撞到那块正对着严教授的镜片——严教授也就不会死了!"罗威一口气说完,然后愣愣地盯着徐蕾。

"对了,还有一点,如果我不是那么凑巧刚好在昨天订了那面穿衣镜的话,那两个工人就根本不可能出现,严教授又怎么会死呢?"罗威又补充道。

徐蕾思索了一会儿,说:"可是,就算那个工人不出现,严教授踩到玻璃珠子而摔倒,他的头撞在柜子的方角上,还是会死啊。"

"谁知道呢?"罗威沮丧地说,"也许他还是会死,可也许他的应急反应让他扶住了那个柜子;或者他只是被撞成重伤呢?那他也不至于当场毙命啊!"

徐蕾突然有些恐惧地用双手捂住嘴:"这么说,严教授从跨进你办公室的那一刻起,他的死就已成定局——无论以哪种方式,他终归都难逃一死?"

第三章

听到徐蕾这句话，罗威的心脏似乎被重重击打了一下，他耳边又回响起严教授那句话："我的日子到了，就是今天，我活不过今天了！"

难道，严教授真的能预测到自己的死期？

突然间，一个名字像闪电般划过罗威的脑海，他想起严教授跟自己说的最后一句话中提到的一个人——亚伯拉罕·林肯！

"天哪……我现在明白了，他为什么要提起林肯……果然，就跟林肯一样……"罗威神情骇然地喃喃自语。

"什么？你说谁？"徐蕾没听清楚。

"林肯！那个著名的美国总统！"罗威几乎是叫了起来，"严教授在死前跟我说的最后一句话里，就提到了林肯！"

"林肯怎么了？"徐蕾露出疑惑的神情。

"这是一起历史上有名的、真实的事件——你知道林肯是怎么死的吗？"

徐蕾想了想："应该是被人暗杀的吧？在歌剧院里，被一个凶手枪杀而死的——这是全世界都知道的呀，有什么不对吗？"

罗威摇了摇头说："重点不在他是怎么死的，而是他在死之前发生的事！"

"林肯死之前发生了什么？"徐蕾问。

罗威整理了一下思路说："是这样的，林肯死于一八六五年四月十四日，但是在四月十三日晚上，也就是在林肯死的前一天晚上，他做了一个梦。在梦中，他不断听到人哭的声音。于是，林肯顺着声音的方向寻找到底哪里有人在哭。终于，他走进一个房间，看到很多人围着一个灵柩痛哭流涕。林肯感到好奇，便问其中一个人：'你们为什么要哭？'那个人回答：'我们亲爱的总统死了。'林肯凑上前去看棺材里的人，却看见了自己的脸！梦做到这里，林肯就醒了……

"第二天早上，林肯把昨天做的这个梦告诉了他身边的工作人员——但他只是随口说说，并没有把它当回事。结果晚上林肯便在歌剧院遭到了枪杀。而他的尸体被运回白宫——那个工作人员惊讶地发现，整个场景和林肯昨晚梦中所见一模一样：很多人围着总统的灵柩失声痛哭……

"那个工作人员把这件怪事说了出来，可问题是：林肯已经死了，而他之前又只跟这个工作人员一人说起过这件事——所以，这件事情的真实性便受到了质疑。"罗威将整件事情讲完后，望向徐蕾，"这件事在当时引起很大的轰动，但因为无从验证，终究还是个谜团。"

徐蕾惊叹道："天哪，竟然有这样的事！你是怎么知道这件事的？"

"这件事本来就不是什么秘密，很多人都知道，连我们国家的一些报刊上都报道过这件事。"罗威说，"但我是在十年前的那个心理学家座谈会上碰到严教授后，他告诉我的。"

说到这里，罗威埋下头，陷入沉思当中。过了一会儿，他说："当时严教授跟我说起这件事，我并没有太在意。现在想起来，他当时好像说……要研究这件事……"

突然，罗威将头抬起来，望向妻子："严教授在死之前又提到了这件事，而且，你不觉得吗？他的死和林肯之死有某些相似之处！"

徐蕾打了个冷噤，感到有些害怕："你是说，严教授可能发现了些什么……而他，在临死之前暗示了你？"

"是的，肯定是这样！"罗威猛地一拍大腿，"对了，严教授交给我一个本子，他说，所有事情的答案都隐藏在这个本子里，他还叫我解开这里面的谜，找到解救的办法……并且，他叫我去救一个叫夏莉的人！"

罗威从椅子上站起来，用手敲了自己的脑袋一下说："真该死！我这两天都沉浸在悲伤中，竟然连这么重要的事都忘了！"

说完这句话，罗威走到门口，匆忙地换上皮鞋，打开大门。

徐蕾着急地问道："这么晚了，你要上哪儿去？"

"我现在就去办公室拿那个本子！我一分钟也不想等了！"罗威大声喊道，头也不回地离开了。

第四章

罗威自己开着车前往心理咨询中心，这时已经晚上八点多了。

他并没有因为心中的焦急而加快车速——为了给自己的大脑留一点思考问题的空间。

罗威的脑子里反复出现一个问题：为什么严教授直到临死前，也不把事情说明白些，而要"暗示"自己呢？

也许他把想说的话都写在那个本子上了？可那样的话，就更没有"暗示"的必要了——反正迟早自己还不是要看那个本子的。

罗威关上车窗，略微加快了一下车速。他意识到，胡乱猜测是没有任何意义的，一切答案都要从那个本子上寻找——也许看了那个本子后，就什么都清楚了。

十分钟后，罗威的轿车停在自己的心理咨询中心门口。他下车后，迅速地摸出钥匙，打开心理咨询中心的大门。

穿过接待室，罗威打开办公室的门，里面一片漆黑。

他在墙边摸索到顶灯的开关，"啪"的一声，房间亮起来。

虽然在惨剧发生之后，办公室早就被清洁工人收拾干净了，可一回到这个场景，罗威仍然感到心有余悸。但他明白，现在不是感伤的时候。

罗威快步走到办公桌前，用一把小钥匙打开了中间上着锁的抽屉——他记得那天就是把本子放在这里面的。

果然,那个牛皮纸封面的记录本就摆在抽屉中间,罗威把它拿起来,迫不及待地想翻开来看——但他停了下来,思索了几秒钟,认为还是拿回家去慢慢研究更好——他可不愿意晚上一个人待在这间发生了惨案的办公室里。

　　罗威把本子装进一个文件包里,然后走到门口,关上灯。

　　就在罗威拉住办公室的门,准备退出去的一瞬间,他无意间瞥了一眼办公室门口右侧的穿衣镜,竟隐约看见那块黑暗中的镜子反射出一幕惊异的景象:一个满身是血的人站在镜中,他的身后是一片山坡。

　　罗威吓得"啊"地惊叫一声,背脊发凉,汗毛直立,几乎要跌倒下去。他下意识地扶住门框,才勉强站稳。

　　罗威再定睛一看,镜子里那幕骇人的景象消失了,现在镜子里反射出的是办公室的一侧,那里只有墙壁和书柜。

　　罗威来不及去细想,他发疯般地从接待室冲出去,逃离了这个可怕的地方。他打开车门,像一只受了惊的兔子般躲了进去,头趴在方向盘上,浑身发抖,大口喘着粗气。

　　几分钟后,人来人往的大街使罗威的情绪稍微稳定了一些,他把头朝后仰,靠在座椅柔软的靠背上,迫使自己冷静下来。

　　刚才在镜中看到的那一幕——那转瞬即逝的骇人景象到底是什么?幻觉吗?罗威找不出其他更合理的解释。

　　可他并没有忘记自己的职业,这使他无法做到自欺欺人——几十年的心理学知识告诉他:一个精神正常的人是不可能无缘无故出现幻觉的。

　　等等,也许是因为严教授是死在那间办公室的,而且又与那面镜子有关,才让自己——不,罗威使劲摇了摇头,作为一名资深的心理学家,他不允许用这种拙劣的解释来糊弄自己——第一,那面杀了严教授的镜子在事发时就打碎了,这是后来补上的另外一块;第二,自己刚才看那面镜子纯属无意识的行为,心里根本就没有去想两天前的那件事——在这种情况下,是没有可能出现幻觉的。

　　况且,罗威心里非常清楚,如果一个人会出现幻觉,那一定是他内心的潜意识在作祟——就算他的潜意识里仍然储存着严教授的惨剧,但他刚才看见的那片山坡呢，这又怎么解释？最近自己可根本没去过什么山上，甚至连想都没有想过。

罗威想了很久，脑子里仍然一团乱麻，他想不出任何合理的解释来说服自己刚才究竟是怎么回事。他第一次感受到自己的无能为力。

十多分钟后，罗威做了一个决定（在后面看来，这是极不明智的），他用心理暗示法给自己做了一个小型的自我催眠，强迫自己忘掉那可怕的一幕——他不能让恐惧反复地折磨自己，更不想让自己以后每次看到镜子都出现这种可怕的心理阴影。

半个小时后，罗威发动汽车，驾车回家。

第五章

　　在热闹非凡的商业步行街上，一个年轻女人漫无目的地行走在街边——她怪异的举止引起了周围一些行人的注意。

　　这是一条狭窄而古老的小街，街两边拥挤着密密麻麻的食品店和服装店。道路上斑驳的青石块诉说着它的沧桑。那年轻女人穿着一身素雅的衣服，在这条路上走得相当古怪——她不停地左顾右盼，但看起来又不像是在找人，因为她的脸上写满了惶恐与不安，那种提心吊胆的神情让人以为她不是在街上行走，倒像是在穿越火车铁轨。

　　她走到一家卖馄饨的小吃店门口，迟疑地停下脚步。也许是饿了，她盯着客人们手里那一碗碗冒着热气、鲜香可口的馄饨发呆。

　　店老板注意到了她，热情地招呼道："姑娘，吃馄饨吗？请里面坐。"

　　年轻女人犹豫了几秒钟，走进店里，找了一个座位坐下，并告诉老板她要一碗小碗的馄饨。

　　几分钟后，一碗热腾腾的馄饨到了她的手里，她舀起一个馄饨，用嘴里吹出来的气让它冷却，再小心翼翼地放到嘴里。

　　才刚吃了几口，年轻女人突然听到身后传来厨房伙计的喊声："热汤来了，大家小心点儿啊！"

　　年轻女人"啊"地尖叫一声，然后迅速地朝墙边一闪，回过头惊恐地望着那个端着一大锅热汤的伙计，身子瑟瑟发抖。

　　端着锅的伙计反倒被她吓了一跳——实际上，他离她至少还有三米远呢。店里的客人也纷纷将目光集中到年轻女人的身上。

老板走过来问："小姐，你没事吧？"

年轻女人恢复了一些镇定，她难堪地摇着头说："没……没事。"

"你哪里不舒服吗？"老板发现她的脸色相当难看。

"不，我没事。"年轻女人尴尬地站起来，"这碗馄饨多少钱？"

付完钱之后，她走出这家店铺，出门之前，她听到旁边一对小情侣小声地讥笑道："一锅热汤就能吓成这样，神经过敏吧。"

她像受到了羞辱般红着脸快速逃离了这里，直到拐过街角，才稍稍松了口气，但立刻又紧张地左顾右盼起来。

是的，她怎么能不紧张呢？

前面五个人都死了，无一幸免。而她，会不会就是第六个？

她的日子是哪天呢？她又会以哪种方式死去？

一连串的问题在她头脑里盘旋、膨胀，在她焦躁不安的想象中越变越大，压得她几乎喘不过气来。

现在只有一件事情是明确的——这样下去，她迟早有一天会疯掉。

第六章

罗威拖着疲惫的身体回到家，已经十点多了。他的儿子罗尼也才从同学家回来。

罗尼长得健壮结实，面容俊朗，英气十足。除了年龄之外几乎和他的父亲一模一样，只是多了几分少年的朝气和活力。罗尼看见爸爸回来了，兴高采烈地跑上前去，问："爸，你给我买了吗？"

罗威换好鞋子后抬起头来："啊？买什么？"

"你又忘了？"罗尼露出失落的神情，"你一个星期前就答应给我买那个直升机的模型了！"

罗威眨了眨眼，想了起来，他叹息一句："唉，我太忙了——但是罗尼，你都读初一了，怎么还玩那种小孩子的玩具？"

"什么小孩子的玩具！"罗尼涨红了脸说，"你根本就不懂！那不是玩具，是模型！我算什么，人家几十岁的人还收集模型呢！"

"好，好，好！"罗威说，"我改天有空了就去给你买。"

"每次都这样说！"罗尼嘟囔着离开了，"我敢打赌，一个星期后我得到的还是这句话！"

罗尼走进自己的房间，关上房门。

罗威望着儿子的背影，若有所思。看来，他还不知道两天前发生的那件事——罗威松了口气，他可不愿意让儿子知道这么可怕的事情。

徐蕾从客厅走过来，看见罗威手里提着的文件包，问道："你拿到了？"

罗威点了点头，显出疲倦的神色。

"你还是那个急性子，想起什么事情就一秒钟都等不得！"徐蕾责怪道。她走上前，看着丈夫的脸说："你怎么了，脸色不大好呀。"

"没什么，就是有点累。"罗威说。

"你怎么去了这么久？"

罗威迟疑了一下，说："路上耽搁了一会儿。"

徐蕾没有再问下去，她说："累了就去洗个澡，早点睡吧。"

"不，"罗威摇了摇头，"我一会儿在书房看严教授留下来的这个本子，你先睡吧。"

徐蕾想说什么，但没有开口，她清楚丈夫的个性。

罗威径直走进书房，关上门后，他迫不及待地从文件包里取出那个本子，将它摆在桌子上，借着台灯明亮的光线，他翻开了这个本子。

本子的第一页什么也没写，从第二页开始，是罗威非常熟悉的形式——这是一个常见的心理学医生在和来访者做咨询时用来记录过程的本子。这种记录本往往都不会由心理医生亲自记录，而是由坐在旁边的助手负责记录的。

从事了十多年心理咨询的罗威非常清楚——一般的心理咨询是用不着记录的——需要助手专门将整个过程记录下来，以便在病人走后能够继续研究的，肯定是相当严重或特殊的病例。

此时，罗威心中的好奇感已经达到了极点，他想象不出，严教授临死前留下的这个记录本里，到底记载着怎样一些惊人的、不可思议的病例？

罗威深吸了一口气，从第一个病例开始认真地看起——

（为以后情节需要，这个本子上记录的五个病例将原原本本地在以下章节中呈现出来）

第七章

（第一个病例）

2007 年 2 月 26 日早晨 9 点 40 分

来访者：潘恩，男，42 岁（丧偶、独居）

谈话记录：

A（代表心理医生）：好了，请说吧——你刚才说，近段时间发生了怪事？

B（代表来访者）：是的，相当奇怪！

A：什么怪事？

B：我……最近反复看见死去亲人的脸。准确地说，是我死去妻子的脸。我几乎每天都要看到！天哪……我……很害怕！

A：不要紧张，别害怕，放轻松些。然后，再说详细些，你在什么地方看见你死去妻子的脸？在梦中？

B：不，不是在梦里，是在现实生活中！

A：现实生活中？你是说，有一个和你妻子长得很像的人？

B：不，不是像……也不是某个具体的人……噢，我不知道该怎么说……

A：放松心情，从最开始慢慢地说起。别慌，没有人在催你，我们有很多时间，对吗？

B：嗯……是这样，大概是半个月前，我在一家商场买东西。在我排队准备付钱的时候，突然看见另一个收银台前排着队的人群中，一个女人回过头来望了我一眼，我当时心里一惊——那个女人简直和我死去的妻子长得一模一样！这时，后面有人推了我一下，示意轮到我付钱了。我恍惚了几秒，等我再望向那边时，那女人已经消失了，我在人群中寻找她的身影，却怎么也找不到她……这是我第一次看见死去妻子的脸。

A：等一下，你不能说看见的是"你死去妻子的脸"，而是一个和你妻子长得很像的女人的脸。

B：是的，我一开始也是这么想的！我认为仅仅是有一个人和我妻子长得很像，而我又碰巧看见了她——这并不算什么奇怪的事。可是，自从那天开始，我就几乎每天都看到这张脸！

A：你是说，你每天都会遇到这个女人？

B：不是这个女人！我每天……以不同的方式看到死去妻子的脸！

A：不同的……方式？什么意思？说明白些。

B：比如说，我偶然路过一家画廊，看见那里面有一张画，画里面有好几个人，其中有一个人的脸就和我妻子一模一样；还有一天，我在读晨报的时候，发现报纸中的一张照片里，有一个人的脸和我妻子完全一样——而那个人并不是照片的主角，只是背景里无数路人中的一个而已；还有上个星期天，我因为心情郁闷而去公园散心。我站在石桥上望着湖里的鱼群，当时也有很多人像我一样望着湖水，这时，我居然在湖面中众人的倒影里又看见了那张脸！天哪……我当时感觉快要崩溃了！

A：你看见这么多次……

B：等等，我还没说完，还有更诡异的！我前两天上网时，看见一则新闻，说在某地发现了罕见的人面蜘蛛，我点开那则图片新闻，竟发现……发现……（呼吸急促）

A：发现了什么？该不会是……

B：是的，那只蜘蛛的背后有一张人脸，而那张脸……就是我死去妻子的脸！啊！（失控地大叫，浑身发抖）

A：听着，冷静下来！我能够帮你，你要相信我！

B：……（大口呼吸）

A：现在，你看一下窗外，看见了吗？今天的天气非常好，晴空万里。再看看那片绿色的草地，还有那几个玩皮球的孩子……怎么样，感觉好点了吗？

B：……唔，是的，我好多了。

A：现在，我们要来解决你的问题了。首先，我要找到你烦恼的根源，你务必要说实话来配合我。

B：好的。

A：你妻子是什么时候死的？

B：六年前。

A：死于什么？

B：车祸。

A：说详细些。

B：那是一天早上，我妻子起床迟了些，为了上班不迟到，她打了一辆出租车去公司。但在路上，那辆出租车与一辆超载的货车相撞，出租车司机和我妻子当场就死了。

A：你当时不在场吗？

B：我当然不在场。我要是也在那辆车上，肯定和他们是一样的结果。我是听到警察通知才赶去的。

A：就是说，你妻子的死其实根本就和你没有一点关系，你没有任何责任，对吗？

B：怎么说呢？如果那天我能早点叫她起来，她就会和往常一样坐公交车上班，就不会发生那起该死的车祸了！可是，这种事情谁能想得到？

A：这六年里，你有没有反复自责？

B：没有，事实上，就连我的岳父、岳母也认为，这件事纯属意外。怪不得我什么。

A：你很爱你的妻子，对吗？你现在还在想她吗？

B：等等，医生，我有些明白了。你认为，我看见我妻子的脸，是因为我的自责或思念所致吗？是的，我直到现在都还爱着我的妻子，而且时不时地会想念她，可这绝不是最近这些怪事的解释！你要知道，我妻子过世后的这六年里我一直都生活得很好，从没出现过什么幻觉一类的东西！这些异常现象都是最近半个月才出现的！

Ａ：我并没有说你看见的是幻觉啊。

Ｂ：那么，你认为这是怎么回事？

Ａ：你要听实话吗？

Ｂ：当然。

Ａ：从心理学的角度来说，你大概是患上了"相似型臆想症"。

Ｂ：什么？臆想症？你认为，我刚才讲的那些全是我脑子里的幻觉？天哪，早知道这样，我真该把那张报纸和那幅画的照片带来，再让你看看我妻子的照片，你就知道我是不是臆想狂了！

Ａ：听着，先生，没人说你是臆想狂。你得冷静下来听我说。我并不是说你看到的这些在现实生活中不存在。而是指，你在生活中会看到各种各样的人的脸，而这里面，总有一些人和你死去的妻子有几分相似。你的潜意识把她们当成了你妻子的脸。尤其是当这种情况出现一两次后，你更是条件反射般地开始刻意注意那些和你妻子相似的脸，现在，你明白了吗？

Ｂ：是的，我明白了。

Ａ：是吗？你明白了什么？

Ｂ：（站起来）我终于明白了，你根本帮不了我！我到这里来找你咨询只是在浪费时间。但我仍然要感谢你肯听我说这么多。再见，医生！

第八章

（第二个病例）

2007 年 4 月 5 日上午 10 点 15 分

来访者：易然，男，36 岁

谈话记录：

A：你的脸色很不好，有什么困扰吗？

B：是的，最近几个星期，我感觉有些不对劲。

A：为什么？

B：（苦笑）说出来连我自己都觉得荒唐，但我敢肯定，这些绝对不是巧合。

A：说吧，到底是怎么回事。

B：具体是从哪天起出现这种怪现象的我已经忘了，大概是三个星期前开始的吧——我发现自己的名字经常出现在一些特殊的场合，最近几天更是越来越频繁了。

A：什么特殊的场合？

B：就拿最开始那一次来说吧。我晚上在家看电视时，总是喜欢不停地切换电视频道，当我切换到一个新闻频道时，那个播音员刚好念出一句"易然，当场死亡"。我愣了一下，还没反应过来，那则新闻已经播完了，接着是下一条新闻。我当时并没有多想，认为这只是个巧合罢了。

A：接着说。

B：第二天中午，我在家吃午饭时，我的妻子下班回家，打开电视，没想到电视机里放出的第一句话又是那句"易然，当场死亡"。我惊呆了，赶紧走上前去看。原来是重播昨天的晚间新闻——医生，你能相信吗？连续两次都这么凑巧，这台电视机好像专门要我听到这句话似的！

A：嗯……这种巧合的概率确实是相当低啊。

B：可更惊人的还在后面呢！由于我连听了两遍这句话，而且又恰好是我的名字，我开始好奇并关注起来——这到底是则什么新闻？哪个跟我同名同姓的人死了？因为电视里已经不可能再播这则新闻了，所以我上网去查这件事，结果——你无论如何也猜不到，我在网上查到的这则新闻里发现了什么！

A：是什么？

B：新闻内容本身是很普通的，说的是一个建筑工地上发生了事故，从高空落下一根钢筋，砸到了一个工程师的头上，那个工程师当场死亡了。可关键的是那个工程师的名字。

A：跟你一样，叫"易然"？

B：不，诡异的正在于此——那个工程师叫"陈易然"，而那则新闻的最后一句话，就是我连听了两次都只听到一半的那句话，完整的应该是"工程师陈易然当场死亡"！

A：……我的天，这件事情的巧合程度简直令人匪夷所思。

B：我当时简直是目瞪口呆！想想看，连着两次听到电视里的同一句话已经是极低的概率了，而我竟然连着两次都是从那句话的半截听起的，而且这样一来那个死者的名字就变成了我的名字！我敢打赌，这个世界上再也没有比这更凑巧的事情了。

A：你认为这件事情代表着什么意义吗？

B：如果仅仅是这一件事情，我还有可能安慰自己这只是一种罕见的巧合，可接下来发生的这些事却使我不得不认为，这一连串的事情发生在我身边，一定是有某种原因的！

A：你接下来身边又发生了些什么事？

B：从这件事后，我又在报纸上看见我的名字，并且又是和死亡有关；然后我在广播里听到一则消息，是驻扎在中东的战地记者的死亡名单，我在那里面再次听到了我的名字——这几个星期里，类似的情况竟然就已经发生了十几次！

B：还有最近的那一次，实际上就是在昨天，简直是诡异到了极点！我下班后路过医院的后门，碰巧看见一群人在出殡，走在最前面的那个人拿着一个花圈，花圈的挽条上写着"哀悼易然先生"。我骇然地看着那个花圈，突然间觉得有点不对劲，走近一看才发现——那个花圈右侧有一朵小白花做得太大了，风一吹，挡住了挽条上的中间那个字——这张挽条上写的那句话实际上应该是"哀悼吴易然先生"！可是，偏偏让我看见的就是少一个字的、我自己的名字！我当时感觉快要疯了，我不知道这一连串的暗示究竟意味着什么！

A：你认为这是一种暗示？

B：我不知道——这正是我来找您的原因，我希望您能够分析这些事。为什么在我身边会发生这样的事？您是资深的心理学家，我希望能够得到您的解释。

A：对不起……很抱歉。

B：什么？

A：你所遇到的这些事情实在是太蹊跷了。以我目前掌握的心理学知识，无法解释这到底是怎么回事——所以，请原谅，我不能妄下结论。

B：连您也这么说……难道，真的没办法吗？

A：我虽然不能做出解释，却可以给你一些建议。你这样去想，不管怎么样，这些事情并没有实质性地威胁到你的生活。你不如看开些，不要再深究下去——我想，这种状况不会永远持续下去的。

B：可是，我有一种不祥的预感，我觉得……

A：不要胡思乱想，如果你放任这种不安的思绪一直困扰着你，你会更加烦闷。我觉得你应该给自己放几天假，到风景优美、心旷神怡的大自然中去呼吸一些新鲜空气，这样你会好很多的。另外，这件事情我再替你分析一下，一旦找到合理的解释，我会给你打电话的。

B：那真是太感谢您了，谢谢，医生。

第九章

（第三个病例）

2007 年 4 月 28 日下午 3 点 20 分

来访者：齐鸿，男，58 岁

谈话记录：

A：老先生，有什么事，你说吧。

B：（从皮包里拿出一张纸）请你看看这个。

A：这是什么？（纸上写着：32——28——24——20——16——12）

B：（叹气）这件事很怪异，说来话长啊。

A：没关系，你慢慢说。

B：大概两个星期——嗯，准确地说，是 10 天以前。对，就是从那天开始——所有的怪事就是那天晚上开始的。

A：什么怪事？

B：我晚上都睡得比较早，我老伴也是。那天晚上，大概是凌晨一点多，我被一些微小的声音吵醒了。仔细一听，声音是从厨房里传出来的——是滴水的声音，那水滴"滴答""滴答"地掉落在金属制的洗碗槽里，在安静的夜里听起来格外刺耳，让人心烦。于是，我穿上拖鞋，走进厨房。

B：我打开厨房的灯一看。原来是水龙头没有关严，于是我将开关拧紧，回去接着睡觉——第二天醒来，我根本没把这件事放在心上。

B：可是，第二天晚上，同样的状况又发生了，我再次被厨房里的滴水声吵醒……

A：等一下，你家的厨房离卧室很近吗？

B：你看了我家的布局就知道了，厨房和卧室只隔了一道墙。

A：滴水这么小的声音也能把你吵醒？那你的老伴呢？

B：我一直都是睡觉比较容易惊醒的那种人，老了之后更是如此，一点点细小的声音也能让我醒来。所以我们专门在郊区买了套远离闹市的房子。但我老伴不是这样，她的睡眠质量一直比我好。

A：嗯，你接着说吧。

B：当我第二次被滴水声吵醒，我开始感到奇怪了。因为我清楚地记得，睡觉前我有意将厨房水龙头拧紧了的，而且，刚睡下的时候，我还故意立起耳朵听了一会儿，根本没有什么滴水声。可是到了半夜，我却又听到了这可恶的滴水声。

B：我没有办法，只得再次来到厨房，果然又是那个水龙头在滴水。我不明白，没有任何人动它，它怎么会自动地滴水呢？这个时候，我想到也许是水龙头坏了，会不定时地漏水。于是我再次将它关紧，回房睡觉。

B：第二天上午，我请工人来换了一个水龙头。他向我保证再也不会出现这种情况了，可是，到了夜里……

A：那水龙头又开始滴水了？

B：是的！我……感觉有些恐惧。这一次我甚至不敢去关那个水龙头了，只得关上房门，用枕头捂住耳朵。不知道过了多久，那水龙头像是自动关上了，我没有再听到滴水声。

A：后来呢？

B：第四个晚上，我几乎睡不着觉了，像是在专门等着那个滴水声的到来。果然，又是那个老时间，滴水声从厨房传来了。这次，我索性躺在床上数着那水滴声。结果我发现，水滴了32下后，就自然停住了。

A：（拿起那张纸）这么说，这张纸上记录的，就是从第四天晚上开始每一次的滴水次数？

B：就是这样，而且，你也注意到了吧，每一次滴水的次数都比前一天要少 4 下。

A：嗯，我看出来了。

B：医生，你认为这代表着什么？这种现象有没有什么合理的解释？

A：你以前有没有过类似的经历？

B：没有，我这辈子第一次遇到这样的怪事。

A：我的意思是，你以前有没有这样的经历——特别关注某件事情或事物，以至于每天都要不由自主地想起它……

B：嘿，我知道你想说什么。让我明确地告诉你，我很正常，不是强迫症患者。

A：……你能说出"强迫症"这么专业的名词，看来你之前也研究过心理学方面的书？

B：这并不重要，我是希望你能告诉我，发生在我身上的这起怪异事件到底应该做何解释？

A：那我就跟你说实话吧。如果你没有患上强迫症的话，我就只能认为你是患上了轻微的恐惧臆想症。但是别担心，这只是一种常见的心理疾病，调整起来并不困难。先生，你，要上哪儿去……

B：（站起来）好的，我知道了，医生。

A：你能确定吗？

B：（叹气）是的，我能确定。谢谢你，医生，我要走了。

第十章

（第四个病例）

2007 年 6 月 2 日上午 11 点 25 分

来访者：肖克，男，41 岁

谈话记录：

A：不好意思，今天忙死了。有什么事吗，肖克？

B：（瑟瑟发抖）……到这里来，我还是逃不了吗？我……

A：你怎么了？

B：已经是第 203 次了，我的天哪……

A：肖克，告诉我，发生了什么事？

B：严教授，你知道我没有心理疾病，我的精神也完全正常，总之，我是个一切都健康的人，对吗？

A：是的，当然，怎么了？

B：你能相信吗？我遇到一种正常人不可能遇到的怪异状况，它这几天一直困扰着我。可这困扰听起来简直像天方夜谭！

A：说吧，怎么回事？

B：如果一个人在短短几天内反复听到或接触到同一个字，你认为这正常吗？

A：什么？

B：我说明白些吧。在这个星期仅仅几天的时间里，我反复地接触到"死"这个字 203 次了！这只是到目前为止而已！

A：你是说，有人故意恐吓你？

B：不，不是恐吓，全是在很自然的情况下出现的！

A：什么意思？我有些糊涂了。

B：我详细地说一下吧。星期一的早晨，我刚起床，我的妻子就告诉我，我们家的那只画眉鸟"死"了，我只是有些心痛，但并没有太在意；接着，吃早餐时，我翻开报纸看到的第一个字是一个大标题中的"死"字；在上班的途中，我偶然听到两个下棋的老头中有一个说"这下把你将死了！"；到了单位，我遇到的第一个同事对我说"今天办公室里死气沉沉"……

A：肖克，你应该知道，这种情况我们每个人都可能遇到，这没什么好奇怪的。

B：听我说完，你就不会觉得这是每个人都能遇到的了。在这个星期里，我碰到的每一个人，不管认不认识，他们对我说的第一句话里几乎都会带个"死"字，就像我刚才坐下来，你对我说的第一句话就是"今天忙死了"，这是我到目前为止听到的第 203 个"死"字了！

A：这……我可是随口说的。

B：完全正确，我接触到的每一个人都跟你一样，是随口、自然地说出来的，没有一次是刻意的——可这正是奇怪的地方！如果一两天如此，我会认为是巧合，可是已经连续七天了，天天如此！我怎么可能还认为这是巧合，而不感到诡异万分呢？

A：你还遇到了些什么情况？

B：天哪！简直举不胜举。比如说，我茫然地在街上瞎逛，一个老太太对我说"这是个死胡同"；我的朋友打电话来说我们的"死"党回来了；单位的同事说他的"死"对头升官了；就连回家，儿子跟我说的第一句话也是"我的数学老师太死板了"；妻子叫我帮她解开一个口袋的"死"结；我跑到郊外散心，在水边垂钓的老头说这个湖快变成"死"水了……噢，我不想再回忆下去了！我都快被折磨疯了！想想看，203 次！我平均每天要听到将近 30 个"死"字！这难道是普通人能遇到的情况吗？

A：冷静些，肖克。你知道在心理学上，对这种情况有一种解释——当我们过多关注某一件事物的时候，就会忽略身边的其他事物，从而认为我们身边整天充斥的就只有那一件事物——想想看，你每天听到 30 个"死"字，可是每天听到的其他字呢，大概有几百上千个，只是你没有去关注罢了。

B：你说得有道理，当然，这个道理我也明白。可是我听到的"死"字全出现在每个人说的第一句话里，这种概率就未免太低了吧？

A：确实是有些不寻常，可是，我所能做的解释也就只有这些了。

B：我还没说完呢，实际上……

A：还有什么？

B：我觉得……我遇到的这件事情……并不是偶然。

A：为什么？

B：记得昨天晚上我打电话跟你说的吗？

A：……你是说，你见了一个怪人，而那个人……

B：对！我觉得这肯定有什么联系！

A：噢，我有些混乱了，你让我想想。

B：没关系，我把这个给你了，你认真研究一下吧——我们一起想想，这到底是怎么回事。

A：嗯，好的。

B：那我就先告辞了，严教授，感谢您，再见！

A：不用客气，再见。

第十一章

（第五个病例）

2007 年 6 月 19 日上午 9 点 40 分

谈话者：夏莉，女，25 岁

谈话内容：

A：可以开始了，夏莉，说吧。

B：……嗯，好的，医生。

A：尽管说详细一点，今天上午我谁也不见。

B：好的，医生……您知道，我一直很喜欢小动物，在我家里养了不少小猫、小鸟、小鱼之类可爱的小东西，但是……（浑身抽搐，面色苍白）

A：夏莉，控制住情绪，告诉我发生了什么？

B：这些小动物……在五天之内，全都死了！（掩面痛哭）

A：夏莉，我很抱歉，我也感到难过。可是你知道吗？我们的时间已经很有限了，你必须克制住悲伤。现在告诉我，这些小动物都是怎么死的？说详细些。

B：第一个，是我的那只绿毛鹦鹉，我已养了它接近四年了。那天早上，我起床后到阳台上去看它，发现它在笼子里乱飞乱撞。我以为它又像往常一样，想出去放放风。于是我把它带进屋，然后打开鸟笼的门，没想到……

A：怎么了？

B：它……它竟然……它像箭一般飞射出来，我几乎还没看清楚，它就一头撞在了客厅的墙壁上……当场就死了！而且，我难以相信一只鸟有这么大的爆发力！它撞破了头，在墙壁上留下了鲜红的血迹，噢……我当时完全被吓蒙了。

A：你以前也把它放出来过吧，它有没有撞到过墙壁？

B：我几乎每个星期都会把它放出来一两次。医生，您知道，鹦鹉是鸟类中最聪明的，别说是撞到墙，就连我家的花瓶、水杯它都从没打翻过……可这次，实在是太匪夷所思了！

A：这件事发生后，还有什么异常状况发生吗？你刚才说，你家的小动物全都死了？

B：……是的，鹦鹉死了才不到两天，我那只浑身雪白的波斯猫……也死了。

A：猫是怎么死的？

B：可怜的雪球……就是那只猫。它死得更可怕，更不可思议。你无论如何也猜不到——它是触电死的。

A：触电？

B：我下班回家，它没有像往常一样跑过来迎接我。我挨着每间屋找它。结果，我在书房的办公桌上找到了它，但它已经变成一具面目扭曲、四肢硬直的尸体了。

A：你怎么知道它是触电死的？

B：我当时哭晕了，甚至不相信它是真的已经完全没命了，我打了兽医的电话。兽医赶来后判断它早在几小时前就已经死了，而且是被电死的。他注意到书房的办公桌上有一个电线插板，推测这只猫是将爪子伸进插孔里才触电死的。

A：猫把爪子伸进插孔里，有这样的事吗？

B：那个兽医也说从没遇到过这么奇怪的事，但从现场来看，又找不到另外任何可能引起它触电的原因——所以，我们只能接受这个事实。

A：你养的猫和鹦鹉在短短的两三天内都怪异地死亡……

B：等等，医生，还没完呢，还没有结束。

Ａ：还有什么？

Ｂ：还有我养的那两条金鱼，在猫死后不久，我发现那两条金鱼也死了。

Ａ：金鱼又是怎么死的？

Ｂ：吃食过量而撑死的。

Ａ：是你喂食过多造成的吗？

Ｂ：不，我养了很多年金鱼。知道不能一次性喂过多的食物，所以每次都控制得很好，我每天喂这两条金鱼吃食的分量都是固定的——但是，它们还是撑死了。

Ａ：没有过量的食物，它们靠吃什么撑死？

Ｂ：我观察了鱼缸，发现缸里的水十分干净。我估计它们是吃水里的浮游生物和自己的粪便、水草残渣而撑死的。

Ａ：你经历了这三起事件，有没有发现什么共同点？

Ｂ：实际上，只有鹦鹉是在我面前死的，后面两起都是事后发现的，不过……

Ａ：什么？

Ｂ：我回想起来，那只鹦鹉在死之前就表现得相当异常，它显得很惊慌、恐惧，似乎感觉到周围有某种潜在的危险……我当时的感觉是——它的面前就像是有一只巨大的猛兽在盯着它，把它吓得魂飞魄散，以至于它只想用死来得到解脱，逃离这种恐惧……医生，我是不是想象力太丰富了？

Ａ：不，你接着说，尽量回忆当时的真实感受。

Ｂ：嗯……是的。这样想起来，那只波斯猫也在它死的那天早晨表现出了反常。它那天早上老是对着房间的某一处乱叫，浑身的毛都直立起来……但我当时慌着去上班，就没怎么理它。等我回来，它就已经……医生，总的来说，我有一种相当强烈的感觉。

Ａ：是什么？

Ｂ：我觉得，这些动物好像都是……自杀的。

Ａ：你觉得它们的死都不是意外，而是自己选择的？

Ｂ：难道你不这么觉得吗？医生，你认为这些怪异的现象代表着什么？

　　A：我现在还不能做出准确的解释。但是，我会用尽一切能力来进行研究。

　　B：可是，医生，您刚才说，我们的时间不多了……我们，会不会像前面那几个人一样……

　　A：听着，夏莉，我要你相信我。无论如何，我都会救你的，即使哪天我遇到了什么不测，我也一定会想办法救你！

第十二章

罗威继续向后翻，却发现后面是白纸。看来，严教授这个本子里就只记载了这五个病例。

罗威把身子仰到椅子的靠背上，思考了一会儿，又俯向办公桌。他准备再仔细检查一下这个记录本，看看有没有漏掉什么。

他一页一页地挨着翻记录本后面的空白页。似乎后面就没有再记录什么了。正准备关上这个本子，突然，他发现本子的最后一页写着几段文字，这几句话突兀地印入他的眼帘：

潘恩 2007 年 2 月 27 日死亡（意外车祸）；

易然 2007 年 4 月 6 日死亡（街道上遭遇意外）；

齐鸿 2007 年 4 月 30 日死亡（不慎溺水）；

肖克 2007 年 6 月 3 日死亡（突发心脏病）。

看完这几句话，罗威心头一惊，他翻到本子的前面，将这段话与前面四个病例挨个对照，神情变得惊骇异常。

几分钟后，罗威紧皱着眉头从椅子上站起来，在房间里来回踱步。这时已经是深夜一点多了。

罗威一边走动着，一边用左手敲打自己的额头，试图将头脑里这些复杂混乱的思绪整合起来。过了一会儿，他坐下来，随手从办公桌的一侧扯下一张白纸，抓起手边的圆珠笔，将心中的所有想法、疑问一一写下来——这是罗威多年来的习惯，每次遇到棘手的事情，他都是这样按条理来分析、处理的。

他在纸上写道：

1. 这五个病例都具有很大程度的共同点，来访者都是遇到了某些怪异事件。

2. 五个病例中的前四个人都在发生怪事后的不久就意外死亡了——这也是前四个病例的共通之处。

3. 严教授要我救的夏莉就是第五个病例中的来访者。

4. 这几个来访者的死亡和严教授的死亡有没有什么关系？

5. 严教授说"所有事情的答案都隐藏在这个本子里"，并叫我解开其中的谜，可这个"谜"到底是什么？

写到这里，罗威猛然想起，前面四个人都是在拜访严教授之后的一两天就死亡了——他拿出手机看了看日期，今天是二〇〇七年六月二十四日。也就是说，距离夏莉跟严教授谈话已经过了五天了。如果按照这个规律推算，那夏莉有可能已经死了，只是因为严教授也死了，所以才没能记到这个本子上。

罗威陷入沉思中：如果真是这样，那自己根本就没有必要去"救"夏莉，况且本来就是一头雾水，也不知道应该怎么去救。

就在罗威打定主意不再涉及此事的时候，头脑里偏偏又浮现出读大学时，严教授对自己的种种关怀、爱护——严教授在临死前想到的最后一个人，他认为最能信任和最值得托付的人也是自己。难道自己连老师的最后一个心愿都不能帮他实现吗？

罗威为自己起初的想法感到羞耻。他暗下决心，不管怎么样，一定要完成严教授的嘱托，尽自己的最大努力去调查这件事情，找到这些怪异事件的答案。

首先当然是要找到这个叫"夏莉"的女人——她是经历这一系列

事件中唯一一个可能还活着的人，只有找到了她，才能找到调查的方向和突破口。

可是，记录本上并没有记载访谈者的任何联系方式，就光凭一个名字去找人，岂不是等同于大海捞针？

罗威忘了时间和疲倦，再次陷入沉思中。

第十三章

　　早晨起床后，徐蕾发现丈夫没在自己身边。她穿上衣服，来到书房，推开门，竟发现罗威在书房的沙发上睡着了。

　　徐蕾蹲到丈夫身边，将他推醒，问道："你怎么在这儿就睡了？"

　　罗威一脸的疲乏，他使劲揉了揉眼睛："现在几点？"

　　"十点了。"徐蕾说，"你昨天晚上该不会都没睡吧？"

　　罗威摇了摇头："我在研究严教授留给我的那个本子，后来时间太晚了，我怕把你弄醒，就没回房去，在这儿睡了。"

　　徐蕾看了一眼办公桌上的那个本子，问："那你研究出来什么没有？这个本子上写了些什么？"

　　罗威叹了口气："一言难尽啊，这件事情比我想象的要诡异、复杂得多，一时半会儿说不清楚。"

　　"那现在就先别说了。你先去洗漱，我去给你做早饭。"徐蕾站起来，离开书房。

　　罗威从沙发上坐起来，看了一眼旁边的手机，将它揣进兜里，然后进卫生间洗脸漱口。

　　来到饭厅，徐蕾已经准备好了早餐。罗威确实有些饿了，他剥了个鸡蛋，两口就吞了下去。

　　徐蕾递了一杯牛奶过去，说："慢点吃，别噎着。"

　　罗威一边点头，一边又抓起几片黄油面包狼吞虎咽起来。

突然，罗威口袋里的手机响起来，他身子一震，立即扔下面包，连手也顾不上擦一下，马上将电话接起来。

"喂，是秦轩吗……问到了？真是太感谢你了！"罗威一脸的兴奋。

"你等等，我记一下……"罗威从上衣口袋里摸出钢笔，再从餐桌上扯过来一张报纸，"好，你说吧。1378746……"

罗威记下这个手机号码后，再次确认道："这就是严教授助手的手机号，对吧？他叫什么名字……不知道？没关系，就这样已经非常感谢你了……嗯，好，再见！"

挂了电话，罗威激动得满脸通红，他喃喃自语着："真没想到，这么快就问到了！这个秦轩确实有办法！"

"怎么回事？你打听到的是谁的电话号码？"徐蕾一脸茫然地问。

"是这样，我昨天一直被一个问题所困扰——严教授已经死了，那他在这个本子里记录的这些事情我该向谁去考证和探究呢？后来我猛然想起，这个本子根本就不是严教授亲自记录的，而肯定是他在和病人谈话时，坐在旁边的助手记录的，也就是说，他的助手肯定也经历了这些事，只要找到他，就能找到调查这件事情的线索！"罗威兴奋地说，"所以我给老同学秦轩发了封电子邮件，让他帮我打听严教授助手的联系方式。你看，今天一大早他就帮我打听到了！"

徐蕾感到好奇："严教授到底在本子里写了些什么，能让你这么迫不及待地想去调查？"

"这个以后再说，我先联系严教授的助手试试。"罗威离开餐桌，拿起电话照着报纸上记录的那个号码拨通了对方的手机。

电话响了七八声也没人接，罗威正觉得丧气，突然听到电话听筒里传出一个年轻而纤细的女声："喂，请问是谁？"

罗威精神一振："你好，我叫罗威，是严鸿远教授的学生，请问，你知道严教授的心理咨询所吗？"

"是的，我知道。"

"你是严教授的助手，对吗？"

"是的。"

罗威心中一阵欣喜，他暗忖事情顺利得超乎想象，接着说："你知道，严教授在几天前因为意外而死亡了，他在临死前，交给我一个本子，并向我托付了一些事情……"

"等等，"对方突然提高了声音，"你就是那个……严教授最得意的学生，就是那个有名的心理学家？"

"嗯……严教授向你提起过我？"

"也就是说，严教授去找你，而他就是死在你那个地方的，对吗？"

"……"罗威没想到对方会问出这么尖锐的问题，一时语塞。

沉默了一会儿，那年轻女人说："你叫罗威吧，你找我有什么事？"

罗威稍微整理了一下思绪："严教授交给我的那个记录本，你应该知道吧？我想知道，那个本子是不是由你来记录的？"

年轻女人像是犹豫了一下，说："是的，怎么了？"

"严教授在他临死之前，拜托我一定要解开事情的谜底，并特别嘱咐我一定要想办法救一个叫'夏莉'的人。你现在明白了吧，我想请你提供给我一些线索，让我找到那个叫'夏莉'的人。"

对方沉默了良久，说："如果是这样的话，我想不必了。"

"为什么？"

"因为你帮不了我，连严教授都死了……没有人能帮得了我……"

"……什么？难道……"

"是的，我就是夏莉。"

罗威惊讶得张开了嘴，似乎事情转变得太快了，他有些接受不了。过了半晌，他才说："你就是夏莉？"

"是的，我就是那个严教授要你救的人，可是，你是帮不了我的……"

"你为什么这么肯定我帮不了你？你现在是什么处境？你……一定知道什么，对吗？"

"对不起，我不想谈论这件事。谢谢你，罗威医生，我要挂了。"

"等等，等等！"罗威着急起来，"你至少……要让我明白是怎么回事吧？你为什么认定我帮不了你？"

那女人苦笑了一声："你连怎么回事都没弄清楚，怎么帮得了我呢？"

"我现在是没有弄清楚，可是，我总会弄清楚的！严教授专程到我这里来托付我，总是有他的原因。我想，他都相信我，你也一样应该相信我！"

对方沉默不语。过了好一阵，罗威说："现在告诉我你在哪里，我马上来找你。"

似乎经过激烈的思想挣扎后，夏莉终于说："我现在在 Z 市的绿茵住宅区 8 幢 701 号，你如果真的要来，就来吧。"

说完这句话，她挂断了电话。

罗威来不及思索，赶紧将这个地址记在一张纸上。

"联系到严教授的助手了？"徐蕾问。

"嗯，"罗威点头，然后看了一眼手机上的时间，说："我必须马上去找她。"

"现在？"徐蕾皱了皱眉头。

"是的，这件事情相当紧急，我不敢延误时间。"罗威走进书房，把钱包塞进裤子口袋，再将桌子上的记录本连同几件随身物品一起装到一个公文包里。他走回客厅，把记着地址的那张报纸一起装进公文包。

"干吗慌成这样？你要去哪里？"徐蕾跟着罗威一起走到门口，有些着急地问，"要去多久？"

罗威回过头来对妻子说："我只是去 Z 市，那里并不远。我想，大概用不了几天吧。"

"罗威。"徐蕾靠近一步，担忧地望着丈夫，"我虽然什么都不知道，但我觉得你涉及的这件事情太过古怪和离奇了。我……我有种不好的感觉，我总觉得……"

罗威伸出两只手指按在徐蕾的嘴唇上，轻声说："亲爱的，我只是去 Z 市找那个助手了解一下情况，不会出什么事的。你不要胡思乱想，你知道——这件事情我如果不调查清楚，无法向死去的严教授交代，而且，我也永远不会安心的。"

徐蕾张了张嘴，但并没有发出什么声音。

罗威在徐蕾的额头上轻轻吻了一下，然后转身打开门，头也不回地走了。

第十四章

因为工作需要，罗威以前去过 Z 市几次，所以他清楚地知道，坐火车的话，只要五个小时就能到达那里。

罗威从售票窗口买了一张中午十二点五十分开往 Z 市的火车票，算了一下时间，还来得及吃点东西。于是他来到附近的小吃馆，点了一些面条和熟食。

十二点四十分，罗威坐在座位上，刚坐下不久，一个戴眼镜的年轻人坐到了他对面的座位上，那年轻人将行李包放到顶架上后，和罗威对视了一眼，两人一齐点头笑了笑，算是打过招呼。

火车在十二点五十分准时开动，轰鸣的汽笛声中，庞然大物像一条巨大的毛毛虫开始由慢至快地行驶。年轻人从随身口袋里摸出一本早就准备好的小说书，津津有味地读起来。罗威什么也没准备——他也用不着准备——因为昨晚熬了夜，他现在精神欠佳，正好利用这几个小时补一补瞌睡。

罗威将衣领牵上来一些，双手抱在胸前，倚在坐椅靠背上。没过多久，他就进入了梦乡。

火车行驶中，窗外的景致就像是一张张巨大的画布正被人奋力地向后拉扯。可惜大多数人都已习以为常，只有几个大概是初次坐火车的小孩兴奋得哇哇大叫。

不知过了多久，罗威从睡梦中醒过来，他挺了挺脊背，感觉精神好了很多。这时，坐在对面的年轻人也放下了书，大概是想休息一下，望着车窗外的远景出神。

罗威心不在焉地往窗外望去，心里盘算着见到夏莉后应该怎样和她沟通。直到一些景象跳进他的视线，闯进他的脑海，他才猛然醒悟过来看到了什么。

罗威"嚯"的一下从座位上站起来，快速地推开车窗，将头伸到外面去向后张望。

十几秒钟后，他缓缓地退回来，心神不定地坐下去。

对面的年轻人显然是被罗威这突如其来的举动吓住了，他有些惊讶地问："你……你怎么了？"

罗威突然想起刚才他也在看窗外，赶紧问："你刚才，有没有看到什么？我是说，有没有看到对面的山上，站着一个满身是血的人？"

年轻人吓了一跳："满身是血的人？在哪里？"

"刚才我们都在看外面，你没看到吗？就在对面的一座山上！"

年轻人推了推眼镜框，用怀疑的眼光望着罗威，他又看了看窗外，说："我们现在路过的是一个城市——虽然远处也有山，可你也看到了，这些山离我们少说也有几千米呢。你说看到山上站着一个人，这不大可能吧？"

停顿了一下，他又说："除非你有望远镜，可事实上你没有——先生，你大概是睡昏头了吧？"

罗威紧皱着眉头摇了摇头："不对，我看得真真切切，怎么会是……"说到这里他停了下来，他从对面年轻人的眼神中看出来，对方已经有些把他当成精神病患者了。

罗威叹了口气，再次凝视窗外。他在心里竭力思索，却还是不明白——刚才那一幕，好像曾经在什么地方出现过——可就是想不起来了。还有，虽然那景象只是转瞬即逝，可他却能看得如此清晰，甚至连那个满身是血的人的脸他都能有印象，并且有那么几分熟悉……这到底是为什么？

接下来的两个多小时里，罗威一直紧紧地盯着车窗外。可是，他再也没能看到什么异常的景象。

第十五章

到达 Z 市，已经接近六点了。现在临近冬天，天色早就暗下来了，罗威下车后，连晚饭也顾不上吃，直接招了一辆出租车，把夏莉留给自己的地址告诉司机。

绿茵住宅区并不远，大概只用了二十分钟罗威就到了这里。通过向门卫打听，他很快就找到了 8 幢 701 号。

站在门口，罗威稍微调整了一下心情，正准备敲门，屋里传出一个女人的声音："是罗威医生吗？"

罗威吃了一惊，他愣了片刻，说："是的。"

"门没有锁，请进吧。"屋里的女人说。

罗威迟疑着推门，果然，门只是虚掩着，轻轻一推就开了。

进门后，借着屋里明亮的灯光，罗威一眼便看见了坐在客厅正中，面对着他的女人——她看起来二十几岁，身材苗条、目光沉静。虽然是在自己家中，却穿着整齐的套装——很明显，她猜到今天晚上会有客人要来。

"你就是夏莉吗？"罗威问道。

"是的，罗威医生。"夏莉用手指了指距离她足足有五米远的一张皮椅，"你请坐。"

罗威走到皮椅旁，坐下，将公文包抱在胸前，笑着说："夏莉小姐，你好像很确信我今天晚上一定会出现在这里啊。"

夏莉耸了耸肩膀说："请原谅，我对你并不是完全不了解。今天早上你给我打过那个电话后，我就上网去查看了关于你的一些资料。所以，我猜到你一定会立刻就来。"

　　"哦？"罗威说，"那资料上还介绍了我是个急性子？这你又是怎么知道的？"

　　"够你猜一阵子了。"她答应着，轻轻一笑。

　　"另外，我刚才仅仅是站在门口，还没来得及敲门呢，你怎么知道是我来了？"

　　"你有些不够细心啊，医生。"夏莉说，"如果你仔细观察一下周围，就能找到门框上方那个微型摄像头了。"她侧过头，示意了一下后面的玻璃桌，"门口的一举一动我都能从这台笔记本电脑上看到。"

　　罗威眯起眼睛望了夏莉一会儿，说："你一直用摄像头观察和监视着门口？为什么要这样做？这里是国家安全局吗？"

　　夏莉低下头沉默了片刻说："我可不是一直都这么做，这个摄像头是几天前才安的。"

　　罗威没有说话，等待着她继续说。

　　夏莉抬起头来："先别说这个。罗威医生，你专程从外地赶到我这儿来，到底想了解些什么事？"

　　罗威看了看周围，微微皱了皱眉头，用手来回比画了一下："我们非得隔着这么远说话吗？"

　　"暂时先这样吧。"夏莉有些无可奈何地说，"医生，我一会儿再向你解释。"

　　罗威耸了耸肩，从公文包里拿出记录本，冲夏莉扬了扬手："这个本子你有印象吧？"

　　看到这个本子，夏莉的身子不自觉地向后缩，她的脸上出现一种古怪而厌恶的神情，似乎这是只长满毛的大蜘蛛，令她惧怕而反感。

　　罗威注意到了夏莉神色中的惊惶不安，他能感觉到——夏莉正在努力控制着自己的情绪。

　　过了半晌，夏莉冷静下来说："是的。"

　　罗威点点头："那我就用不着向你介绍这里面的内容了。很显然，这个本子上记录的五个病例是你和严鸿远教授一起经历的，我想知道……"

"等等。"夏莉打断他，"医生，我想你肯定是误会了。"

"什么？"

"你以为这个本子上记录的那五个病人全是来找严教授的？"

"难道不是吗？"

夏莉摇了摇头："这个本子里记载的五个病例里只有最后两个——也就是肖克和我的那两个才是严教授经历的——而且记录最后一个病例的不是我，而是严教授本人。"

罗威惊讶地张开嘴问道："那前面三个呢？"

"这我也不清楚。我只知道，有一天，严教授交给我一个本子——就是你手上拿的那个本子——那上面本来就记载着三个病例，而严教授叫我把那天他和肖克所做的那段谈话记录当作第四个病例抄到这个本子上。后来……我遇到一系列怪事后，找严教授谈话，他就把我和他的谈话当作第五个病例记录在了这个本子上——就是这样。"

罗威有些惊讶地说："原来是这样。"

"医生，你果然不够细心。"夏莉说，"你都看完了这个本子，难道没发现后面两个病例的字迹和前面三个不同吗？"

罗威将本子快速地翻阅、浏览了一遍，叹息道："我那天晚上大概太疲倦了，看见前面三个病例的字迹都一样，就没去注意后面两个。"

两个人沉默了一会儿，罗威缓缓地说："我本来以为这几个病例都是你和严教授一起在场并经历的。但现在看起来，除了你自己那个，其实你也仅仅只是经历过其中的一个，也就是第四个病例而已……这样的话……"

"这样的话我就根本不能提供给你什么有用的信息了。"夏莉将话接过去，再叹了口气，"事实上我也本来就什么都不知道。就像你也什么都不知道一样。所以我在电话里就说了，你根本帮不了我。"

"不，你还是知道些什么的。"罗威抬起头说，"你知道自己身边潜藏着什么危险，这种危险能随时要你的命——所以你才这么谨慎——在门口安装摄像头，甚至连你我你都要提防，和我保持这么远的距离说话。"

夏莉痛苦地悲叹道："这能说明什么呢？我之所以这么做，还不是因为得知前面那四个和我出现类似怪异状况的人都死了——对了，还包括严教授，他也死了！不是吗？所以……我……我相当恐慌！我每天都活在恐惧和不安之中。我觉我也逃不掉，我总有一天也会像他们一样死于非命——"

她的语气激动起来，声音中带着哭腔，"要是我能明白这是怎么回事，要是我能明确地知道这种危险到底会以什么形式出现，那我还可以想方设法去避免。可是，我什么都不知道！我现在只有每天把自己封闭在家里，连街都不敢上——因为我觉得到处都有危险！走在街上，我就像个敏感的精神病人一样……噢，你不会懂的……"她终于说不下去了，用手捂住脸，呜呜地哭起来。

一瞬间，罗威觉得夏莉就像个受了伤的小女孩一样可怜，他责怪自己刚才的鲁莽，完全没有考虑夏莉的感受。他想走过去安慰她，却又不知道合不合适，只能远远地看着夏莉哭泣，自己心里也有些难受。

过了片刻，夏莉稳住情绪，用手擦拭着脸上的泪痕："对不起，我……有些失态了。"

"不，该说抱歉的是我。"罗威自责道，"我刚才说话太不注意了。"

夏莉微微摇着头说："其实你没说错什么，我现在的处境确实就如你刚才讲的那样。"

罗威想了一会儿，说："你刚才说出现怪异状况的人还包括严教授？那你知不知道，他在死之前遇到了些什么怪异的事？"

"我不知道。"夏莉回忆道，"但我却能肯定，严教授一定也遇到了什么怪异状况，他跟我提起过。但他却说不想让我感到害怕，所以没具体告诉我——他总是千方百计为我着想。"

"是啊。"罗威点头道，"看得出来，严教授非常在乎你。"

"可不是吗？严教授没有结婚，也就没有儿女。所以，自从四年前我大学毕业后来到严教授的心理咨询室工作，他就一直把我当成他的女儿对待……当他知道我出现异常状况后，着急得甚至不顾自己的安危也要救我。几天前，严教授大概是感觉到自己的时间到了，便不辞而别——我后来才知道他原来是去找你，要你帮我，可他却……"说到这里，夏莉又哽咽起来，泪水再次夺眶而出。

罗威赶紧将话题引开："你有没有想过，严教授来找我，这意味着什么？"

夏莉止住泪水，抬起头来："什么？"

"我们这样来看。"罗威说，"这个本子上记录的一系列事件，表面上看起来都是莫名怪异、无迹可循的。但实际上，每个事件都有很多共同点。严教授来找到我后，要我解开这里面的谜，找到解救的方法——这有可能意味着——严教授感觉到这些事件具有某种'规律'。如果我们能发现这个规律，也许就能找到破解的方法！"

"规律？"夏莉不解地问，"什么规律？"

"你仔细想想，你遇到的那几件事……"罗威翻了翻本子的后面，"就是你养的那几只动物突然死亡的事件里，有什么值得特别注意的地方吗？"

夏莉阴郁地摇着头说："严教授也问过这个问题。如果我能发现什么，早就跟他说了。"

停顿了一下，她又接着说："我家里的那几只动物突然死亡，我觉得根本就是无法想象和预料得到的，完全不是我能控制的事——只是每次发生这种事后，我心里都有一种非常不安和焦躁的感觉，就像是受到了某种警告或暗示，似乎……"

她正说着，突然，头顶上发出"嗞嗞"的声音，天花板上吊着的顶灯忽明忽暗地闪烁起来。夏莉和罗威同时抬起头，惊诧地注视着顶灯。

向下悬挂着的顶灯灯盘里，一个灯泡"啪"地响了一声，随即，一个黑乎乎的东西掉落到夏莉面前的茶几上。

夏莉看了一眼那东西，发出一声撕心裂肺的尖叫，从椅子上弹起来，迅速向后退去。

罗威赶紧走上前去，他定睛一看——原来是一只烧焦的壁虎，死状恶心之至，令他的心里也紧紧地抽搐了一下。

夏莉浑身颤抖起来，脸色苍白，她低吟道："又来了，又开始了……"

罗威正准备安抚一下夏莉，却看到她惊恐的目光："医生，我们不能再谈了！"她尖声说，"你必须马上离开！"

"为什么？"罗威不解地问，"我们才刚刚接触到问题的核心，如果不把事情了解清楚，我怎么帮得了你？"

"你本来就帮不了我。而恰好相反的是，你的出现会令我的处境更加危险！"

罗威张大嘴巴，难以置信地望着夏莉。

"罗威医生，我真的非常感谢你。"夏莉说，"可是，我们遇到的这件事情太过诡异，不是常理所能解释的——所以，请你相信我的直觉，照我说的做吧——别再来找我了！"

罗威最后注视了夏莉几秒钟，说："好吧，你保重。"

他深深地叹了一口气，将记录本装进公文包里，离开了。

第十六章

下午放学之后，罗尼照常和小个子、眼镜一起回家。

他们在路上谈论着学校里发生的新鲜事——可今天有趣的话题实在是太少了。当眼镜讲完他在做眼保健操的时候偷瞄了语文老师，发现她在挖鼻孔这件事后，罗尼和小个子都冲他翻了个白眼，认为这实在是太无聊了。

"嘿，对了。"罗尼想起一件有趣的事，"我昨天在 Wii 上玩了一款新的棒球游戏，你们知道吗？这是我玩过的运动类游戏里最有意思的一款……"

"行了吧，罗尼，我们对这种话题不感兴趣。"眼镜闷闷不乐地说，"我们可不像你，有个那么有钱的老爸，什么新款的游戏机都给你买。"

罗尼撇了撇嘴，识趣地收声了。

又走了几步，小个子说："昨天晚上我趁爸妈不在家，在电脑上看了一部恐怖片。"

"你一个人？"眼镜说，"看不出来，你胆子还蛮大的嘛。"

"可我被吓了个半死。那片子的后面半截我是趴在被窝里看完的。"

"哦，"眼镜耸了耸肩膀，"我收回刚才的话。"

"什么内容啊？讲来听听。"罗尼说。

"你们想听？"小个子故作神秘地说，"被吓得晚上不敢上厕所可别怪我。"

"别废话了，快讲。"罗尼催促道。

小个子讲的是一个关于盗墓的故事，说的是一个人，白天有着正常的职业，夜间穿上紧身衣去挖新死的富人的墓。他剥夺死者的珠宝和尊严，也许还有他们身体的一部分，把那些赃物收藏在自己家的地下室里，直到有一天，诅咒出现在他身上……

小个子并不是讲故事的能手，但他那业余水平的表演却无法掩饰这个故事本身的恐怖。尤其是这个故事里有那么多血腥和恶心的描述，使得听众全身不自在，感到生理上也不适起来。

在三个人都快到家的时候，故事讲完了，小个子非常满意，他认为自己如愿以偿地让另外两个人感染了恐怖情绪。

"怎么样？吓到了没有？"他得意洋洋地问。

眼镜打了个寒战，说："是挺瘆人的。"

见罗尼没说话，小个子又问："你呢？"

其实罗尼也觉得这故事确实有些恐怖，但他却觉得不该让小个子太得意了，于是逞强道："很一般嘛，我没觉得有什么好害怕的——尤其是结局，也太俗套了吧。"

"哟，"小个子显然认为这样的评价是不够的，"你觉得我讲的这个故事俗套，那你倒是讲个新鲜的来听啊。"

"这有什么难的。"罗尼吹牛，"讲恐怖故事我可是信手拈来。"

"好，那就这么说定了。"小个子不服气地说，"下次可就轮到你讲了，别让我们失望啊。"

走到这里，三个人便分不同的路回家了。

一个人走在路上，罗尼有些后悔起来——何必为了逞能去死撑面子呢？自己哪会讲什么恐怖故事，连像样的恐怖电影或小说都没看过一部。

现在牛吹出去了，看下次怎么下得了台吧。罗尼烦闷地皱起眉头，一脚将路边的小石子踢出去老远。

第十七章

罗威从 Z 市回来已经三天了。在这三天里，他抛开所有烦心事情尽情享乐了一阵。恒温游泳池、网球场、电影院、美食城——罗威这时才发现，因为往常工作太忙了，这些休闲娱乐的场所对自己来说已经变得相当陌生——他感叹事业成功的代价便是生活乐趣的相对减少。

在这几天愉快的时光里，罗威仍时不时地想起严教授托付自己的事。哪怕嘴里正嚼着最爱吃的鳗鱼寿司，眼前也偶尔会浮现出夏莉那痛苦绝望的神情。可他对自己说——已经做到仁至义尽了。况且就像夏莉说的那样——这件事情太过诡异，也许自己真的尽了力也帮不了她，甚至会令事情更加糟糕。

休息到第三天晚上，罗威认为自己的状态已经完全恢复了。那些杂乱而烦琐的思绪也没再来困扰他。晚饭时，他对徐蕾说，明天起要继续去心理咨询中心工作。

"那好啊！"徐蕾高兴地说，给罗威夹了一筷子菜，"你又恢复成以前干劲十足的样子了！"

"爸，你又忘了给我买飞机模型了吧！"罗尼不满地说，"我上个星期怎么说的？我就知道你不会放在心上！"

罗威一拍脑袋，想起这件事情确实拖得太久了。他对儿子说："哎呀，真忘了！你也是，我空闲这么几天你都不说，现在才想起提醒我！"

"我就考你的自觉性呢。"罗尼歪着脑袋说，"看你记不记得在我生日前买。"

罗威掐着指头算了一下。"真是，还有两天就是你生日了。"他想了想说，"这样吧，我一会儿吃完饭就去给你买。"

"真的？"罗尼高兴地放下饭碗跳起来，"太好了，我一会儿写一张纸条给你带上，你照着那上面的买就行了！"

"看你高兴得那样！"徐蕾望着儿子笑了一会儿，转过头对罗威说，"你一会儿去也好，顺便买个石英钟回来——卧室那个石英钟早就不准了，我看是该换一个了。"

"嗯。"罗威点了点头，"我一会儿就去买。"

吃完晚饭后，罗威便不断催促着爸爸。罗威只在沙发上坐了一小会儿便揣上钱包出门了。

当作饭后的散步，罗威没有开车出去，而是选择步行。他足足用了三十多分钟才走到一家大型商场门口。

罗威走到卖模型的柜台，将儿子给自己的那张纸条递给售货员，叫她照着上面的拿。不一会儿，售货员面带微笑地捧给罗威一个包装精美的纸盒，请他去收银台付款。罗威看了一眼标签——六百八十元。他暗叹一句：好家伙，还真不便宜。

罗威付完飞机模型的钱，乘坐电梯来到商场三楼，这层主要卖钟表和珠宝。在一个专门卖石英钟的柜台，罗威发现这里有几百个造型各异、做工精致的石英钟。售货小姐见罗威驻足观望，立刻热情地迎了上来，向罗威介绍每款钟不同的优点。

作为心理学家，罗威心里明白，这种情况下，根据选择过度原则——如果每一款去挨个细选，往往会挑花了眼，最后根本不知道该买哪款。所以他索性不去挑选，直接对售货小姐说："随便哪款都可以，只要走得准就行了。"

"我们这里的钟都走得准，您看，都调的是准确的北京时间。"售货小姐微笑着说，"您可以自己拿手表的时间来对一下。"

罗威走近一面挂满石英钟的墙，抬头望着左上角的一个钟，对售货小姐说："就拿这个吧。"

"好的，您稍等一下，我这就……"突然售货小姐惊叫一声，"啊！

小心！"

罗威侧过头，往右上方一看，一个笨重的电子石英钟向自己的头顶砸下来，他本能地抬起右手护住头。石英钟"咣"的一声砸到他的手臂上，再掉落到地上，落在罗威脚边，玻璃钟面被震出几道裂痕。

罗威缓缓地放下手臂，感觉手臂被打得生疼，仔细一看，右手的手背也被石英钟的金属外壳和震裂的玻璃划出了血。

商场里的顾客全都惊讶地望向这边，售货小姐更是惊慌得手足无措，她慌忙走上前去，不停地向罗威鞠躬道歉："先生，真是太对不起了……居然发生这种事！我们……一定负全部责任，请你去医院检查……"

罗威惊魂未定地瞪大了眼，一面揉捏着受伤的右手臂。还好，只是表皮刮伤而已。

售货小姐仍然满脸带着担忧和抱歉，似乎是怕罗威暴跳如雷地将她痛骂一番，没想到罗威摆了摆手，说："算了，不关你的事，是它自己掉落下来的。"

"先生，您真是太好了！"售货小姐感激而又难堪地说，"这种事是第一次，我们完全想不到，这些钟按理说都应该挂得很稳啊……"

罗威没有再理会她说些什么，他无意间瞥了一眼脚下的电子钟，愣住了。

砸裂的玻璃钟面上，有几丝罗威刚才擦出的血迹，此时他正埋下头看着这个钟，自己的脸印在玻璃上，就像是一个满脸血迹的人。石英钟的电子计时器上显示的时间是 00：12。

一瞬间，罗威的头脑里划过一道闪电，一些封闭的记忆被唤醒——他突然想起，这一幕如此熟悉——对了！在那天晚上，自己办公室的那面穿衣镜里，也看见了一个类似的、满脸是血的人！

罗威呆呆地站在原地，瞪大眼睛，神情惊骇莫名。

这时，售货小姐不知从哪里找来几张创可贴撕开后贴在罗威的手背上，止住他的血，也将他拉回到现实中。

罗威又呆呆地站了几秒钟后，提起给儿子买的飞机模型，神情惘然地离开了这家商场。

走在路上，夜晚的凉风吹拂过来，令罗威的思绪无比清晰，也令他感到后脊背一阵阵的发冷。

等等，这到底是怎么回事？

最开始，在办公室的镜子里看到流血的人；后来又在火车车窗里看到类似的异象，再加上今天晚上……

不可能，这绝对不可能——罗威一遍一遍地说服自己，这全都是巧合——可他的脑子却不受自己的控制，反复地联系到那个本子，以及那个本子中的五个诡异病例。

最后，他的身子开始瑟瑟发抖，他终于无法回避和否认一个问题——难道，自己也和那个本子上记录的五个人一样，出现了临死前的异兆？

第十八章

刚回到家，等待已久的罗尼便一把接过爸爸手中的飞机模型，兴奋地大嚷道："太好了，就是这一款！"同时和爸爸拥抱了一下，高兴得满脸放光。

罗威强装笑颜地和儿子聊了一会儿。罗尼的注意力全在新模型上面，根本没发现爸爸的手背受了伤，他把模型拿到自己的房间玩去了。

罗威走进客厅，徐蕾见他空着手，问道："咦？没买钟吗？"

罗威不想让徐蕾知道刚才发生的事，让她徒添担忧，便掩饰道："转了一圈，没发现什么合适的。"

"唉，一个钟有什么合不合适？"徐蕾叹了口气，"算了，下次我们一起去买吧。"

罗威在沙发上坐下来，眼睛盯着电视，脑袋里浮现出的画面却是刚才在商场的那一幕。

思索了一会儿，罗威觉得应该把那个记录本找出来再分析、对比一下——现在他心中的不安情绪几乎令他无法集中精神做任何事。

罗威走进书房，打开房间的灯，再走到书柜面前，打开玻璃柜门——他愣住了。

那个记录本不见了！

罗威心中一惊，张大嘴巴呆了半晌，然后迫使自己冷静下来回忆——难道记错放的地方了？

只用了半秒钟，罗威就否定了这个念头——因为他清清楚楚地记得，从 Z 市回来后做的第一件事就是把那个记录本放在书柜的第三层——放这个本子时，他非常慎重，所以绝不可能搞错！

为了确认，他找到带去 Z 市的那个公文包，底朝天地翻了一遍——果然没有。罗威的眉头拧在一起。突然，他想到了什么。

罗威快步走出书房，刚跨进客厅，就大声地问道："徐蕾，我的那个本子呢？"

徐蕾正一边嗑着瓜子一边看着电视，她抬起头说："什么本子？"

"就是严教授留给我的那个本子！"

"我怎么知道？"徐蕾有些莫名其妙地望着罗威，"你知道，我从来不碰你那些东西。"

罗威露出难以置信的表情。他侧过头，看见罗尼的房间，迅速地走到罗尼房门前，用力地敲着门："罗尼，快出来！"

罗尼将门打开，满脸狐疑地望着父亲："什么事呀？"

"你是不是到我的书房去翻了书柜，拿了一个本子？"罗威问。

罗尼"啊"地张了一下嘴，神情不自然起来："我……"

"果然是你拿了！"罗威从儿子的表情中就能做出判断，"我不是早就告诉过你吗？我的书柜里放的全是重要资料！你不能随便去拿！"

"可是，我……"罗尼一脸窘迫，小心地选择着字眼，"我不是拿，我只是借来看看……我本来想看完就把它放回去的。"

"你干吗想起看那个东西？"罗威大吼道，"我的东西不是你能随便的，我以前没教过你吗！"

徐蕾走过来护住儿子："干吗发这么大火呀？"

罗威没理会她，仍然恼怒地问罗尼："说，你为什么要拿那个本子？"

罗尼皱着脸，一脸委屈："我和同学约好，要讲一个恐怖故事给他们听。我本想看看你的书柜里有没有这一类的书，结果无意间翻到这个本子，我看了一会儿，觉得上面写的故事还挺玄的，于是就……"

"你把那本子借给你同学看了？"

"没有，只是我看了，然后把那些编成故事讲给他们听……"

"故事？"罗威气不打一处来，"你把那个当成小说了？谁跟你说的那些是故事？你知道吗，那是……"说到这里，罗威发现罗尼的眼睛里流露出惊恐的神色，他立刻收住嘴。

"你嚷什么！"徐蕾心疼地摸着儿子的头，"别吓坏孩子了！反正又没弄丢，叫他还给你就是了。"

罗威望了一眼儿子，罗尼知趣地赶紧退回房间，过了一会儿，把那个本子交到父亲手中。

罗威拿到本子，松了一口气，语气也缓和了许多："记着，以后不许再擅自翻我的书柜。还有，不准再把这个本子上写的内容讲给同学听了。"

罗尼知道做错了事，忙不迭地点头，然后就想缩回自己的房间去。

"等等。"罗威又想起了什么，他问道，"这个本子你看了多少？"

"我……全都看完了。"罗尼不敢对身为心理学家的父亲撒谎。

"最后那几页呢？"

"啊？最后那几页？"罗尼想了想，"那我没看。"

罗威稍稍松了口气，他皱起眉头，冲儿子挥了挥手。罗尼赶紧退回房间，将门关上了。

第十九章

昨天晚上，罗威又花了近两个小时认真研究了一遍记录本，但他并没有什么新的发现。他最关心的问题——出现在自己身边的种种异象到底和本子上记录的怪事是不是同一回事——也根本无法得出结论。罗威告诉自己要对这些异常现象有足够的重视，可他又不愿过分地自己吓唬自己——总之他感到非常矛盾。但最后，侥幸心理对他说：这一切也许真的只是巧合罢了。所以罗威决定按照原计划，今天去心理咨询中心上班。

今天是星期三，全家都因为要工作和上学而起了个早。徐蕾做好早餐，叫丈夫和儿子出来吃饭。

罗威坐上餐桌，端起热腾腾的麦片粥喝起来。罗尼这时已经背上书包，他大大咧咧地坐到餐桌旁，一边往嘴里塞面包，一边端起麦片粥的碗。

突然，"啪"的一声脆响，罗尼手中的碗裂成两半，他嘴里正塞满了食物，"唔"地哼了一声，从椅子上跳起来。麦片粥流得一桌都是。

罗威皱起眉头责怪道："怎么这么不小心？"

"这也能怪我啊？"罗尼委屈地说，"是它自己裂开的——什么破碗！"

徐蕾拿了抹布过来，将桌上流淌的麦片粥丢进垃圾袋，一面又对罗尼说："你是不是拿得太用力了啊？那天就拿裂一个碗了。"

"我……"罗尼哭笑不得，"我拿一个碗要用多大力呀？又不是举杠铃！"

"算了，不说了，快点把东西吃了去上学吧。"徐蕾又给儿子添了一碗过来。

罗尼一边吃，一边喃喃自语道："也真是怪了，这两天在学校吃中餐也是这样，老是碗一到我手里就自己裂开，真是邪门。"

罗威停止吃东西，他抬起头，凝视着罗尼："你说什么？"

"啊？"罗尼喝着粥，满不在乎地说，"没什么，就是坏了几个碗而已。"

"你刚才说，这两天连着发生这种事——碗一到你手里就裂开？"

"嗯，也不知道怎么回事。"

"有多少次？"

罗威一边嚼着面包，一边歪着脑袋想着："大概有四次了吧。"

"是从什么时候开始的？"罗威瞪大眼睛，急切地问，汗珠在不知不觉间爬上了他的额头。

"记不起来了。"罗尼皱起眉，"爸，你问得这么具体干什么？"

坐在旁边的徐蕾插进来对儿子说："就是前天，星期一吃饭时吧，你刚拿起碗准备盛饭，那个碗就一下裂开了。"

"哦，对了，就是前天中午开始的。"罗尼点头道。

罗威满脸骇然地张大嘴巴，过了半晌，问道："你是哪天拿我那个本子来看的？"

"哎呀，爸！你还有完没完啊！"罗尼不满地说，"我不是都还给你了吗！好了，我要去上学了！"他站起来，朝门口走去。

罗威跨出一步，一把抓住罗尼的手："儿子，快告诉我，你到底是哪天看的我那个本子？说实话，我绝不会怪你！"

罗尼撇了下嘴，极不情愿地说："就是你回来的那天下午……但我拿到后是在晚上才看的。"说完，他打开家门，走出去。

罗威神情呆滞地缓缓坐下来，脑子里嗡嗡作响。

徐蕾观察到丈夫的神色不对，问道："你怎么了？"

罗威做了一个手势，示意徐蕾不要干扰他，然后走到阳台上，深深吸了一口冷空气。

　　没有用，脑子里仍然混乱无比，心脏也在不断狂跳——看来普通的解压方法是行不通的——这实在是太可怕了。

　　罗威掰起手指再一次计算——对，没错，自己就是在星期一的中午过一点儿从 Z 市回来的，而那天下午罗尼偷拿了那个本子。晚饭时罗尼的身上开始出现异兆，接下来他就在晚上看了那个本子……

　　罗威感到后背阵阵发凉——天哪！自己也是这样的！拿到那个本子后，就在镜子里看到了异象，接下来，便回到家中看了本子！

　　罗威的额头沁出大颗大颗的汗珠，他的脑子里出现一个可怕的想法——难道自己和儿子已经在不知不觉中成了继严教授和夏莉后的第七个和第八个人？

第二十章

罗威觉得一秒钟都不能再耽搁了。虽然他不能肯定自己和儿子是不是真的会像本子中记录的几个人一样，在出现异兆后的不久便死于非命；可他也不敢拿自己和儿子的生命来冒险，当作赌注。在这个时候，罗威想起一句老话，对于某些解释不了的怪事——"宁可信其有，不可信其无"。

罗威停止在阳台上踱步，他坐在一张转椅上，强迫自己冷静下来。他告诉自己——现在着急和慌张是根本没用的，只有将事情调查清楚，才能找到解救的方法，拯救自己和儿子！

可是，目前掌握的关于这件事的线索和资料实在是太少了，仅仅就只有一个记录本。对了，还有夏莉，可是夏莉根本就不愿意配合，甚至把自己当作瘟神一样，连话都不愿多说——想到这里，罗威轻轻抬了抬头，他回忆起那天晚上夏莉的一些举动：当那只烧死的壁虎掉落到她面前后，她立刻意识到这是一种"危险暗示"，而迫不及待地要将自己赶走……可是，她凭什么这么肯定地认为这种"危险暗示"和那天晚上到访的客人存在联系呢？

罗威缓缓地从椅子上站起来，他悟到了一些东西——难道，夏莉在不知不觉中，或者说在她的潜意识里，已经领悟到了解救的方法，所以，她才能一直活到现在？

罗威认真地思索着——虽然这只是推测，但这却是完全具有可能性的。况且,目前除了夏莉这一条线索之外,哪里又有其他的调查方向?

没有犹像的必要了。罗威快步来到书房,这一次,他用一个小旅行袋把记录本装了进去,并把自己常用的一些证件、资料、联系本也塞进去。

徐蕾这时已经去公司上班了。罗威本想打电话告诉她自己又要外出,可他觉得电话里反而说不清楚,于是掏出钢笔,在一张白纸上写道:

亲爱的:

我必须再次去一趟 Z 市——别打电话追问我为什么。
我只要你知道一点:我这样做肯定有我的原因。至于原因是
什么——由于时间太紧迫了,我无法向你解释。等我将一切
处理妥当,再详细地告诉你。

别为我担心,等我回来。

罗威

写好这张字条,罗威将它压在餐桌上,然后匆匆地出门了。

这一次在火车上,罗威睡意全无,他脑子不受控地冒出一些胡乱猜测的念头,让自己心烦意乱。而且,他一直在担心一个问题——

夏莉现在还活着吗?

罗威晃了晃脑袋,将车窗打开一条缝,想借助冰冷的寒风将头脑里乱七八糟的想法吹散、撕裂……

几小时后,罗威站在了夏莉家的门口。

他有些意外——这次他已经在门口站了约一分钟,夏莉也没有直接将门打开。罗威的心忐忑起来——是夏莉没有在电脑面前观察摄像头内容吗?还是她已经……

敲门后,罗威在心里祈祷着。

谢天谢地,敲了三次之后,门终于打开了,罗威看见屋里的夏莉,长长地松了口气。

但他很快注意到——夏莉头发略显凌乱,有着明显的眼袋和黑眼圈,脸色蜡黄——精神状况明显不如几天前。

没等罗威说话，夏莉先开口道："罗威医生，你怎么又来了？"语气里没有罗威之前预料的反感，却透露着疲倦和无奈。

"我能进屋说吗？"罗威用眼神指了指里面。

夏莉未置可否，神情木然地转过身，朝屋里走去。罗威跟着进了门，将门关上。

夏莉仍旧坐在客厅的沙发上，罗威自觉地搬了把椅子，离夏莉远远地坐下来。

"罗威医生，你这次来还有什么事？"夏莉问道。

"是的，我上次来，是想帮你。而这一次，是想让你帮我。"

"让我帮你？"夏莉问，"我有什么能帮得上忙的吗？"

"说出来，也许你会觉得不可思议，可事实上……"罗威详细地从一个星期前自己遇到第一件怪事讲起，一直讲到儿子罗尼最近出现异常。讲的过程中，他不断用手势提示夏莉不要插话进来，让他完整地将事情叙述清楚。

二十分钟后，罗威讲完了，夏莉用匪夷所思的神情盯着他。

"你说什么？你从一个多星期前就遇到跟我类似的怪事……那你上次来怎么不说？"

"因为那个时候我根本没往这方面想，我并不知道那会是异常征兆的序曲。"

夏莉想了一会儿说："你真的能肯定你和你儿子遇到的事情和我，以及那个本子上记录的事是同一类型的吗？也许只是巧合呢？"

"那你呢？"罗威反问道，"你当时会不会觉得发生在你身上的事只是巧合，和前面那几个人毫无关系？"

夏莉凝视着罗威，哑口无言。

"我们谁都不要自欺欺人。事情已经发生了，我们只有去面对，想办法解决。"罗威说。

"你刚才说想让我帮你——这是什么意思？"

"我和你都知道一点，夏莉。那个本子上记录了五个人身上出现的怪事，前面四个都死了，对了，还包括严教授——而只有你，你现在还好好地活着……"

"等等。"夏莉打断道,"纠正一点,我是活着,可不是'好好地'。"

罗威做了一个不理解的姿势。

"自从我知道自己身边出现异常后,就几乎天天都待在这套房子里,像一只躲在壳里的蜗牛一样逃避着身边的一切。"夏莉悲哀地望着罗威,"况且我并不认为待在房子里就是绝对安全的,在这十几天里,我每天都过着提心吊胆的日子,就连吃饭和睡觉时神经都是绷得紧紧的……说实话,我已经对生活感到厌倦了,我不知道我这样活着还有什么意义。"

罗威看着夏莉憔悴的面容,悲哀地叹了口气。他安慰道:"可你毕竟还活着,也许熬过了这一阵,以后会慢慢变好的。"

夏莉叹息道:"我真希望就是你说的这样。"

"所以,你现在明白了吧,我来这里,就是想知道你是怎样保护自己以活到现在的。"

夏莉苦笑着说:"罗威医生,三天前,你到我这里来,还说要帮我找到解救的方法——怎么,现在你就已经认为我找到这个解救的方法了?"

罗威微微摇着头说:"不,我并不认为你准确地知道解救的方法。只是我从你的种种态度中感觉到,你是一个直觉相当强的人——也许你在无意中找到了解救的方法,只是你自己都没有察觉到而已。"

夏莉有些懵懂地说:"难道——一直待在家里不出门就是解救的方法?这也太简单了吧。"

"你除了小心谨慎之外,就没做过其他什么特别的事?"

夏莉认真地想了想,说:"没有。"

"上次我到这里来,一只壁虎钻进灯管里烧死后掉下来,你当时为什么拼命要赶我走,还说我的到来有可能让事情更加糟糕?"

"我……"夏莉回想了一下,"我当时真的是出于直觉,我觉得,你一到来就又发生这种怪异的事,就像是……警告又来了一样。所以,我为了保护自己才叫你快走——现在想起来,这种行为简直没经过我的大脑,是自然而然的反应。"

罗威埋下头,竭力思考着。

夏莉脸上出现无奈的神情："罗威医生，我觉得……你从我的行为上找出解救的方法是不行的。这几天，我一直都在想，谁知道我能活到现在是不是我待在家里谨慎过日子的结果呢？"

罗威望着她："什么意思？"

"我的意思是……"夏莉的身体颤抖了一下，"也许只是我的时间还没到呢？"

第二十一章

"时间……还没到？"罗威紧锁眉头，"时间……"他反复琢磨夏莉这句话。突然，他"啊"地大叫一声："对了！就是这样！"

"什么？"夏莉不解地望着他，"你明白了什么吗？"

"我太大意了！竟然连这么重要的线索都忽略了！"罗威大喊道。

"什么重要的线索？"夏莉迫切地问。

"你刚才那句话提醒了我！让我想起——严教授来找我时就不停地看表，还说了好几次'我的时间不多了''我的时间快到了'这类的话，我当时不明白这是什么意思，可现在想起来——夏莉，你还没发现吗？"

夏莉仍然一脸茫然地望着他。

"严教授不停地看表——你没意识到这意味着什么？"罗威语气激动地说，"这表明他不但知道会有危险降临，而且算到了危险来临的具体时间！"

夏莉倒吸了一口气，惊呼道："天哪！"

"对，确实如此！"罗威更加肯定地说，"严教授最后一次看表后，惊慌无比地对我说'我没时间了！'之后，大概只过了一两分钟他就发生意外而死亡了。这说明他确实准确地计算到了自己的死亡时间！"

夏莉惊讶得说不出话来，过了好一会儿，她才费解地问道："可是，如果严教授知道怎样计算出准确的死亡时间，他干吗不告诉我们？"

"这并不难理解。"罗威说，"记录本上记载的五个病例全都是不同的怪事，这说明每个人的死亡时间根据具体情况而有所不同。严教授能算到自己的时间，却无法算到别人的时间。况且，他说过'我的时间到了，我没有时间来解释了'。"

夏莉感到心中惊骇无比，她的声音颤抖着："这么说，我和你……也有一个准确的死亡时间，也许就是几天之内……可是我们，却并不知道是哪天。"

罗威突然想起了儿子罗尼，他也是一样的状况！罗威咬着牙说："我们必须找到这个时间，才有可能避开灾难！"

夏莉怀疑地说："我们怎么去找？再说，严教授不就算出了自己的死亡时间吗？可是他也还是没能逃脱死亡。"

"那是因为他只算到了死亡时间，却没有算到死亡的'方式'。还有更重要的，发生这一系列怪事的原因究竟是什么！"罗威神情严峻地说，"所以他才来找我，要我研究这件事，并找到破解的方法！"

"你真的认为有破解的方法吗？"

"肯定有，我相信严教授的直觉。不管怎么说，我们都要试一试，不能坐以待毙！"罗威坚定地说。

夏莉走到罗威面前，凝视着他，几秒钟后，她说："我相信你，那么，我们现在在该怎么做？"

罗威带着几分感激的目光望向夏莉，说："现在我们先把整件事情的过程梳理一下。"

他们俩这次一起坐到了沙发上，罗威按惯例拿出钢笔和随身携带的纸张，以便厘清思路。

他问夏莉："你仔细回想一下，第一次出现异常时，你有没有接触到那个记录本？"

夏莉想了会儿，说："第一次……应该就是我的那只鹦鹉撞墙而死的那天早晨。发生了这件事后，我去严教授的心理咨询室上班，他才交给我那个本子……"

"果然，你也是这样！"罗威惊叹道。

"难道，你和你的儿子也是这样？"

罗威点了下头："我们的情况几乎都一样，在接触记录本之前的几个小时出现第一次异兆。"

"这是为什么？"夏莉问。

罗威用手托住下巴："我们来做一种假设——我们出现的第一次异兆实际上是一种'警告'。"

"你是说，警告我们别去看那个本子？"

"对，但我们却都没有引起注意，还是看了本子，接下来就发生了一连串类似的怪事，这些怪事可能都是些'警告'或'预示'。"

"你认为我们之所以出现这些异兆是因为看了那个本子？"

"难道你不这么觉得吗？"

"可是。"夏莉说，"那本子上记录的前面三个人呢？没有迹象表明他们也看过这个本子呀，而且这本身就是矛盾的，第一个出现异兆而被记录上去的人怎么可能看得了这个本子？"

"嗯，你分析得很有道理。"罗威一边说，一边在纸张上随手写着，"这样看来，触发异兆的条件并不一定就是看过这个本子。"

"这确实是关键。我们要是能找到触发'死亡机关'的条件，也许就能找到解救的办法。"

"死亡机关……"罗威在纸上写下这几个字，"真是贴切。"

"可惜那个本子上记录的前面几个人都没有联系方式，否则的话，我们就能找到他们……"

"他们已经死了。"罗威提醒道。

夏莉顿了一下，说："可他们总该有家人吧？也许他们的家人能提供给我们一些有用的线索。"

"嗯，有道理。"罗威点头道，他从旅行包里找出那个记录本，随手翻开，"这上面只写了每个谈话者的名字——夏莉，这些人你一个也不认识吗？"

夏莉摇着头说："实际上我也只见过第四个人，也就是那个叫'肖克'的男人。他好像是严教授的朋友，除此之外，我就什么都不知道了。"

"唉……光凭一个名字怎么可能找得到……"罗威一边叹息着，一边将本子翻到"第四个病例"，看着关于肖克的谈话记录。

这本来是看过的内容，罗威只是随便看看，但看到某一段时，他的眼睛睁大了，他一把将本子抓起，将那几句话反复浏览：

　　B（肖克）：我觉得……我遇到的这件事情……并不是偶然。

　　A（严鸿远教授）：为什么？

　　B：记得昨天晚上我打电话跟你说的吗？

　　A：……你是说，你见了一个怪人，而那个人……

　　B：对！我觉得这肯定有什么联系！

　　A：噢，我有些混乱了，你让我想想。

　　B：没关系，我把这个给你了，你认真研究一下吧——

我们一起想想，这到底是怎么回事。

　　罗威将这几句话重复看了四五遍后，低呼一声："该死的！我真是太大意了……难道是这样？"

　　"怎么了，你发现了什么？"夏莉发现了罗威的神色异常。

　　罗威没有回答夏莉的问题，他急切地说："电脑呢？你的那台笔记本电脑在哪里？"

　　夏莉指了指旁边的玻璃桌："就放在那儿。"

　　罗威把本子放在茶几上，快步走到玻璃桌前，在那台笔记本电脑的键盘上敲打着。夏莉好奇地拿起本子，看刚才罗威注意的内容。

　　不一会儿，罗威盯着电脑屏幕惊呼起来："果然是这样！"他回过头，冲夏莉大喊道："你快看看，本子上的前三个病例——那三个人分别叫什么名字！"

　　夏莉来回翻着本子，念道："这三个人分别叫潘恩、易然和齐鸿。"

　　罗威快速地敲打键盘，几分钟后，他发出一声怪异的惊叫："天哪！真的是这样！"

　　夏莉走上前去，问道："你究竟发现了什么？"

　　电脑屏幕明亮的光照在罗威脸上，让他的脸显得苍白而恐怖，他低声道："我刚才查了网上的资料，发现这个本子上记录的人除了第一个潘恩之外，其余……全都是心理医生！"

第二十二章

"什么！"夏莉惊讶地捂住嘴，"那些人全是心理医生？"

"对！我太蠢了，竟然现在才发现这么重要的事！"罗威狠狠地捶了自己大腿一下。

"你是怎么……突然想到这点的？"夏莉难以置信地问。

罗威走到茶几旁，拿起翻开的记录本，将刚才的一段指给夏莉看："注意到第四个病例中，肖克准备离去前跟严教授说的这几句话没有？肖克说他曾见过一个怪人，这个人和他遇到的事'肯定有什么联系'，他还说'我把这个给你了，你认真研究一下吧——我们一起想想，这到底是怎么回事'。"

夏莉"啊"地叫了起来："肖克说的'这个'就是这个记录本——这个本子原来是他给严教授的！"

紧接着，她恍然大悟地惊叹道："我都懂了！肖克说他'见过一个怪人'指的是他接待了一个病人。之后，他出现异象，便来找严教授交谈，同时把记录本交给严教授研究——而他，却在几天后死了。"

"肯定是这样！我刚才猜测到了这一点，便上网去证实，发现肖克果然是心理医生，他在前段时间意外身亡了——而我又想到，他见的那个'怪人'完全有可能就是……"

"齐鸿！"夏莉抢在罗威之前喊了出来，"天哪，如果真是这样，严教授为什么不把这些情况告诉我？"

罗威若有所思地说："也许严教授一开始不打算让你涉及此事。"

他在沙发上坐下来，用钢笔在纸上一边快速地写着，一边分析："我们现在来做一个大胆的假设：第一个发生异兆的人是潘恩，他找到心理医生易然做咨询——之后潘恩没过几天就死了，而易然又出现了类似的状况。但他却仍然解释不了这是怎么回事。也许是碍于面子思想，他隐瞒身份找到了同为心理医生的齐鸿。没想到，齐鸿也在几天之后出现了异兆……"

"我懂了，这样一直循环下去——就像一个环环相扣的锁链一样！"

"而这不是一条普通的锁链，是一条带着病毒的锁链，锁链上的每一环都被感染了死亡病毒！"

"那个病毒……就是这个本子？"夏莉用恐惧的眼神望向记录本。

"看起来是这样。可有一点始终是矛盾的。"罗威皱起眉头说，"第一个出现异兆的潘恩不可能看过这个本子！"

"还有一点，这个本子上的前三个病例是谁记录的？齐鸿吗？那它又怎么会跑到肖克手里——我有些糊涂了。"

"这个本子是谁记录的并不重要，而且也根本无从追溯了。"罗威严峻地说，"现在关键是要找到'死亡病毒'的根源——也许这是唯一能破解这一串死亡锁链的方法。"

"那么，我们该怎么去找这个'根源'呢？"夏莉焦急地问。

沉默了一会儿，罗威说："我们要找到前面死去的那几个心理医生的家属了解情况，现在，我们起码知道了那几个人的身份和名字。我想，要找到他们的家人应该并不困难。"

夏莉问道："你准备怎么找？"

"我的一个大学同学，他有非常广泛的人际关系和社交能力——你的电话我就是通过他问到的。我如果拜托他帮我找那几个人的住址，应该也不难。"

"那你快联系吧。"夏莉有些急迫地说，"我们的时间可是很有限啊。"

罗威知道事不宜迟，立刻拿出手机，拨通了秦轩的电话号码。

"喂，秦轩吗？我是罗威！"

"听出来了。"对方没好气地说，"听你这口气，我就知道你又要找我帮忙。"

"你真是神机妙算。"

"别给我戴高帽子了，说吧，什么事？"

"我想让你帮我找几个人的住址。"

"我说罗威，你是不是改行做私家侦探了？怎么这段时间老是叫我帮你打听人？一会儿是电话，一会儿又是住址。"

"这是最后一次了，就这几个人。"

"老天，还是几个。是些什么人？"

"是三个前不久才死亡的心理医生，你认识吗？他们分别叫易然、齐鸿和肖克。"

"我没你想的那么神通广大，罗威，我不可能每一个同行都认识。"

"那么拜托你了，请你帮我打听到他们的住址，而且要快！"

对方沉默了一会儿，说："这并不难，可我能知道原因吗？你干吗要找三个死去的心理医生的家？"

"秦轩，这件事情太复杂了，我一时半会儿说不清楚。但我向你保证，等我解决完这件事，一定详细地讲给你听——我打赌你会感兴趣的！"

"那好吧，我打听到以后就跟你联系。"秦轩果断地挂了电话。

罗威把手机放回口袋，手指焦急地敲打着茶几。

"需要多久？"夏莉问。

"这可说不准，得看他顺不顺利。"罗威叹了口气。

"你也别太着急了，我去给你煮杯咖啡吧，或者是红茶——你要哪样？"

"什么都好。"罗威随口应着，将头靠在沙发背上休息。

二十分钟后，罗威的咖啡才喝到一半，手机响了起来，他立即放下杯子，打开手机，是一条秦轩发来的短信。

易然，住在 Z 市北源路临江小区 67 号；
齐鸿，住在 W 市光明新区 90 号；
肖克的住址没有问到。

"太好了！"罗威兴奋地喊道，"易然就住在 Z 市，齐鸿住的 W 市离这里也不远！"

他从沙发上站起来，拎起旅行包，对夏莉说："我现在就去易然的家里，了解到情况后我再来找你。"

"等等，我和你一起去。"夏莉站起来。

"你……不怕了吗？"罗威感到有些意外。

夏莉摇着头，坚定地说："你刚才的一句话提醒了我——我们不能坐以待毙，必须主动去了解事实的真相，才有活下来的希望。我不要再像个缩头乌龟一样躲避在这里了，我要和你一起去解开真相。"

罗威凝视了夏莉片刻，说："走吧，现在就走！"

第二十三章

夏莉换上一身精神的皮质套装，将头发进行简单的梳理，再略施淡妆——整个人完全告别了起初的颓废状态，显得容光焕发。

罗威看着神采奕奕的夏莉，感觉心里增加了几分自信和力量。他向夏莉投来赞许的目光，夏莉回以淡淡的微笑。

两个人走出楼房，来到大街上，罗威招了一辆出租车，坐在司机旁边的位置。夏莉坐到后排，告诉司机去北源路临江小区。

"北源路离这里有些远，大概要坐三四十分钟车才能到。"夏莉对罗威说。

"嗯。"罗威点头应了一声。之后两人没有再说话。

出租车一路平稳地开了二十多分钟，到一个十字路口时，因为红灯而暂时停在了人行道旁。

夏莉将汽车后排的车窗打开大半，随意地望着窗外。突然，一阵狗吠声将她的视线吸引到人行道一旁的道路上。

一个中年女人牵着一条小鹿犬从道路的一边走来，那条小鹿犬对着夏莉乘坐的出租车——准确地说，是对着出租车里的夏莉使劲嗷叫。狗的主人用力地扯了套在它脖子上的绳子好几次，但狗就是停在原地不走，像发了疯似的冲夏莉狂吠，中年女人费解地看着自己的宠物，不知道这是怎么回事。

夏莉心头涌起一丝阴影，她不易察觉地皱了皱眉，将车窗玻璃全部关上，脑袋扭向街道的另一方。

红灯结束后，汽车又重新发动，刚开出去不到两米，突然车子抖了一下，同时，一声狗的惨叫从车下传来。

"糟糕！"司机大喊一声，停下汽车。

罗威似乎还没反应过来发生了什么，他转过头，看见夏莉全身发抖。

这时，中年女人悲痛欲绝地冲过来，猛烈地敲打着汽车后排车厢。夏莉听不清楚她在喊叫些什么，只能看见她满脸的泪水和痛苦的表情。

司机赶紧下车，中年女人停止对汽车的捶打，扑向司机，疯狂地哭闹。

罗威也下了车，他看看汽车后轮的位置，瞬间明白发生了什么事。

夏莉仍坐在车内瑟瑟发抖，她用手捂住嘴，脚有些发软，竟不敢从车里走出来。

这时已经围了一大堆人过来，司机在极力争辩着："大家都看到了，我可是遵守了交通规则的，是那只狗自己想从车底下钻过去……"

夏莉正在出神，后排的车门被打开，罗威说："快出来。"

夏莉惊恐地望着他，仍然不敢下车。

罗威伸出手，握住夏莉的右手，借给她一些力量，说："没关系，下来吧。"

夏莉几乎是被罗威拖出汽车的，她脚刚一沾地，就听到罗威说："别往下看！"

可是，这句话却偏偏令她下意识地往下一看——在自己的脚下，那只小鹿犬被汽车后轮拦腰轧死，鲜血和内脏溅得满地都是，状况惨不忍睹。

夏莉失控地尖叫起来，几乎要眩晕过去。

罗威赶紧把夏莉扶到街边拐角处，劝慰道："好了，没事了，只是一场小意外而已。"

"不！"夏莉流下眼泪，痛苦地摇着头说，"你不懂，这不是意外！那只狗，它在看见我后就冲到了车轮下——它……它是自杀的！"

罗威的脸抽搐了一下，一瞬间不知道该说什么才好。

夏莉惊恐地睁大眼睛说："你看到了吧，罗威……这就是出现在我身上的异兆，这已经是第五次了。"

罗威望着夏莉的眼睛说："如果真是这样，那我们更得抓紧时间了！"

夏莉没有说话。稳定了一会儿，罗威扶着她的肩膀说："我们换一辆车去吧。"

"不！"夏莉缩着身体向后退，"我不要再坐车了！"

罗威无可奈何地说："那我们走着过去吧，应该用不了多久了。"

两人沿着街道最内侧小心翼翼地朝目的地前进，一路上左顾右盼，谨慎得像两个刚学走路的小孩。

走了四十多分钟后，拐过一个街口，夏莉指着前方的一个住宅区说："这里就是北源路的临江小区。"

罗威点了下头，走过去向门口的保安打听，保安用手指向一幢电梯公寓，告诉罗威 67 号的具体位置。

罗威和夏莉来到本子上的第二个人——易然的家门口。

敲门，等待。

过了很长一段时间，门才缓缓地打开一条缝。门缝里露出半张女人的脸，这张脸焦黄、病态、充满猜疑，陷在里面的眼珠正骨碌碌地打量着门口的来人。

"你们找谁？"女人问道。

"请问，这里是易然先生的家吗？"罗威小心地问。

"易然已经死了。"她冷冷地答道，然后就要关门。

罗威一把将门抵住，说："我知道。我们找的……不是他。"

那女人的眼神显得凶恶而凄厉："那你们找谁？"

"我们有一些重要的事情，需要见一下易然先生的家属，比如说，他的妻子……"

"你想说，他的遗孀。"那女人说道，"就是我，有什么事吗？"

"是的，相当要紧的事。"罗威歪了一下脑袋，"但我认为一直这样隔着一道门，是说不清楚的。"

女人再次打量了罗威和他身后的夏莉一眼，有些不情愿地打开门说："好吧，进来说。"

罗威和夏莉踏进房子——更准确地说——他们认为自己踏进的是一间堆放杂物的仓库。这所房子乱得几乎分不清哪个房间是做什么的。到处丢着旧报纸、杂乱的衣物和横七竖八的椅子。夏莉不住地皱眉头。

女主人却对此毫不在乎，她自顾自地坐到一张单人沙发上，跷起二郎腿说："你们自己请便吧。"

罗威和夏莉各自找了一把椅子坐下。按照原来的打算，他们本来是准备把整件事的来龙去脉详细讲一遍的。但现在的局面让罗威觉得不知道怎样开口。

"怎么称呼你呢？"他礼貌地问道。

"我叫邹兰，不过，别管这些了，快说吧，你们究竟有什么事？"

罗威略微考虑了一下，说："对不起，我们想了解一下，关于你丈夫之死的一些问题……"

"该死的！"邹兰突然大吼起来，"我就知道又是这档事！我就不该让你们进来！你们……给我出去。"

罗威和夏莉大吃一惊。他们实在没想到邹兰对这个问题会敏感成这样。

"你们听到没有？出去，马上给我出去！"邹兰还在咆哮着，"你们这些专门揭人伤疤的混蛋记者！"

"什么？记者？"罗威感觉到邹兰误会了，马上解释道，"你搞错了，我们不是记者。"

"别装了！我知道你们就是那些人！等我什么都告诉你们后，就会在第二天的晨报上读到一则《心理学家易然意外死亡之谜》！"

"听着，女士！"夏莉开口说道，"我以人格和生命发誓，我们真的不是记者！而是和你丈夫一样，是心理医生！"

邹兰停止吼叫，她喘着气说："什么？"

"我们都是心理医生。来找你了解关于易然死亡的一些事情，是因为我们也遇到了和他类似的情况！"罗威说。

"你说……什么？"邹兰惊讶地瞪大眼睛望着他们，脸上的表情在迅速变化，"你们遇到了和易然类似的情况？"

罗威和夏莉对视一眼，从邹兰的这种反应，他们知道，找对人了。

"我们能坐下来好好谈吗？"夏莉说。

邹兰脸上显现出一种复杂的神情,她呆滞地坐下来,显得若有所思。

罗威和夏莉再次坐回到椅子上。罗威说："请原谅我们提起你的伤心事——从你刚才的态度来看，易然的死亡引起了媒体的关注，这是怎么回事？那些记者为什么会对一起意外事故感兴趣？"

邹兰说："你怎么知道易然是死于意外事故？"

罗威望了一眼夏莉，说："我们是从朋友那里得知的，但是却并不知道具体情况。"

邹兰拿起桌子上的一个银质打火机，点燃一支香烟，猛吸了几口。"具体情况……"她的手有些微微发抖,"那些记者变着花样来了好几次，都想知道这个'具体情况'。"

罗威皱了皱眉："到底是怎么回事？记者为什么会对一起意外如此关注？"

邹兰盯着他说："他们关注的原因就是——这场意外事故实在是太不像'意外'了。"

"什么？"罗威晃了一下脑袋，有些没听明白。

邹兰又抽了一口烟，嘴唇颤抖着说："那天的一幕……直到现在我都历历在目。"

"怎么，难道易然死亡的那一天，你……"

"没错。"邹兰说，"我正和他在一起。"

第二十四章

邹兰最后猛吸了几口香烟后，将烟头掐灭："实际上，那天跟他在一起的不只我一个人，还有另外两个朋友。"

"你们一共四个人在一起？"罗威问。

邹兰微微点了下头："那是星期天的下午，我们约好一起去公园游玩。汇聚齐后，我们四个人愉快地聊天，向公园走去……"

"那段时间，易然都显得心事重重——实际上，这也正是我们去公园散心的目的。但是，那天下午，易然像是忘记了烦心事，和我们一起开心地聊着，直到走过一个街口……"

罗威和夏莉不敢打岔，全神贯注地盯着邹兰。

"刚走到那条街，易然就站住了脚，他停止和我们说话，神情怪异地注视着这条街，嘴张开，眼睛也瞪得老大——像是突然发现了什么怪物一样。"

"当时我们几个人都莫名其妙地望着他，再沿着他视线的方向望去——可我们并没有发现什么特别的东西，便问他：'你怎么了？'他没有回答，反而伸出手，示意我们不要说话。"

"就这样，过了十几秒钟，易然突然大叫一声：'我明白了，我知道是怎么回事了！'我们感到诧异，正准备问他——他却猛地抬起头，大喊一声'小心！'然后向后大退一步——"

说到这里，邹兰忍不住打了个冷噤，身体又颤抖起来。

夏莉忍不住问："发生什么事了？"

邹兰脸色苍白得就像一张白纸："接下来发生的事……太快了，就是那么一两秒钟，易然他，他就……"

她说不下去了，双手捂住脸，痛苦地哭起来。

罗威和夏莉没有催促。过了几分钟，邹兰稳定了一下情绪，从桌子上拿起烟，又点燃一支，吸了几口后，她继续讲："当时，我们几个人一齐抬起头，看见上方有一个塑料花盆砸下来，正好掉落在易然刚才站的那个地方。"

"这么说，他躲过了花盆。"夏莉感到奇怪，"那他怎么会……"

"是的，他是躲过了那个花盆，可他向后跨一步，却……却刚好被楼上砸下来的花架打中脑部！当场就……天哪！"邹兰大叫一声，紧紧地捂住嘴，像是当天的一幕又在她眼前重演。

"花盆和花架……一起砸下来，怎么会有这种事？"罗威难以置信地问。

"八楼的那一家人，他们想进行阳台改造，把旧的花架拆下来换成新的，没想到拆搬时，那两个工人一失手，花架撞到那个塑料花盆上，那两样东西就一齐砸了下来！"

罗威从椅子上站起来，神情惊诧。他张开口，想说什么，又咽了回去。最后，他坐回原处，说道："是不是这样——如果易然没有停下来思考，那你们就会直接过去，他也就不会被砸死。"

邹兰满脸泪水地悲叹道："而且，要不是他抬起头来发现了那个花盆而向后退了一步，也不会被沉重的钢筋花架砸到——实际上，他要是只被花盆砸到还要好些，也许不至于会要他的命。"

罗威也叹了口气。三个人沉默了一会儿，邹兰说："当时目睹这件事整个过程的，除了我和那两个朋友，还有一些路人。意外发生后，所有的人都觉得不可思议，从当时的情形看，似乎易然预感到了这场意外，却没能躲开这场意外。"

罗威问道："易然在发生这场意外的前一段时间，有没有跟你说过什么奇怪的话？"

邹兰抬起头望着他："你指什么？"

"我的意思是，他有没有跟你说过，他有可能会死……这一类的话？"

邹兰凝视着罗威的眼睛："是的，他说过。"

罗威等待着邹兰往下说。

"在他出事的大概半个月前，他就跟我说他遇到很多奇怪的、无法解释的事。这些事就像是不祥的预兆；他还说，也许自己哪天会突然死亡……我当时叫他别说这种不吉利的话。没想到，他真的在不久后就……"

"他就只说了这些？没说更具体的什么吗？"

"没有。"邹兰摇着头说。她将烟头丢进烟灰缸里，直视着罗威，"你刚才告诉我，你们也遇到了和易然类似的情况，这是什么意思？"

罗威望了一眼夏莉，说："我们……也遇到了奇怪的、无法解释的事。"

邹兰将头向后仰，长长地吐出一口气。过了一会儿，她发出一阵干涩的、让人骇然的笑声："哼，我就知道，这不会是意外。这些事情，不会是偶然，它还会发生的——易然，你不会孤独的，有人来陪你了。"

邹兰的最后一句话让罗威和夏莉感到毛骨悚然、全身发冷。

罗威干咳了两声，想驱散一下这诡异的气氛。他问邹兰："你知不知道易然在出事之前见了一位和他有类似经历的来访者？"

"不知道。"邹兰机械地回答道。她的头仰靠着，一脸的疲倦和木然。罗威叹了口气，他看出来，邹兰已经不想再跟他们说什么了。他冲夏莉使了个眼色。两人站起来，罗威说："谢谢你告诉我们这么多，我们就不打扰了，告辞。"

邹兰脸上没有任何表情，连眼珠也没有转动一下，就像死人一般。

罗威无奈地叹了口气，和夏莉一起走到门口，打开门离开了。

第二十五章

两人一路无言地走到楼下，夏莉突然说："我觉得有点不对。"

"什么？"罗威望着她。

"我总觉得邹兰其实是知道什么的，只是她没有告诉我们。"

"何以见得？"

夏莉分析道："第一，我们告诉她我们也遇到了和易然类似的怪异状况，她却根本不问我们遇到的究竟是什么事；第二，你提起易然在出事前见了一位和他有类似经历的来访者，邹兰也表现出漠不关心——你不觉得奇怪吗？她难道一点儿也不关心丈夫死亡的秘密？除非……"

罗威盯着夏莉的眼睛："你认为，除非她已经知道了这个秘密是什么，才会表现得不关心？"

夏莉望着罗威，没有说话。

"如果是这样，那她为什么不告诉我们？"罗威不解地说。

"我觉得。"夏莉用手捏着下巴，"她并不是不愿意告诉我们，而是在强烈的绝望和悲伤之下，说不出话来。而且她好像什么都不在乎了。"

"什么意思？"罗威有些着急起来，"你说明白些呀。"

"你想想，她的家里杂乱成那样，她根本不收拾；我们走进那'垃圾堆'，她也一点不在意——这说明她已经相当消极了。再加上她最后说的那几句话。她说，这些事不是意外和偶然，还会再发生的。还说会有人去陪易然了。这会不会是指……"

罗威和夏莉对视了几秒，他说："快，我们再回去一趟！"

邹兰的家在六楼，两人来到电梯前，电梯却刚好上去了。罗威急迫地说："等不及了，走楼梯吧。"

两个人气喘吁吁地爬上六楼，再次来到邹兰的门前。罗威推了一下门，门自然就打开了——刚才他们离开时只是将门带拢，并没有锁。

罗威和夏莉走进屋，邹兰却没有在刚才的沙发上，他们挨着每一间屋寻找，跨进一间屋时，夏莉一眼便看见了这间屋通往的阳台，她"啊"地惊叫一声。

邹兰背对着他们，正站在阳台的水泥围墙上。

罗威大惊失色，他快步冲上去，想把邹兰拉回来。突然，邹兰回过头，大喝一声："别过来！"

罗威赶紧停下来，他离邹兰还有三四米的距离。他伸出手，试探着说："别做傻事，好吗？"

邹兰冷漠地望着罗威："你认为我是在做傻事吗？你认为，你叫我下来就是在救我吗？"

罗威的头上渗出了汗水，他说："先下来再说，好吗？"

邹兰绝望地摇了摇头："你不会明白。他已经知道这些事了，他不会放过我们的。"

"他？他是谁？"罗威紧张地问。

邹兰睁大眼睛望着罗威，表情骇然无比，她低下头，小声说："他就在我们身边，每时每刻都在注视着你。"

还没等罗威开口，她便转过头，面向外边，自言自语道："我不会让他来找我的，我赢了。"说完这句话，她纵身一跃。

"啊——"身后，只留下夏莉撕心裂肺的尖叫……

第二十六章

从公安局出来，已经是傍晚时分了。罗威和夏莉足足在那里待了五个小时。

幸好在邹兰跳楼之前，对面七楼的中年男人目睹了邹兰自杀的整个过程。如果不是他赶来公安局做证，罗威和夏莉恐怕无论如何也解释不清为什么他们一来，女主人就会坠楼身亡。

身心疲惫的两个人刚走出公安局大门，街道上几个背着书包路过的少年引起了罗威的注意，他忽然想起了什么，摸出手机，拨通家里的电话。

手机里传出徐蕾的声音："罗威吗？你在哪里？"

"我在 Z 市。家里都好吗？罗尼呢？"

"罗尼刚吃过晚饭，在房间做作业呢。你什么时候回来？"

罗威松了口气，说："我一会儿就坐夜班车回去。"

"罗威，你到底在瞒着我做些什么事？你不是说今天要去上班吗？为什么又去了 Z 市，还不准我打电话问你？"徐蕾一连串地问道，语气里尽是不满，"我早就看出来，这几天你一直都心事重重的，又常常问一些奇怪的问题——你为什么不能跟我说清楚，这到底是怎么回事？"

罗威迟疑了一下，说："其实，并不是我不愿意告诉你，只是事情太复杂了，而且又很紧急，所以才一直没机会跟你说——这次我回去，就把一切都告诉你吧！"

徐蕾似乎消了一些气，说："好吧。"

挂完电话，罗威抬头仰望星星点点的夜空，长叹一口气。

一直站在旁边的夏莉问道："你准备一会儿就回家？我们不去齐鸿那里了吗？"

罗威眼睛望着远方，若有所思地点了点头。

"为什么？"夏莉问，"难道你放弃了？你不想继续寻找破解的方法吗？"

罗威将脸转过来望着她，阴郁地说："我不想放弃，可是，我实在是没有想到，我们的拜访，或者说是调查，竟然导致了一个人的死亡。我们本想解救自己的生命，却反而让另外一个人失去了她的生命。你叫我怎么继续下去？"

"可是……并不一定每一个人都会像她一样……"

"夏莉。"罗威神情严肃地凝视着她，"难道你能保证，我们去齐鸿家里，就不会发生同样的事？"

夏莉张了张嘴，感觉无言以对。

"而且，我……"罗威低下头说，"我虽然才离开家一天，却像是过了很久一样，我非常担忧儿子的状况，我怕他遭遇到……"

他痛苦地紧闭着眼睛，说不出来了。

过了片刻，夏莉悲哀地说："难道，我们就各自回家……等死吗？"

罗威的心像被针刺了一下，他脸部的肌肉跳动着，狠狠地咬着嘴唇，没有开口。

过了许久，罗威低沉地说："就算我会死，我也一定要想办法救我的儿子！"

"如果你死了，你又怎么救得了你儿子？"

罗威的眼睛眯成一条缝："总会有办法的。"

夏莉能明显感觉到罗威的底气不足，她对着天空呼出一口气，冰冷的夜空吞噬了那白色的雾气，也吞噬了她所有的希望和勇气，夏莉感觉自己的心就像是掉进了冰窖一般，正在层层下坠。

"那么好吧，罗威，再见。"她说。

罗威盯着夏莉的脸看了一会儿，说："再见，保重。"

夏莉迅速地转过身，快步向前走去。她不想让罗威看到自己脸上的泪水，尽管那泪水刚一涌出，就被寒风吹到脑后。

夏莉孤独地在街上行走着，她没有再去刻意躲避那些川流不息的车辆和任何哪怕有一丝安全隐患的事物。此时，她甚至能够体会到邹兰自杀前的心情——也许真的就像邹兰说的那样，这些事情根本就不是意外和偶然——该发生的事，总会到来的。

茫然地走了一段路后，夏莉感觉自己的胃发出一些声音，她忽然想起，从公安局出来，还没吃晚饭呢。她看了看周围的店面，随意地走进一家大排档小吃店。

夏莉向店主要了一碗羊肉汤和两个牛肉煎饼。食物一会儿就送了过来。夏莉捧起碗，喝了一口羊肉汤暖暖身子，刚准备吃牛肉饼——旁边桌子的一家人吸引了她的注意。

这是一个年轻的三口之家，那个小女孩最多只有五岁。他们三个人点了一些汤、点心和烤肉，小女孩调皮地张大嘴巴等待着，她的妈妈把串起来的烤肉弄下来放在自己的盘子里，再夹起一块，不断地吹着气让它冷却，最后送到女儿的嘴里。小女孩嚼得满嘴是油，吃得又香又起劲。她刚咽下一块，妈妈又将另一块送到了她的嘴边。

吃了几块烤肉之后，小女孩的爸爸端起汤碗，舀了一勺，一边吹气一边喂到女儿嘴里，嘴里说着："慢点喝，宝贝儿，别烫着。"小女孩喝了几口汤后，像是吃饱了，扑到父母怀里撒娇。

看到这一幕，夏莉觉得心头阵阵发酸，胸口像被人揪紧了一样难受。她将头扭过去，豆大的眼泪再次滚落下来。一瞬间，头脑里杂乱的想法一齐涌了出来。她不明白为什么自己不能像成千上万的普通人一样过着幸福的日子，为什么这种可怕的、诡异的怪事要发生在自己身上？小时候，自己也像这个小女孩一样得到父母的宠爱和呵护，过着单纯、快乐的生活——现在，却要这样时时刻刻受到煎熬。

夏莉感觉自己在瞬间明白了很多以前想都没想过的道理：一个人最可怕的，并不是遇到灾难和死亡，而是明知灾难和死亡就在自己身边，却不知道它会何时到来！这种感觉是真正的生不如死，它几乎能摧毁一个人所有的勇气和信念。

夏莉想回到自己的老家，此时她比以往任何时候都要想念自己的父母，她恨不得像罗威一样立刻回到家人身边。可她又想——如果自己回去后，真的在某一天死在了父母面前……她不敢往下想了。

夏莉就这样呆呆地坐着胡思乱想，忘记了腹中的饥饿。直到好心的店主提醒她要不要换碗热汤，她才发现自己已经坐了很久。夏莉咬了一口变得冷冰冰的牛肉饼，觉得自己就像只准备越冬的老鼠一样可怜。

第二十七章

罗威乘坐回家的火车晚了两个小时到达，下车时，已经是第二天早晨七点了。

白色的雾气像棉被般盖着这没睡醒的城市，只有稀疏的行人和车辆穿梭在冷清的街道上。

坐了一夜的火车，罗威现在疲倦得只想立刻躺下——当然，在那之前得先烫个热水脚才行——他的双脚已经被冻得发僵了。罗威打了辆出租车，告诉司机地址，再嘱咐他开慢些。

不知道过了多久，罗威几乎是被出租司机叫醒的——他没想到自己疲倦得甚至在出租车上就睡着了。他付了车钱，拖着沉重的脚步回家。

打开家门，罗威一眼就看到徐蕾已经在忙碌地准备早饭了，他有气无力地喊了一声："我回来了。"

徐蕾放下手中正在做的事，走到门口来，她看见罗威的脸后，叫了出来："你怎么冻成这样了！脸色发青、嘴唇都紫了！"

罗威用嘴呵着气说："我也没想到坐夜班车会有这么冷。"

"你可以今天早上再坐车回来嘛，何必赶这一天。"徐蕾握着罗威的手，心疼地说，"快去洗个热水澡。我帮你热杯牛奶。"

罗威换上拖鞋进卫生间去了，他把水的温度调高，热水冲着身体，把罗威白色的皮肤烫得发红——罗威觉得这是他一辈子洗过最舒服的一次热水澡。

从卫生间出来，徐蕾已经准备好了热牛奶和抹好黄油的烤面包片。罗威一口气将整杯牛奶喝完，这才感觉好多了。

这时，罗尼背着书包从房间里慌慌张张地跑出来，看见爸爸后，惊讶地问道："爸，你什么时候回来的？"

"刚刚才回来。"罗威说。

"哦。"罗尼应了一声，走过来抓起桌上的几片面包，塞了一片在嘴里，含混不清地对着厨房喊道："妈，我要迟到了！我走了！"

"等等。"罗威叫住儿子，"你这几天暂时别去上学了。"

"唔……什么？"罗尼费力地咽下一片面包，问道，"不去学校？为什么？"

"你别管为什么，照我说的做就行了。"罗威一脸严肃地说。

徐蕾从厨房走出来，望着罗威问道："干吗叫罗尼不去上学？"

罗威不知道该怎样解释，只能说："不是以后都不去上，只是这几天而已。"

"总该有个理由吧？"徐蕾费解地追问道。

罗威忽然觉得有些烦躁起来，他皱起眉头说："这个原因我以后自然会向你们解释的，现在别问了，就这么办吧！我很累，让我休息一会儿。"

他转过头对罗尼说："我一会儿打电话跟你的老师请假，你现在回屋去吧。"

罗尼一脸茫然地说："我不去上学……你叫我在家里干什么呀？"

"随你的便吧。"罗威挥了挥手，"看书，玩游戏，上网都行——记住有一条，别跑出去就行了。"

"太好了！"罗尼兴奋地丢掉书包，冲回自己的房间去，锁上门。不一会儿，里面传出电子游戏机的声音。

徐蕾担忧地望着儿子房间的方向，叹了口气，说道："罗威，你不去工作上班也就算了，连儿子也要像你一样待在家里吗？你能不能告诉我，这到底是怎么回事，自从你看了那个本子后……"

"徐蕾，"罗威带着疲倦和烦恼的神情望着妻子，"我刚才说过了，我现在很累，连眼睛都有些睁不开了，我只想睡觉。你让我休息会儿行吗？等你晚上下班回来，我再跟你解释原因吧。"

徐蕾摇着头，无可奈何地叹了口气，去房间挎上皮包，到公司上班去了。

罗威坐到电话机旁，拨通罗尼学校的电话，向罗尼的班主任谎称罗尼感冒了，需要在家休息几天。

做完这件事，他走进卧室，一头栽到床上，连外衣都没脱，裹上被子就进入了梦乡。

第二十八章

罗尼感觉高兴得简直有些无所适从了。像今天这种情况以前也并不是没出现过——但那都是在他的梦境中。说实话，罗尼真是做梦都希望能像今天这样——没有妈妈的唠叨，也没有爸爸的管束——痛痛快快地玩几天游戏。

实际上，罗尼是个既聪明成绩又好的孩子——可如今的学校对任何人都没有吸引力。不论是优等生还是差生，只要能避免少上几天学，比过年过节还高兴，而如果听到学校要补课的消息，就立刻愁眉苦脸，如丧考妣。

罗尼最喜欢玩的是体育类游戏，他先踢了几场足球，拿了个欧洲杯冠军，又想开会儿赛车。于是，他从厚厚的游戏包里取出一张赛车碟子，走到游戏机前，准备换碟。

罗尼取出游戏机里的足球碟，正准备把手里的碟子放进去，突然，他用食指和拇指捏着的那张碟子发出"啪"的一声清脆声响，竟自己裂成了两半。

"这……"罗尼望着裂成两半的碟片，恼怒地念叨着，"简直岂有此理，什么破碟子，比饼干还脆！"

说着，他将碟片随手扔进垃圾桶，换了一张碟子放进游戏机里，又兴致勃勃地玩起来。

下午两点多，睡得正酣的罗威被一阵急促的手机铃声吵醒了。他条件反射地用被子盖住头，不想去理会，但那手机却不依不饶地响着，令那舒缓的音乐铃声也变成了难以忍受的噪音。罗威实在没办法，恼怒地掀开被子，拿起放在一旁的手机，接了起来。

"喂，是罗威医生？"电话里传出熟悉的女声。

罗威将手机拿到眼前一看，才发现电话的来源竟是自己的心理咨询中心，他也立刻听出来打电话的是他的助手吴薇。

"是我。吴薇吗，有什么事？我不是告诉你等我通知你的时候再去上班吗，你现在去干什么？"罗威一连串地问。

"医生，我必须来。我必须来向那些之前预约好的客人做一个交代。不然他们按照约好的时间来到时，却发现我们这里紧关着大门——这实在是太失礼了。"

罗威拍了一下脑袋说："对，吴薇，你说得对。还是你想得周到。你真是一个既负责，又细心的好助手。太感谢你了。"

"先别夸我，医生。我打电话来，是给你添麻烦的。"

"哦，为什么？"

"大多数的客人都在听到我的解释后离开了，他们又另约了时间。可是郑氏财团的董事长夫人，就是那个浑身散发着珠光宝气的王女士——她却怎么也不愿意走。她说她已经来了三次，今天下午她会一直在这里等您，直到您为她烦琐的婚姻做出诠释。她还说，她本来应该在十多天前就见到您的，却一直拖到现在。当然，她承认那天下午没能见到您纯粹是她的过错……"

"等等。"罗威有些糊涂起来，"什么十多天前的下午，我怎么没印象？"

电话那头的吴薇停顿了一会儿，说："就是出事的那天下午。"

罗威张了张嘴："你是说，严教授出意外的那天下午，她本来应该来的？"

"是的。"

"那她怎么又没有来？"

"她说自己本来准备好三点钟之前来的，却因为午觉睡过头了而没来。她说她非常抱歉。"

罗威翻了一下眼睛："现在说这些还有什么用？"

"不过，医生，您可别忘了，当初我们买下心理咨询中心这套房子时，王女士的丈夫，也就是郑董事长可是赞助了我们整整八十万元，所以……"

罗威叹了口气："我知道了，你告诉她，我一会儿就来。"

"好的，罗威医生，再见。"

放下电话，罗威一脸不痛快。他感觉自己的瞌睡还没补够呢，但他却不能再睡下去了。罗威无奈地起床，到卫生间洗了把脸。临走时，他去儿子的房间看了一眼，罗尼正在电脑前聊着天。罗威再次叮嘱了一遍，叫儿子无论如何都不准出门，罗尼满口答应。

罗威走到车库，将汽车开出来，一路上缓慢小心地行驶。

十多分钟后，他就到了自己的心理咨询中心门口。锁好汽车，罗威朝里面走去。

这时，旁边家具店的老板发现了罗威，他放下手中正在做的事，快步走到罗威跟前，叫了一声："医生，您好，您又来了？"

罗威回过头，发现是订镜子那家店的老板，便随口应了一声："嗯。"

"医生，我是专门来向您道声谢的。"老板脸上堆着难堪的笑容，搓着手说，"真是太感谢您了！"

"感谢我什么？"罗威问道。

"就是……发生在您办公室的那场意外。您没有追究我那两个工人的责任。不然的话，他俩就是倾家荡产也赔不起呀！"

罗威摆了摆手说："过去的事就别再提了。再说，那是场意外事故，本来也就怪不得他们。"

"是、是、是。"家具店老板连声说。他叹了一口气，用惋惜的口吻说道："不过那天的事情也实在是太凑巧了。本来……是不该发生这种事的！"

罗威转头望着他问道："怎么说？"

"我们这家店一直都是挺有效率的。您是头一天订的镜子，我们本该在第二天早上就送来的——可那个负责送镜子的工人竟然睡着了，那天上午没来上班，所以只能下午给您送来。您说，他要是上午就来了的话，不就不会发生这种事吗！"

"什么！"罗威惊诧地叫了起来，"他……也是睡着了？"

"啊……是啊。"老板对罗威的这种反应感到有些奇怪，"怎么，还有谁……"

罗威一把抓住老板的肩膀，问道："那个工人之前有没有出现过这种情况？"

老板接连摇头："别说是整整一上午没来，就是迟到也没有过。偏偏这一次……所以我才说，真是太凑巧了。"

罗威松开放在店老板肩上的手，神色恍惚地呆站在原地。

店老板还在不住地说着道歉、感激的话。罗威没有再搭理他，他三步并作两步地冲进自己的心理咨询中心。

正坐在接待室闲聊的吴薇和王女士见到罗威来了，两人一起站了起来。吴薇对罗威说："医生，王女士已经等您很久了。"

穿着昂贵的貂皮大衣的董事长夫人对罗威说："罗威医生，不好意思，专门把您给叫来了。"

罗威勉强挤出一丝笑容，指着咨询室说："我们进去谈吧。"

在咨询室坐下来后，王女士就迫不及待地说："医生，我这么急着找您，主要是我感觉自己的婚姻已经走到悬崖边了，我希望……"

"请您先等一下。"罗威打断她的话，"我能先问您一个问题吗？"

"您问吧。"

"那天下午，就是您第一次和我约好的那个下午，您为什么没来呢？"

"噢，关于这一点，我刚才已经向门口那个漂亮的姑娘解释过了，我那天午觉睡过头了。我一觉醒来，发现已经四点多了，错过了和您约好的时间，所以我就没来了。"

"请您原谅，您……经常这样吗？"

"什么？噢，不！当然不！我是相当守时的人，尤其是面对这种对我来说很重要的事情的时候，可那天……说起来真是有点奇怪。我的生物钟向来都比较准的，一般情况下我睡午觉根本不会超过两点半，而且，那天我那个该死的闹钟也没有响，所以我才睡迟了。"董事长夫人脸上露出不悦的表情，"我现在解释得够清楚了吧，医生。这个问题就这么重要吗？您是不是要我再慎重地向您道一次歉？"

"不，您误会了，我不是这个意思。"罗威有些心不在焉地说道，他皱起眉头若有所思地想了一会儿，说，"啊……您现在可以开始接着刚才的说了，您说您的婚姻，怎么了？"

"一切都是从那个卖弄风情的小秘书开始的。也许你不相信，我从一开始就感觉到来者不善……"董事长夫人带着怨气，喋喋不休地倾诉起她那琐碎的家事起来，全然没有感觉到，坐在她面前的听者注意力根本就没有集中在她的身上，当然她更感觉不到，在这间咨询室里，有个人的危机感比她更甚百倍。

第二十九章

董事长夫人絮絮叨叨地讲了近两个小时后，罗威为她提供了专业的、有建设性的意见。最后，贵妇人满意地离开了，罗威赶紧驱车回家。

一路上，罗威将车速放慢到几乎和步行差不多的程度。并不单纯是因为谨慎，更因为他的头脑正在不停歇地琢磨着那些怪异的、不合情理的事情。他本来以为，严教授所遭遇的那次意外事故，是由很多个不确定的偶然因素造成的。但现在看来似乎并非如此——本来应该在三点之前就来的董事长夫人没有来，而本应在上午就来的家具店工人又恰好在那节骨眼儿的时候来了——这两个完全不相关的人都因为同一个原因——睡着了——改变了他们出现的时间，从而阴错阳差地造成了严教授的死亡——如果说这些全是巧合，未免太过牵强了！

罗威的两条眉毛拧成一股麻绳，他隐隐地感觉到，自己似乎在无意间接触到了这件事情的关键和隐秘部分，只差那么一点，就能揭开所有事件的谜底。

到底还缺少什么？怎样才能把所有的事情全部串联起来，得到最终的解释？罗威想得头痛欲裂。

不知不觉中，汽车行驶到街心的一个十字路口。人行横道的绿灯亮了起来，罗威的车和这条路上其他的汽车一起停在路口。

这时，从人行横道的左边走过来一队刚刚放学的小学生，前后两个老师保护并引导着他们过马路。这是十几个低年级的学生，孩子们穿得花花绿绿,手牵着手过马路,人行横道上充满天真无邪的欢声笑语。

孩子们可爱的装扮和稚嫩的笑颜感染了道路上的行人,就连心事重重的罗威也暂且抛开了心中沉重的包袱,他想起几年前接送罗尼上学的情景,不自觉地看着孩子们出神。直到那群孩子中有一个对他做出怪异的举止,他才猛然惊觉到不对劲。

罗威瞪大眼睛,清楚地看到:一个戴着蓝色帽子的小男孩,脸色铁青地望着他,没有丝毫表情,和另外十多个天真活泼的孩子形成强烈的对比——那种阴冷的神情,简直不像是出现在一个小孩子身上的!更奇怪的是,他咧嘴,似乎在发出"嘶、嘶"的声音,右手抬起,用一个手指指着罗威身旁的某件东西。

罗威愣了一下,随即下意识地向他手指的方向一看——这一瞥,令他像受到电击一般,全身发麻,遍体生寒。

那小孩手指的方向正是罗威汽车左边的后视镜,那镜片上一片血红,正中间骇然一个"死"字!

后视镜中的景象让罗威头皮一阵发麻,惊恐地盯了几秒钟后,他猛然反应过来,身子转过去向后一看——

在他的汽车后面,紧挨着一辆旅行大巴,那辆车通体鲜红,在车身上印着用作广告的几个大字"欢迎到中国死海旅游"。其中那个硕大的"死"字,刚好就不偏不倚地出现在罗威汽车的后视镜中。

罗威转过头,神情恍惚地呆了半晌,突然望向前方——那个戴蓝帽子的男孩已经不见了!

他一把推开车门,像发了疯似的冲到那群孩子中,一个一个地寻找那个戴蓝帽子的孩子。罗威的举止惊呆了护送孩子的两个女老师,几个小学生被吓得"哇"一声哭起来。

后面的那个女教师跑到罗威面前,惊讶地问:"先生,你在干什么?你找谁?"

罗威完全没搭理她,仍然抓着孩子们一个个地搜寻。突然,他眼睛一亮,看到了那个戴蓝色帽子的男孩。

罗威冲到他面前,两只手抓住他的肩膀,大声问道:"你是谁?说!你是什么人?"

那男孩一反刚才阴冷的神情，他无辜地喘着气，被罗威突如其来的惊斥吓得说不出话来。

罗威凌厉的眼神直逼向那孩子："说！你刚才为什么要提醒我看那后视镜？你怎么可能看得到我后视镜中的景象！"

"先生！请你马上放手。不然我要报警了！"女教师叫喊着过来拉罗威。

罗威一把甩开她的手，继续逼视着男孩："你刚才望着我的时候，可不是这可怜的表情！你到底是什么人？"

那男孩已经被罗威可怕的神情吓得脸上青一阵红一阵，他一脸恐惧地说："我……我不知道你在说什么……"

"你刚才为什么要指着我的汽车？"罗威的声音已经是歇斯底里。

"我，我没有指你的汽车……"

"你刚才过马路时，不是用手指着我的后视镜吗？你提示我！叫我看那个异兆！你是什么人？你绝对不是个普通的小孩！"

那男孩终于忍不住，"哇"地大哭起来，他喊道："我都不知道我是怎么过马路的！我记不起来了……我什么都没做！什么都没做！"

罗威不可思议地看着他，渐渐松开抓住他的手。他斜眼一瞥，那两个女教师正在用手机跟警察联络。这时，罗威才发现自己近似疯子般的失控，而且他立刻意识到，如果再不离开这个地方，他的麻烦就大了。

罗威再次望了男孩几秒——这个时候，那孩子已经和一个普通小孩没什么区别了。罗威咬了嘴唇一下，赶紧回到自己的车中，发动汽车迅速地离开了。

第三十章

罗威回家后，发现徐蕾早就已经下班回家了，还做好了晚饭。罗尼已经先吃了起来。罗威告诉妻子自己下午去心理咨询中心见了位重要的客人，然后装作若无其事地吃起晚饭来。

徐蕾显得有些高兴，她认为丈夫恢复了正常，又开始变得以工作为重了——她准备在晚上和罗威好好谈谈，重点是让罗尼继续去上学的事。

罗威在进餐时尽量装出自己不是在敷衍吃饭。他还故作轻松地向徐蕾谈起一些关于她们公司的话题。徐蕾饶有兴趣地讲起今天上班时办公室里一个同事闹出的笑话，试图用这种方式找回家里失去已久的温馨气氛——但她毕竟不是心理学家，感觉不到丈夫的故作轻松实际上是紧张过度后的物极必反。

吃完晚饭后，徐蕾收拾餐具到厨房，罗尼又回到自己的房间，罗威走进书房，关上门，这才感觉到身体竟在不自觉地瑟瑟发抖。

他知道，这种感觉相当不好。

他现在必须正视一个问题：从十几天前办公室的第一次算起，他一共已经经历了四次异兆，而且今天下午的这次异兆以一种难以置信的诡异方式直接、放肆地呈现在他面前——罗威明白，异兆不会一直持续下去的，因为他会和前面几个人一样，在异兆发生几次之后就死于非命。

现在更可怕的是，罗威感到冥冥之中的第六感在告诉自己——今天下午的这次事件是他的最后一次异兆，他大概活不了多久了。

我还有几天时间呢？三天，五天，或者是一个星期？罗威悲哀地想着，觉得心中好冷。

实际上，罗威现在最惧怕的并不是自己的死期将至——他最担心的是，如果自己哪天真的突然意外身亡了，就意味着再也没有人来研究、调查这件事。那么，就没人能救得了罗尼了！他也会……罗威感觉自己的脑袋快要炸开了——如果自己死了，儿子也死了，那徐蕾肯定也活不下去。

不行，无论如何也不能走到家破人亡的一步。罗威想起自己跟夏莉说的一句话："就算我会死，我也一定要想办法救我的儿子！"

犹豫再三，罗威认为现在只有一个办法——他准备将自己遇到的四次异兆详细地写在那个记录本上——即使有一天他死了，还能让得到这个本子的人继续寻找解救的办法。

想到这里，罗威赶紧从书柜里找出记录本，他从上衣口袋里掏出钢笔，翻开本子。翻到一页的时候，一串数字跳进他的眼帘：

32——28——24——20——16——12——8

罗威翻本子的手停在了那一页。这是第三个受害者齐鸿遇到异兆后留下的一串记录数字，代表他每天晚上听到的滴水声。

罗威想了一会儿，他当时看完这个病例后，并不明白这串数字是什么意思，只是知道，齐鸿在出现这个异兆后的几天内就死亡了。

罗威再次把这串数字念了一遍。很明显，这是一个以4递减的等差数列。齐鸿来拜访肖克的头一天晚上对应的显然是"12"这个数字……

等等，以4递减？

罗威心中一惊，他赶紧朝后面翻了几页，那页纸上写着：

齐鸿，2007年4月30日死亡。

第三个病历上记录了齐鸿来访的时间：四月二十八日。也就是说，那一天对应的数字应该是十二减去四之后的"8"。以四递减的话，接下来的一天就变成了"4"，而再过一天就变成了"0"。数字变成"0"的那一天，恰好就是齐鸿的死亡时间——两天之后，四月三十日。

罗威惊诧地抬起头，他的脑海里又浮现出严教授说的那句话："我没有时间了，我的日子到了！"

罗威的拳头重重地砸向桌面——他终于知道严教授是怎么算出自己具体的死亡日期了——在每个人遇到的种种异兆之中，也许都像齐鸿的一样，出现过某种关于时间的"暗示"！只要参透了这个暗示，就能算出自己准确的死亡日期！

一瞬间，罗威像是抓到了救命稻草一样——他觉得，如果能知道自己确切的、可能遇害的时间，也许避开死亡并非不可能！

罗威从座椅上站起来，仔细回想自己遇到的每一次异兆：第一次，是在办公室的镜子中看到那可怕的景象；第二次，在火车窗外又看到一个幻觉般的、全身是血的人；第三次……应该是在商场买钟时……

想到这里，一些细节出现在他的头脑里，令他紧张地屏住呼吸——罗威想起，那个电子石英钟砸到他脚边时，那上面清楚地显示着一个数字：00：12。

"12"，"12"……，罗威紧张地念着这个数字，"12"代表的是什么？他焦躁地猜想着，当眼光无意间扫到一个台历时，他受到了启发。罗威将台历拿过来，一边看，一边仔细回想：第一次看记录本，也是第一次出现异兆是哪一天？

回忆了好几分钟，再进行仔细的推算，罗威确定，第一次异兆出现的那一天是十一月九日。如果"12"代表的是天数，那十二天后是……

他慎重地用钢笔点着日历上的数字一个一个数过来，点到最后一个数字时，钢笔"啪"的一声掉落到地上。

十一月九日往后数的第十二天是十一月二十日。

就是今天。

第三十一章

罗威惊恐得脑子里一片空白——他原以为自己至少还有三五天能活。虽然他早就做好了一些心理准备，却还是被这巨大的惊愕震得头脑发蒙。联系起下午看到的那个硕大的"死"字，以及今天那份不一样的预感——他明白，自己没有推算错——今天晚上，也许真的就是死亡来临之日！

罗威惶恐地望向四周：吊灯、玻璃、电线、书柜……哪一样会要自己的命？或者是，根本不可能想到的形式？

环顾四周时，罗威看到挂在墙上的钟——现在已经晚上八点了，"今天"还有最后四个小时。

四个小时内，或者根本没这么久——如果还没能找出破解的方法，那自己就成为继严教授后的第七个受害者了。

一瞬间，罗威觉得身边的空气变得像巨石般向他挤压过来，砸得他几乎喘不过气。他无法克制内心的恐惧和惊恐，像刚潜出水面的人一样大口喘息着。他推开书房的门，来到客厅，又从客厅走到门厅，如此漫无目的地，反复地来回走动。头脑里只有一个声音：怎么办？怎么办？

此时，徐蕾在卧室折叠着刚收下来的衣物，并没有发现罗威的惊恐不安。罗威在客厅里转来转去地走了几十圈，脑子仍然是一片乱麻。突然，他听到罗尼的房间传出一句咒骂："可恶！还是非死不可！"

罗威愣了几秒，没有过多思索，大步走到儿子房间前，推开房门。

罗尼手里捏着手柄，正坐在床上玩游戏，他看见爸爸进来后，招呼了一声，视线又回到电视屏幕上。

罗威走到儿子身边问道："你刚才说什么'非死不可'？"

"啊？"罗尼有些莫名其妙地抬起头，过了一会儿，他想了起来，笑着说，"没什么，我说这个游戏里的人呢。"

罗威望向电视屏幕，那上面上演着游戏里的剧情：一个穿着铠甲的武士倒在地上，他的同伴们悲伤地站在一旁。

罗尼见爸爸望着游戏画面出神，颇有些意外——对工作狂热的父亲从没对电子游戏感兴趣过。罗尼怕爸爸没弄懂，指着屏幕向他解释道："喏，就是这个人——这游戏虽然好玩，设计得却有些讨厌。引发特定剧情后某些角色就必须死亡。"

罗威不自觉地问道："为什么必须死亡？"

罗尼说："这是剧情发展——也就是游戏程序设计好的。"

"不能避免吗？"罗威怔怔地问。

罗尼耸了耸肩："不能，这是设计者安排好了的。要想继续玩下去这个角色就必须得死。"

罗威站在原地发呆。罗尼似乎还在讲解着这款冷兵器时代的战争游戏的种种优劣之处，但罗威却一句也没有听进去。

罗威觉得世界在刹那间安静了下来，安静得令他只听得到自己的心跳声。

他似乎有些明白了。

所有的一切，就像儿子玩的这个游戏一样，是早就安排好了的，是一个设计好了的程序。第一次出现警告式的预兆，表示着游戏的开始；接下来，第二次，第三次……在这些异兆中隐藏着暗示的关键——如果不能在规定时间内找出破解的方法，便 GAME OVER——游戏结束。

那么，这个游戏程序的设计者是谁？是死神，还是冥冥之中那不可知的，超自然的力量——也许，现在的重点并不是弄清楚这个。

罗威的思绪回到现实中，他到儿子的跟前问道："有没有什么方法，可以令必须死亡的角色不死？"

话一问出口，连他自己都觉得矛盾。

罗尼今晚实在是感到匪夷所思，他不明白爸爸为什么突然之间对游戏萌发出如此大的热情。他挠着脑袋想了一会儿，说："如果要让剧情安排好的角色不死，也许……就只有一个方法。"

"是什么？"

"不要去触发那段剧情，也就是说，不要继续往后面玩。"罗尼说。

罗威凝视着儿子的脸，想着儿子说的话——怎样才能不触发剧情，不继续往后面玩呢？如果游戏并不是由自己来操作呢？还有，这真的是解决的途径吗？

一大堆未知的问题向罗威涌来，让他的头开始剧烈作痛。罗威看了一眼挂在墙上的大钟，心中一惊——已经九点半了。

还有两个半小时！

这时，客厅里的落地窗发出"哗哗"的声响。徐蕾从卧室里出来，对罗威说："真是怪了，冬天里居然刮起大风来，窗玻璃都吹得直响！"

罗威望着漆黑的窗外，听着玻璃发出不同寻常的响动，心头涌起一股强烈的异常感觉。这种感觉像一件重物堵在他的心口和嗓子眼。他的脸变得煞白，身体不自觉地哆嗦起来。他瞪大眼睛，像一个敏感的精神病人般左右四顾，心里想着：来了吗？是我的时间到了吗？

徐蕾发现罗威的异常，她甚至被罗威的可怕模样吓了一跳。徐蕾问道："罗威，你怎么了？"

罗威吞咽下一口唾液，紧张地再次看了一眼时间，然后冲到书房，找到那个记录本，又跑回到徐蕾面前。

罗威抓起徐蕾的手，用一种复杂的目光注视着妻子，对她说："我爱你，徐蕾。我从未这么深刻地发现，我是多么爱你，还有罗尼，我真的……很爱你们！"

"罗威……你，你为什么要……为什么要突然说这些话？"徐蕾的直觉告诉自己，有不好的事情要发生了，她的眼泪一下涌出来，"罗威，我为什么感觉，你在向我告别？"

罗威望着满脸泪光的妻子，自己也哽咽起来，但他知道，时间不多了，他必须交代重要的事："徐蕾，我不知道该怎么跟你说……但是，你必须答应我一件事！"

他将记录本递到徐蕾手中，说："这个本子你收好，如果我……遇到了什么不测，你就把它交给秦轩。记住，让他想办法，无论如何也要救罗尼！"

"罗尼？天哪！罗威！到底出什么事了？你怎么了？罗尼又怎么了！"徐蕾抱住丈夫大喊起来。

罗威心中从未有过这种凄凉、绝望的感觉，他无奈地望着妻子说："太复杂了，这件事……我不知道该怎么向你说。"

徐蕾擦掉脸上的泪痕，抬起头望着丈夫："罗威，我早就感觉到不对劲。我一直追问你到底发生了什么事，可你每次都说太复杂了而不告诉我。如果直到现在你还是不说的话——"

她将记录本递还到罗威手上："我不会把它交给秦轩，我也不会答应你任何事——因为我如此不值得你信任，你就不该叫我去做这些事！"

罗威叹息道："这个时候你还跟我赌什么气？我不愿告诉你，根本就不是什么信不过你，而是——"他接触到徐蕾的目光，停了下来。在心里思量了一刻，罗威叹了口气。他觉得到了这时，也顾不上说出来让徐蕾担心了。看来，必须要把整件事情的来龙去脉向妻子解释清楚。

"好吧。"罗威说，"我……"

突然，他停了下来——他在妻子急切的眼光中看到了自己。

对，自己。

霎时间，罗威感觉现在的这一幕是如此熟悉，有种似曾相识之感。现在的徐蕾，就像那天的自己一样，期待着严教授能告诉自己到底发生了什么事，而自己现在就像那时的严教授一样——

罗威的心猛抖了一下。

严教授在说完那番话后就死了！

不要去触发那段剧情，不要继续往后玩——儿子的这句话又浮现了出来——罗威渐渐张大嘴巴。

懂了！一切都懂了！这就是破解死亡病毒的方法！

第三十二章

罗威深吸了一口气，心血一阵上涌，在最后一刻，他终于悟到了破解的方法！

徐蕾还在追问着整件事情的来龙去脉，罗威把双手按在她的肩上，神色严峻地说："给我五分钟，好吗？让我好好地想一想！"

他坐到沙发上，双手合拢放在下巴前，紧紧地咬着下唇，竭力思索着——

严教授来访时，就和自己刚才的状况类似——明白了这是怎么回事，却并不知道解救的方法——这一点，从严教授的话语中可以得到证实；他说"我要死了""我的日子到了"分明表示他已经洞悉到了"死神"的存在——而这恰好就是导致他死亡的原因！

如果这一切都是死神的游戏，那么解开游戏的谜就象征着游戏的结束；而触发游戏进入最后"剧情"的，就是将这个秘密告诉下一个人！那样的话，自己的游戏就结束了——下一个人进入新一轮的游戏。

前面死的几个人，也许都跟严教授一样，在最后一刻悟到了超自然力量的存在，而将"死神的秘密"告诉了下一个人，却迎来了自身的死亡；而自己和儿子、夏莉为什么能一直活到现在，就是因为谁都没有将这个秘密说出来！

罗威望了一眼徐蕾，身体一阵痉挛——如果刚才把这件事情讲了出来，那自己有可能已经……更可怕的是，妻子就成了下一个受害者！

罗威望着徐蕾，徐蕾也望着他，并向他走来：“想好了吗？可以告诉我了吗？”

罗威正准备说话，突然，旁边的电话响了起来，罗威走过去，将电话接起。

“你好，请问找谁？”他问道。

电话里传出的声音让罗威一怔，他没想到夏莉会在这个时候打来电话。“罗威吗？是我，夏莉。”

“有事吗？夏莉。你还好吧？”

电话那头沉默了几秒，夏莉说：“是这样，这几天我一直在家里思考，我们遇到的事情到底是怎么回事。直到刚才，发生了一个小插曲……我突然觉得，我好像有些明白了……”

罗威大惊失色，他大喊道：“别说！不要再说话了！”

电话那头的夏莉愣了一下，随即，她似乎明白了罗威的意思，心领神会地说：“对，我明白了。这件事，我们根本就不知道是怎么回事，对吗？”

“是的，我们不知道，我们什么都不知道！”

“那么，再见，罗威。”夏莉如释重负地说，“我们都要保重，要好好地活着。”

“对，好好地活着。再见，夏莉。”罗威缓缓地、深沉地说。

放下电话后，徐蕾走过来，正要开口，罗威一把捂住她的嘴，说道：“你不是要我说吗？那么，我就告诉你——我不会有事的，我会一直陪在你身边，哪儿也不去。我们把那些烦恼的事情都忘掉，重新开始以前那快乐的生活，好吗？”

徐蕾深深地望着罗威，将他的手慢慢从自己的嘴上移开，肯定地点了点头。

罗威一把抱住妻子，窗外那异常的狂风似乎也停了下来，周围又变得温暖而安静。

时间一分一秒地过。

终于，十二点的钟声敲响了——进入新的一天。

罗威闭上眼睛，深深地吐出一口气，他明白——自己活了下来，躲过了这可怕的死亡游戏。

第三十三章

一个多星期之后，星期天。

森林公园美丽的湖面上闪烁着粼粼金光，在深秋的季节，这个下午有着难得的温暖阳光。和煦的暖阳和黄灿灿的色彩让周围的一切都活跃起来。尽管这才十一月，却让人觉得春天已经来临了。

起码，在罗威的心里，春天已经到来了。

此刻，他正和儿子，还有夏莉一起漫步在森林公园的小径上。罗威的心情非常好，但罗尼却有些疑惑，他走到爸爸身边，小声地问："爸，我们出来玩为什么要瞒着妈妈？"他望了一眼身后的夏莉："这个阿姨是谁？"

罗威微笑着对儿子说："我们瞒着妈妈是有原因的。也许我应该在出来前就告诉你——我们今天来公园可不单纯是为了玩。"

罗尼皱了皱眉，有些没弄明白。

"非得这么神秘吗？"后面的夏莉开口道，"罗威，你起码可以告诉我——把我专程从 Z 市约来肯定不光是为了爬山吧？"

"一会儿你就知道了。"罗威说，"我们再朝上走一会儿，到人少的地方去。"

夏莉和罗尼的目光碰在一起，两人一起撇了撇嘴。

他们又向上走了大概二十分钟，到了一处巨石堆的地方，罗威朝四处看了看，确定这里暂时不会有人来之后，说道："就在这儿吧。"

夏莉和罗尼都看着他。

罗威从大衣里摸出两件东西，摊在夏莉面前。

夏莉看见罗威手中的记录本和打火机后，微微张了张嘴，她有些明白了："你想……"

"对。"罗威说，"现在你知道了吧，我为什么要把我们三个人聚在一起。"

"是的，我有些猜到了。"夏莉说。

罗威望着儿子，又望了望夏莉："我们三个人是这个世界上最后看过这本子的三个人了，以后再也不会有人看这个本子。我今天把你们慎重地聚到这里，是要做一个约定——在这个本子销毁之后，我们三人，从此以后，必须彻底忘记这件事，并发誓绝口不提此事。"

说这番话的时候，罗威用心理暗示的手法盯着儿子。但罗尼还是懵懂地问："为什么……我是说，为什么要搞得这么慎重？"

罗威凝视着儿子的眼睛："有一些事情，我们不必非得弄清楚。但有一件事，你必须清楚——儿子，我爱你，还有你的妈妈。我想，你也一样爱着我们。所以，请你相信我所做的每一件事都是为你好，行吗？"

罗尼望着爸爸，似懂非懂地点了点头。

罗威转过头，和夏莉对视了一眼。夏莉问道："我能理解，可我不明白，我们为什么要跑到这个地方来做这件事？"

"因为我实在是想不到我们三个人还能在其他什么地方做这件事了。"罗威无可奈何地说，"如果在我家里，又会引起徐蕾的怀疑——我可不知道怎么向她解释。"

"我懂了。"夏莉说。

"那么……"罗威望着另外两个人，"记得我们刚才的约定了吧。"

夏莉点头，罗尼也跟着点头。

罗威将记录本放在一块大石头上，点燃打火机，正准备烧，突然，夏莉说："等等，我记得你以前跟我说，严教授叫你不要销毁这个本子？"

"对。"罗威叹了口气，"但我想那是因为他想让我继续研究他没能破解的问题——现在，没有这个必要了。"

夏莉没有说话，微微地叹息了一声。

罗威俯下身，点燃了记录本。火苗慢慢吞噬着纸张，从一角向上蔓延，白色的纸渐渐变黄、变黑，变得卷翘扭曲……

罗尼蹲在本子旁木然地注视着它变成焦灰。罗威和夏莉则对视着，又一起望向远方，神情复杂而凝重。

一切都结束了。

正在罗威出神的时候，忽然听到蹲着的罗尼叫了一声："啊！这个本子的封面上显出字来了！这难道是……隐形墨水写的？"

罗威一愣，有些没反应过来。突然间，一种令他熟悉又厌烦的可怕预感像利箭般穿过他的身体，他张开嘴，说了一声："不……"

但是来不及了，罗尼盯着立刻要被火烧完的本子，将那个封面上因为火烧而浮现出来的一行字大声地念了出来："这个本子预示着死神的存在，以及它不为人知的秘密。"

"不！别念！"罗威和夏莉一起声嘶力竭地大叫起来，可罗尼已经念完了，他惊恐地望着父亲。

"天哪！"罗威在瞬间感到了天昏地转，"难道，一切还没有结束吗？我们……还是躲不过？"

夏莉已经被吓得茫然失措，她双手捂着嘴，眼睛睁得老大，浑身发抖。

"爸爸……到底，怎么了？"罗尼感觉到自己做了什么闯大祸的事，小心翼翼地问道。

罗威望着夏莉："怎么可能！我的时间不是早就过了吗？现在已经在'12'天之后又过了一个多星期了！难道我们还是没能逃出那个游戏？"

夏莉摇着头，不知该怎样回答。

"你戴了手表吧？"罗威惊慌地说，"快看看，现在是几号？"

夏莉掀开手腕上的衣袖看表，但罗威急迫地一把将她的手拖过去，自己朝表上看去。

"你别慌。"夏莉说，"等我转过去，你看倒了！"

"看……倒了？"罗威重复了一句，突然，他像是遭到了雷击一样，全身的汗毛立了起来。

第三次异兆暗示的时间是 00∶12——那个电子钟砸在他的脚边——这是他第一眼就看到的数字。当时，他并没有多想，但现在，那个商场售货小姐的一句话像惊雷般重现在他脑里——

"我们这里的钟都走得准，您看，都调的是准确的北京时间。"

自己是吃过晚饭去商场的。

那个时候，根本不可能是凌晨十二点，而应该是九点左右，也就是倒过来看的——21∶00 ！

暗示的真正时间不是十二，而是二十一！

罗威全身猛抖着看了一眼夏莉的手表所显示的日期，脑子"嗡"的一声炸开，精神几近崩溃。

今天是十一月二十九日——正好是第二十一天。

罗威看了看周围，他想起了自己的第一次异兆，眼睛睁得充满血丝："果然，这座山……这一切，都是安排好的……今天，就是今天……"

夏莉望着脸如同白纸般的罗威，无助地问道："我们……该怎么办？"

刚说完这句话，晴朗的天空突然乌云密布，轰隆隆的雷声响起，一道白色的闪电向他们伫立的山头袭去……

（《异兆》完）

兰教授的故事讲完后，窗外已是漆黑一片。但屋里的三个年轻人却仿佛是忘记了时间，仍然沉浸在那不可思议的故事之中。

过了好一阵，方元的弟弟才回到现实中来，他问道："这就是……故事的结局吗？最后他们也还是没能躲过那可怕的异兆……"

方元的妹妹神色惘然地说："太可怕了，这世界上，真有这样的怪事吗？"

兰教授摆了摆手说："年轻人，你们好像完全忘记我之前说过的话了——不要问任何关于这个故事的问题，记得吗？"

兰教授看了看表，站起来说："已经晚上七点多了，我得告辞了，再见。"

兰教授正要走，坐在他对面的方元猛地站起来，带着惊诧和激动的口吻说："兰教授，我……虽然您不要我们问任何问题，可我实在是忍不住，非得问您不可——这个故事，是不是和家父有某种联系？"

兰教授凝视着他，说："你为什么会这么想？"

方元神情严肃、满脸通红地说："我想，我父亲吊着最后一口气也要听完这个故事的结局——并不仅仅是出于对一个故事结局的好奇吧？一个将死之人，为什么还会在乎以前的一个故事有没有听完？这其中，一定有什么隐情，对吧？"

方元的弟弟和妹妹也一齐望向兰教授。兰教授沉吟了片刻，直视着方元说："你说得对，你父亲和这个故事之间确实有某种联系。他为什么在临死之前还念着这个故事，当然也有着特殊的原因——只是，这已经是另一个故事了，而且这个故事太长太长，我现在根本无法讲给你们听——可是，我总有一天会讲出来的，到时，不光是你们，全天下的人都会知道这个故事。你们耐心地等着吧，会有这一天的。"

说完这段话，兰教授走到门口，拉开门，最后道了一句"再会"，便离开了。

方家三兄妹神情茫然地伫立在原地。

夜幕中，兰成教授孤独地行走在冷清的街道上。他静静地走着，观赏着汽车尾灯的光芒在夜色中画下一道道不规则的曲线。走了一段路，他停下来，把脸仰向星空，轻轻叹了口气。

这么多年来，他一直没有感受过孤独，但今天晚上，他感觉到这种令人无限感伤的孤独了。

二十年前那一群人，就只剩下自己了。

其实，这种感觉不是现在才冒出来的，在他听完方元的那个故事后，就已经开始了。

他不得不承认，在刚才方元问他最后一个问题时——有一瞬间，他真的想把一切都讲出来，这样的话，他心里的负罪感或许会减少一些。但他最终还是没有讲，他安慰自己说——不是时候，现在还不是时候。

目前最让他感到愧疚的是，方家兄妹直到现在也没弄清楚实情——他们怎么可能想到，他们可怜的父亲根本还来不及听完那个故事的结局，就已经撒手而去。不但如此，方元还中了自己的计，把那个二十年前自己没听到结尾的"尖叫之谜"完整地讲了出来。

兰教授再次叹了口气——果然如此，方忠确实留了一手，他把"尖叫之谜"这个故事讲给了他的大儿子听。但他无论如何都想不到，最后，他的大儿子还是把这个故事的结局清清楚楚地讲了出来。

兰教授望着天空中闪烁的星星，猜想方忠会不会就是其中的一颗。他默默地对着星星说——我赢了。二十年前，我们两个"活到最后的人"互相讲了一个故事，并都保留了结局。现在，我已经知道你那个故事的结局，但你，却永远不可能知道我那个故事的结局了。

但是——兰教授意识到——这并不是什么值得高兴的事。他在听完"尖叫之谜"的结局后就已经知道——现在，他已经听完了所有的故事，这意味着，他必须按照约定，把二十年前发生的"那件事"公布于世，并且把二十年前听到的所有故事一一记叙并公开。

这表明，他必须再一次面对自己那段黑暗的往事。

兰教授突然觉得周围的空气变得沉重起来，一些有形的、无形的东西一起向他挤压过来。

他感到彷徨、伤感、凄凉、悲哀。

但他知道。

他会的。

一定会！

（第二部 完）

图书在版编目（CIP）数据

奇谭物语　死亡约定 / 宁航一著. -- 北京：作家出版社，2021.5

（悬疑世界文库）

ISBN 978-7-5212-0912-9

Ⅰ. ①奇… Ⅱ. ①宁… Ⅲ. ①长篇小说 – 中国 – 当代 Ⅳ. ①I247.5

中国版本图书馆CIP数据核字（2020）第058678号

奇谭物语　死亡约定

作　　　者：宁航一
出版统筹策划：汉　睿
责任编辑：翟婧婧
特约编辑：李　翠　丁文君
装帧设计：几何创想
出版发行：作家出版社有限公司
社　　址：北京农展馆南里10号　　邮　编：100125
电话传真：86-10-65067186（发行中心及邮购部）
　　　　　86-10-65004079（总编室）
E-mail:zuojia@zuojia.net.cn
http://www.ZUOJIACHUBANSHE.com
印　　刷：唐山嘉德印刷有限公司
成品尺寸：142×210
字　　数：230千
印　　张：9.5
版　　次：2021年5月第1版
印　　次：2021年5月第1次印刷
ISBN　978-7-5212-0912-9
定　　价：55.00元

宁航一《奇谭物语 死亡约定》
活着，就是在不断战胜内心的恐惧

悬疑世界文库

中国类型小说殿堂卷帙

[悬疑世界文库] 魅惑解锁

时间从此分叉

万象森罗　蛰伏如谜

爱与恨正在演绎无数可能

悬疑无界　故事无常

敬请期待